U0117763

文章
文章
聪程篆之

獨步

偶然作字有客見之曰狂奴故態復萌矣
曰不然也非横絶天下之獨乃閒步中庭之歌也

詩曰雕龍射石豈堪誇久矣情懷别有家
我避塵寰耽索漠步虚殿裡夢桃花此之
謂也 鵬程補記

龔鵬程
偶然漫草
亂塗雅命道東陵學種瓜 呵呵 又及

大雅久不作吾衰竟誰陳王風委蔓草
戰國多荊榛龍虎相啖食兵戈逮狂
秦正聲何微茫哀怨起騷人揚馬激頹
波開流蕩無垠廢興雖萬變憲章亦已
淪自從建安來綺麗不足珍聖代復元古垂
衣貴清真群才屬休明乘運共躍鱗文
質相炳煥眾星羅秋旻我志在刪述垂
輝映千春希聖如有立絕筆於獲麟
太白古風第一首寫　龔鵬程草

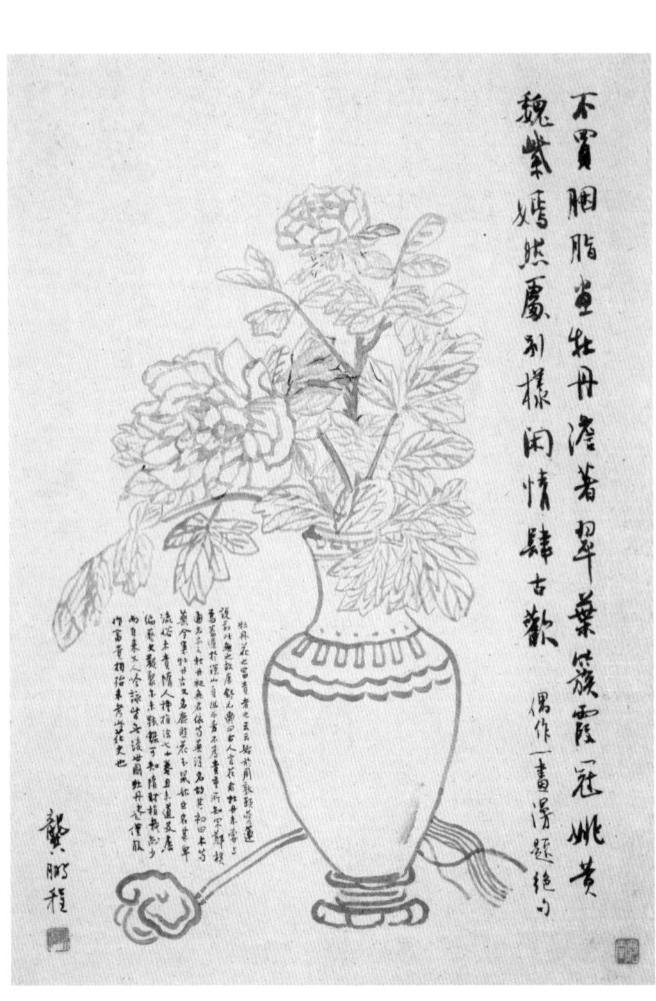
不買胭脂畫牡丹
潑著翠葉簇霞冠
姚黄魏紫嫣然處
别樣閑情肆古歡
偶作一畫漫題絶句
龔鵬程

试把所无凭理说

龚鹏程　著

海南出版社

·海口·

图书在版编目（CIP）数据

说文：试把所无凭理说 / 龚鹏程著．-- 海口：海南出版社，2023.9

（龚鹏程文选）

ISBN 978-7-5730-1227-2

Ⅰ．①说… Ⅱ．①龚… Ⅲ．①随笔－作品集－中国－当代 Ⅳ．①I267.1

中国版本图书馆 CIP 数据核字（2023）第 128338 号

说文——试把所无凭理说

SHUOWEN——SHI BA SUOWU PINGLI SHUO

作　　者：龚鹏程
出 品 人：王景霞
策　　划：彭明哲
责任编辑：张　雪
特约编辑：蒋　浩　田　丹　高　磊
封面设计：unclezoo
责任印制：杨　程
印刷装订：北京兰星球彩色印刷有限公司
读者服务：唐雪飞
出版发行：海南出版社
总社地址：海口市金盘开发区建设三横路 2 号
邮　　编：570216
北京地址：北京市朝阳区黄厂路 3 号院 7 号楼 101 室
电　　话：0898-66812392　　010-87336670
电子邮箱：hnbook@263.net
经　　销：全国新华书店
版　　次：2023 年 9 月第 1 版
印　　次：2023 年 9 月第 1 次印刷
开　　本：787 mm × 1 092 mm　1/32
印　　张：12.375
字　　数：233 千字
书　　号：ISBN 978-7-5730-1227-2
定　　价：68.00 元

目　录

文学时代

中国文人

文学理论

文学史

文学时代

WENXUE SHIDAI

宋诗再想象

晚清时期，宋诗的地位如日中天。波流所及，现今从事古典诗歌创作者，大体上仍以宋诗为其美典，如周弃子先生“持论何曾薄四唐，自于深秀爱陈黄”者是也。

但在诗的研究及俗世声名方面，宋诗就远远不如唐诗吃香了。一般人都有“唐诗是中国古代诗歌的最高峰”的印象，不知道大多数诗人更看重宋诗。

这个有趣的对比，在我看是具有思想史意义的。因为歌颂唐诗、诋毁宋诗的人，如胡适、陆侃如、刘大杰等，正是新文学、新文化的鼓吹者。

经过这一百年的鼓吹、唐诗普及教育，以及因此而形成的学院内部“学术研究传统”，一般人自然对宋诗缺乏关切，其认识也往往可笑。

宋诗的研究，相比唐诗颇为寂寥，值得参考的研究论著其实也不多。所以当年徐复观先生有一次就感叹说：“今日校阅《宋诗特征试论》稿完毕。其中析论之精、综贯之力，来者不可知，古人与今人，谁能企及于一二乎？为之叹息！”这是1980年11月1日所记，现可见于《无惭尺布裹头归·生平》[①]中。

这与其说是徐先生的自夸，倒不如说是一种感慨。确实，拿胡云翼《宋诗研究》这类书、刘大杰所代表的观点或教科书上的讲法来比，徐先生这种哀叹确实很有道理。

过去，真在宋诗研究方面有贡献的，如郭绍虞、郑骞，或《全宋诗》的编辑团队，主要成绩还是在文献的处理上，诠释观点则没什么发展。

故徐先生自觉要“在中国文学批评史中选择若干关键性的题目，写成十篇左右深入而具纲维性的文章”，其中之一即是《宋诗特征试论》，正是想突破这种困境，替宋诗的研究勾勒新的地图。

一

当时他所面对的，还有一大批持特殊观点的研究者。他们认定“作品在作者所处的历史环境里产生，在他生活

---

① 为九州出版社《徐复观全集》之一种。——编者

的现实里生根立脚”，认为宋诗即是反映宋代内忧外患、水深火热的情况。

这是“存在决定意识”，拿住阶级性与反映论，去找宋诗中反映时代与人民苦难的材料。所以看来看去，都是梅圣俞《田家》《陶者》《田家语》《汝坟贫女》，文同《织妇怨》，唐庚《讯囚》，陈后山《田家》一类的。满纸工农兵，要写民间疾苦，那也是揭发官府不义，实在偏宕极了。这能显示宋诗的面貌吗？

另有些人则从艺术手法上批评宋诗在“大判断”上未超过唐人，只在“小结裹”上用功。如说某个意思写得比唐人透彻，某个字眼或句法从唐人处得来，而比唐人工稳，但风格意境或艺术的整个大方向，却寄生于杜甫、韩愈、白居易、贾岛等人身上或落入唐人势力范围，误以“流”为“源”，不知诗应从自然及生活经验中来，错把抄书当作诗。

还有一种则是琐碎的分派流变说，把宋诗分成一个个小流派，这一派学杜甫，那一派学韩愈，另一派学晚唐，挑出其中一些主要诗人来观察，并由其分解、结合活动，来获得对宋诗概括的认识。

这些，总体认知就都是错的。

宋诗之不同于唐诗，正在于它的“大判断”，使得整个宋诗显现了与唐诗截然异趣的两种艺术方向和风格意境。钱锺书早年写《谈艺录》时，劈头就力辩“诗分唐宋，乃风格性分之殊，非朝代之别”，以为“唐诗多以丰神情韵擅长，宋诗多以筋骨思理见胜”，“曰唐曰宋，特举大概而言，为称谓之便，非曰唐诗必出唐人，宋诗必出宋人也”，“夫人禀性，各有偏至，发为声诗，高明者近唐，沉潜者近宋。有不期而然者”，“少年才气发扬，遂为唐体；晚节思虑深沉，乃染宋调”。

其次，诟病宋人以“流”为“源”，其理论的底子自是唯物论的通套，主张诗应从生活经验和自然界得来，不应向书本子去求。这固然有它作为一派理论的根据，但问题是：宋人论诗，是否就是以学古为主？

非也！宋人论诗，以治心养气为主，然后才广之以学，学又是为了要悟。学不等于悟，但要学才可能悟。所以楼钥说“非积学不可为，而又非积学所能到”，“谓当有悟入处，非积学所能到也”。学习书卷只是下手功夫之一，怎能忘了他们强调“悟入”之目的，随便就认为宋人是以抄书为诗呢？而学须穷理养气，又怎能说宋人即是构句修辞的形式主义？

至于分派流变说，更是问题多多。

此法开自元代方回《送罗寿可诗序》，该文分宋诗为以下流派：白体、昆体、晚唐体、欧阳修、梅圣俞、苏轼、王安石、江西派、道学、四灵等。《书汤西楼诗后》又分昆体之后的宋诗为三宗：临川之宗、眉山之宗、江西之宗，三宗之外，还有道学与四灵。

这些讨论，基本上都如《沧浪诗话·诗体》，是在“作诗正须辨尽诸家体制”的要求下，对诗家风格的分析。故或以时分，如晚唐体；或以人分，如后山体；或以派分，如江西宗派体。其观念，跟我们现在文学批评讲的风格区分，实是截然不同的。

同时，在宋元人的观念中，派专指江西派。四灵、西昆、道学等无称为派者。

故宋诗中唯一的派就是江西派，而偏偏江西派其实是江西诸派的总称，内含二十五派。明清人搞不清楚这一区分，于是四灵、江湖、道学无不称之为派，派来派去，头绪纷如。

如《四库全书》说“南渡以后，《击壤集》一派参错并行，迁流至于四灵、江湖二派，遂弊极而不复焉”“宋之末年，江西一派与四灵一派合并为江湖派”等，都是不了解宋代诗人活动情况及宋人诗派之名义，故以明代应社、复社、几社等社局活动及分合状况去想象宋朝。

近人论宋诗，却往往沿用这种误说，如陈延杰《宋诗之派别》分北宋为六派、南宋为五派，梁昆《宋诗派别论》分宋诗为香山、晚唐、西昆、昌黎、荆公、东坡、江西、四灵、江湖、理学、晚宋十一派。台湾成功大学编纂的《全宋诗》即采用了梁昆的分法，而另加“其他”一类。这样的分法是荒谬的，宋朝根本没有这样的诗派间之消长。

江湖诗，以陈起编《江湖集》而得名。集中人诗体颇不相类，这些人怎能混为一派？其中，姜白石“三熏三沐，师黄太史氏”，高似孙“诗能参诚斋活句”，刘克庄“兼取东都、南渡江西诸老”。他们都学江西，跟江西派怎么消长对抗？

刘克庄《跋满领卫诗》说“今江湖诸人竞为四灵体”，赵希意为《适安藏拙余稿》作跋说“四灵诗，江湖杰作也”。江湖跟四灵又怎么分派？

又，《宋元学案》说：“中兴而后，学道诸公，多率于诗，吕居仁、曾吉甫、刘彦冲其卓然者……”吕居仁、赵彦卫、王应麟等人都是江西派。而江西派中，吕本中、徐俯是杨龟山门人，汪革、谢逸、谢邁、饶节是荥阳门人，道学与江西能互为消长吗？

可见这样的分派，不仅毫无根据，误会了宋人诗派之意，而且琐碎无当，徒然造成理解上的困难，让人误以为宋诗就是这样一个派一个派地争抗兴衰，而忽略了宋诗的基本课题，找不到它发展的理则。

二

徐复观写《宋诗特征试论》，似乎就是想要改变这种研究方式，摆脱细碎的分解、结合，而企图掌握宋诗之所以为宋诗的基本特质，重构一解释系统。因此，该文实有学术史上重要的意义。

不幸的是，他没成功。他的勾勒，往往失真。

其文第一句，“所谓‘宋诗特征’，是在与唐诗相对比之下所提出的问题。宋人几乎没有贬斥过唐诗，并且宋人也没有不学唐诗的”，就大有问题。

他认为“宋代的名家大家，虽好尚取舍以及其归宿各有不同，但很少觉得他们所作的诗应分成与唐诗是两个不同的壁垒”。

可是在宋人看来，他们虽然学《诗经》《楚辞》，六朝三唐，但宋诗与唐诗之不同是极为明确的。推崇黄山谷的人，甚至认为由江西派所代表的宋诗，根本“自为一家，并不蹈古人町畦”。

他们看不起唐诗，批评唐人“以格律自拘”，或说叶水心诗义理尤过少陵，或说“六言如王介甫、沈存中、黄鲁直之作，流丽似唐人，而妙巧过之”等，这类看法太多了。

正因为北宋末年到南宋初的诗学基本态度如此，所以后来才引发了几种趋向。

一是把唐宋分开，但认为各有优点，如陈岩肖《庚溪诗话》说：“本朝诗人，与唐世相亢，其所得各不同，而俱自有妙处。”

二是承认宋诗自立壁垒的价值，但特别强调除了新变，也还有对传统的继承部分。如指出山谷等人如何学习、转化、运用古人，尤其是找出杜甫作为宋诗的远祖。张耒说山谷一扫古今，直出胸臆，破弃声律，独创一体；胡仔就说老杜已有这种诗体，山谷得法于杜甫，只是山谷又能自出新意罢了。

这样的讲法，意在调和唐宋的壁垒，希望“近时学诗者率宗江西。然殊不知江西本亦学少陵者也。……今少陵之诗，后生少年不复过目。……余为是说，盖欲学诗者师少陵而友江西，则两得之矣”。

三是相信杜甫跟宋诗渊源较深，而且杜甫诗根本不能算是唐诗（钱锺书说唐诗、宋诗指两种风格，所以唐人可能作宋诗，宋人可能作唐诗，就延续这种看法）。如叶适《习学记言》就说杜甫强作近体，当时为律诗者不服，甚或绝口不道。

第四种趋向则是这两种态度的对抗，既不承认宋诗是学唐人而能青出于蓝，又强调唐宋之分，并认为唐胜于宋。从张戒到严羽，逐渐形成了“夫今之言诗者，江西、晚唐之交相诋也”的局面。

后来方虚谷又运用胡仔的办法融合两派，以江西兼有晚唐之妙而同通一祖，成了第五种趋向。

至于第六种，是对这种唐宋之辨不耐烦的。如戴昺《有妄论宋唐诗体者答之》诗说：“不用雕镂呕肺肠，辞能达意即文章。性情元自无今古，格律何须辨宋唐。”

从这六种趋势来看，宋人何止是自觉地把唐宋分成两个壁垒，其批评或贬斥唐诗的态度更是宋代诗学发展的主要动力。

徐先生之言，不但无一不错，且完全没有认识到宋诗发展时内部的复杂性。

接着，徐先生在第二节《宋诗特征基线的画出者》中指出：在山谷之前，昆体、白体之发展与王安石诗对宋诗特征的形成均有影响。

这里有关王安石在宋诗中地位的说明，确为徐先生之特识，很精彩。不过，他说“昆体支配坛坫凡四十年之久”则误。

西昆起于真宗景德年间，景德三年（1006）编为《西昆酬唱集》，大中祥符二年（1009）即有禁文体浮艳之诏，前后不过三年，就算包括余波，也不可能有四十年的支配力。

谈黄山谷在宋诗中的地位及杜诗的影响时，他说“山谷学杜甫，山谷派下，遂无不以杜为宗极”，亦殊不然。

山谷所学甚博，初不以杜为宗。在早期文献中，从没有人牵合山谷与杜甫，都是说他“包括众作，本以新意”，所以才能成为诗家宗祖。尊杜之风，起于北宋末年。特意指出山谷学杜，所以江西诸派也应学杜的，是胡仔一类人的意见。原因是当时江西派学诗者已经不看杜甫诗了。像张耒说唐人以声律为诗，山谷才独出胸臆，创出不拘声律之体。胡仔就说：“诗破弃声律，老杜自有此体。……故鲁直效之。……文潜不细考老杜诗，便谓此体自吾鲁直始，非也。鲁直诗本得法于杜少陵。”《天厨禁脔》说：“鲁直换字对句法，……前此未有人作此体，独鲁直变之。”胡仔就说：“此体本出于老杜，……非独鲁直变之也！”硬替黄山谷找了一个祖宗。后来这种说法虽日益流行，但反对的声浪也从来没有间断，如张戒、严羽、王若虚都不认为山谷像杜甫，直到明朝胡应麟还说：“其语未尝有杜也，至古选歌行，绝与杜不类。”

宋代还有些人虽相信山谷是学杜，却认为他的诗并不像杜，是“本于老杜而不为”，不可求之于形名度数者。

徐先生没弄清楚这些曲折，也忘了治史时作为证言的材料，其本身很可能就已带有某些历史诠释在，应该仔细予以过滤。所以他分析“山谷怎样学杜”，可说毫无意义。凡此种种，都可以看出徐先生的解释破绽甚多，并未达成他原先的企图。不过，就问题意识和方法论的自觉来说，徐先生的表现，至少在他那个时代，确实无人能及。

三

他对宋诗的研究采取的是一种进行艺术风格分析的方法：借着“唐”与“宋”的对比，把宋诗界定为一种艺术风格，然后再尝试着说明这一风格的特征。

他很清楚艺术风格是由一堆特性结合而成的。这些特性会形成一个互有关联的特征群集或结构，并带有某种侧重点或连续性，作为各个具体事项的构成原则而出现。因此，具体事项若脱离了这个原则，就会面目模糊，无法辨识。例如哥特式建筑的特征是：尖尖的拱门、高高的拱顶、高度倾斜的房顶、细长的柱子、薄薄的墙壁、巨大的有色玻璃等。巴洛克的建筑风格则是幽深、开阔、具有有机规律性和相对清晰性等。这些特征不是单独琐碎的存在，而是有一构成原则的统合群集。脱离了整体构成原则，长柱子、尖拱门便不代表什么意义，光看尖拱门也不能抓住该时期建筑的风格。

换言之，宋诗之所以为宋诗，不只有时间意义；研究宋诗，也不只是在研究“宋代的诗”。宋诗是具有艺术风格学意义的研究对象，所以必须讨论形成这一风格类型的特征是什么，而不能顺着时间，叙述自王禹偁到谢叠山各有些什么诗。

其次，宋诗因其具有某些特征而成就一种宋诗风格，但并不能说所有的宋朝诗都有宋诗风格，犹如巴洛克风格的盛行是在 1550 年至 1750 年的欧洲，可并不是此一时期的全部艺术都是巴洛克风格的。不过，在这两百年欧洲文化及其艺术表现中，会有一种最典型、最基本、最独特又最能解释该时期各种艺术及文化分支的特征。具有此一特征者，我们即称它属于巴洛克风格。

而宋朝诗中，最能显示宋诗之风格特征的，当然是黄山谷所开创的江西派。

这就是徐先生想借着前人对江西派的描述，看出宋诗的基本风格特征，并考察风格特征形成的原因。

我们不能不承认他有过人的识见和方法的自觉，但他毕竟不免于夹缠和误解，亦未抓住宋诗发展的线索和主要问题。原因又在哪儿？

风格特征的描述，可以指向那些能从感觉上直接观察的性质与关系（例如红色），也可以指向那些具有确切文化含义的性质和关系（如十字架暗示基督教）。特别是后者，托马斯·芒罗（Thomas Munro）曾论及：

> 暗示出来的理性含义、思想和情感态度，本身就可以是艺术作品和风格的必要组成部分。它们可以成为一种特殊风格的主要特征。风格概念不应局限于艺术表面的式样或狭义的形式方面。例如在文学中，它可以包括表达的思想、信仰和态度，也包括表达它们的方式。
>
> ……
>
> 要对艺术品中那些可以观察到的风格进行描述，除了从理论上分析它们的因果关系之外，还要描述它们表达的深层精神含义和基本的心理与情感态度——“时代的精神”。

徐先生显然就是没有触及宋朝的时代精神。第一，他所观察的风格特征仍局限于句法、字眼、格律等形式；第二，这些形式的构成，由内说是黄山谷个人的创造用心，由外说是出于他所分析的六个原因。但历史情境的构成因素颇为复杂，无论如何累积因果分析，历史情境的意义及其与论述项的关系都是无法充分把握的。而个人的艺术天才又是自发的、不受外界影响的，为什么欧阳修、王安石、黄山谷等人会不约而同走上素朴平淡的风格呢？第三，“素朴平淡”可以用来描述宋诗的风格，然而宋人何以选择素朴平淡？此一美感价值的选择，有无深层的精神含义及心理态度？在美学上，此一选择是否具有理论上的意义？假如这些问题并未获得处理，那当然不是究极之论。同时，作为一个风格描述语，“素朴平淡”的描述效力是不够的。它只指涉了风格的表现，不能说明形成及展开风格的力量，也不能以“素朴平淡”作为宋朝其他艺术门类、其他文化倾向的整体说明。

这就是为什么我后来使用“知性的反省”一词来描述宋诗之基本风貌的原因。

四

“知性的反省”，是我所界定的宋代时代精神，为其文化之特质。透过对宋文化的理解，我们才能较准确地掌握宋诗。这种说法，与一般浮泛地说要了解一个时代的文学应了解该时代的文化是不同的。我不是历史论的批评家，也不是社会文化论的研究者，我的处理在《江西诗社宗派研究》《诗史本色与妙悟》等书中自成一论述脉络。这个脉络，大概是这样：

1. 研究宋诗的人，无论他是尊宋还是贬宋，几乎无一例外都会采用唐宋对比的方式来讨论宋诗之发展与特质。因此，我们必须晓得“唐”与“宋”代表着两种互相对照的美感风格。唐诗与宋诗，不仅是时代的划分，更有本质上的差异，展现了不同的风格形态。

2. 宋诗这种风格形态，并不是孤立的表现。一方面它显示了宋文化整体的倾向，与文、书、画、理学、史学、经学一样，具有宋文化的基本特质；另一方面，整个宋文化中，似乎也以宋诗的表现为典型，最足以代表宋文化。

3. 这种宋诗和宋文化的特质，我们可以用“知性的反省”的精神来概括。

4. 此一“知性反省”之精神，是面对唐代中期所出现的文化变迁使然。中唐的社会文化变迁甚为剧烈，故思考变迁后的社会应朝什么方向走，在新的文化走向中存在着什么问题，即为中唐以后之文化所关切之时代课题。

5. 以诗来说，开创新风格的杜甫、韩愈就显示了这种变迁；而杜甫、韩愈所形成的诗风，以及他们作为“变迁的典型”，对宋朝有极大影响。但反过来说，宋朝人对究竟能不能将这样的典型作为未来的指标也争论不断。

6. 晚唐五代，姚合、贾岛、许浑等人代表了另一种典型。这一典型跟杜、韩等人所代表的典型，在宋朝一直竞争着。但整体说来，是杜韩为主，姚贾为辅。

7. 欧阳修喜韩而不喜杜，黄山谷喜杜而不喜韩。经由北宋时期这些人自觉的努力与价值的选择之后，宋诗大抵即是依中唐所开启的诗风而发展的。

8. 自觉建立诗风与确定方向，不仅在做价值的选择，更要处理其中所含的问题。例如杜韩诗风与汉唐诗歌传统不同，何者较符合诗之“本质”？若二者有所冲突，应如何融合？汉魏三唐的抒情精神，可能产生何种问题？怎样从“知性的反省”上去解决？主知的创作又会使诗偏于议论说理，应如何使知与感相融？诸如此类，逐渐形成“法 / 悟”“知 / 感”“赋 / 比兴”的辩证融合理论架构，以及诗之“本色”的讨论等。

9. 此一辩证融合的进路，乃一种超越的处理，讲究“援毫之际，属思之时，以情合于性，以性合于道”，所以是一种技进于道的创作形态。

10. 然而此一创作形态，是由知性的自觉中逐渐省察而得的，所以只是在理论上超越辩证地解决了一切问题或预示了解决的方向。是知道要技进于道，而不是表现为技进于道，所以在创作上仍不免有技、有知、有法。元明清三朝之诗与诗论，即面对此一内在困境而继续处理之。

我以为，通过以上这十条提纲，我们才能够说明宋诗之发展理路及其中所包蕴的一切问题，才能明白一种文学体类如何在时代文化中确立本身的价值与地位，才能解释诗与其他各文体之间内在的关联，才能探讨文化变迁与文学体系中常与变的规律。对宋诗的研究而言，我不以为还有其他的方法或途径比这更为有效。

词，不是宋朝代表性文体

近代人写文学史，常持“一代有一代之文学”之论，谓唐诗、宋词、元曲、明清小说为各代之胜。论宋代者，遂皆轻诗而重词，以为宋词才是宋代的代表性文体，殊不知这只是现代人的观点。

在宋代，词的地位远不能跟诗比。词要替自己争地位，就只能把自己称为“诗余”，以附诗之余光。文人创作，对诗极其认真，填词就不免率尔而为，创作量也显然不能跟诗比。

以陈振孙《直斋书录解题》考之，除柳永《乐章集》九卷、苏轼《东坡词》二卷、周邦彦《清真词》二卷、贺铸《东山寓声乐府》三卷、万俟雅言《大声集》五卷、康与之《顺庵乐府》五卷、辛弃疾《稼轩词》四卷、陈亮《龙川词》四卷、徐得之《西园鼓吹》二卷、蔡伯坚《萧闲集》六卷、姜夔《白石词》五卷、严次山《欸乃集》八卷之外，词人词集都只有一卷。这跟宋代诗人动辄有诗数十卷、数千乃至万首的情况，实在相去邈远。也就是说，宋代文学创作的主要文体是诗，而不是词。

在此大环境下，宋词的发展正是设法把自己变成诗，词法即是诗法。

以江西诗法作词，最著名的是姜夔，然此风不自姜氏始。《碧鸡漫志》卷二早就说过："陈去非、徐师川、苏养直、吕居仁、韩子苍、朱希真、陈子高、洪觉范，佳处亦各如其诗。"南北宋之交，这批人正是以其作诗之法去作词的。其中吕本中、徐俯、陈与义、韩驹都是著名的江西诗人。

要知道，词在北宋中晚期并不都是朝文人雅士之路发展的，除了歌场舞榭仍唱着艳曲外，俳谐俚俗者亦流行一时。《碧鸡漫志》卷二载："长短句中作滑稽无赖语，起于至和。嘉祐以前，犹未盛也。熙、丰、元祐间，兖州张山人以诙谐独步京师。……其后祖述者益众，嫚戏污贱，古所未有。"此类词，上承敦煌俗曲，下启元代曲子某种趣味，声势并不下于文人士大夫言志之词。但就像诗之发展那样，江西重在转俗为雅，词在这些人手上亦然。反对谐谑俚俗，反抗流靡淫艳，要求表现作者内在情志，乃诗词在南宋共同之走向。

吕本中、陈与义诸人之词作，亦因此而甚少绮罗香泽语，足以见志。如陈与义《临江仙》"忆昔午桥桥上饮，座中多是豪英。长沟流月去无声。杏花疏影里，吹笛到天明"

和韩驹《念奴娇·月》，论者都说他们学苏，实则未必，只是如苏轼作词那样去作罢了。

同时还有张元幹和张孝祥。张元幹《贺新郎·寄李伯纪丞相》《贺新郎·送胡邦衡待制赴新州》等词，四库馆臣评其“慷慨悲凉，数百年后尚想其抑塞磊落之气”。张孝祥《六州歌头》《念奴娇·过洞庭》等亦迈往凌云，清人刘熙载《艺概》卷四曾赞叹道：“词之兴观群怨，岂下于诗哉？”

真正足以为兴观群怨之大观者，是稼轩。稼轩词完全体现了他这个人特殊的心胸志业及遭际。他“本无意作词人”，而现存词竟达六百余首，数量为宋代第一。作法不只以诗法为词，更以文为词。词遂兼说理、记事、言志、抒情，无之而不可。

词史发展至此，回头看五代的《花间集》，便觉其浅薄矣。陆游《跋花间集》曰：“方斯时天下岌岌，生民救死不暇，士大夫乃流宕如此，可叹也哉！或者亦出于无聊故耶？”

稼轩、陈亮、刘过、陆游之后，继起的雅正之风（代表者有姜夔、张炎、吴文英、王沂孙等），虽未必再继续豪纵慷慨，但仍在诗人士大夫之词的路子上发展，比诗还纯粹呢！

其间也有想独立的。例如李清照《词论》认为“词别是一家”，是与音乐结合的文体，故协律是第一个标准；其次则要雅，如柳永词就不够雅：

始有柳屯田永者……虽协音律，而词语尘下。……至于晏元献、欧阳永叔、苏子瞻，学际天人，作为小歌词，直如酌蠡水于大海，然皆句读不葺之诗尔，又往往不协音律者。何耶？盖诗文分平侧，而歌词分五音，又分五声，又分六律，又分清浊轻重。……王介甫、曾子固，文章似西汉，若作一小歌词，则人必绝倒，不可读也。乃知词别是一家，知之者少。

后来沈义父《乐府指迷》又指出另一个诗与词不同之点，即词必须语涉闺情："作词与诗不同，纵是花卉之类，亦须略用情意，或要入闺房之意。然多流淫艳之语，当自斟酌。如只直咏花卉，而不着些艳语，又不似词家体例，所以为难。"

这就是"词本艳科"之说，以写闺情为词之本色。这些讲法，都是针对北宋词之诗化风气而说的。

晚唐五代和宋初那些早期词，原先是有点自己的面貌，后来却越来越像诗、同于诗。词的本色到底是什么便模糊了，因此他们不得不站出来大声疾呼。

但如此努力将词与诗分开的结果，是让词果然独立了吗？不然，历史的发展刚好相反，乃是在其本色的基础上继续诗化。例如张炎《词源》说：

盖词中一个生硬字用不得。须是深加锻炼，字字敲打得响，歌诵妥溜，方为本色语。……词与诗不同，……若堆叠实字，读且不通，况付之雪儿乎？

谓词须付歌者传唱，所以与诗不同，必须强调音律。但事实上，南渡后，词乐分离的趋势愈加明显。张炎、沈义父、姜夔等词律家再怎么努力，也无法改变词乐弱化的事实。

张炎《词源》已无奈地说“信乎协音之不易也”，“可歌可诵者，指不多屈”。沈义父《乐府指迷》也不得不承认：“前辈好词甚多，往往不协律腔，所以无人唱。”姜夔《角招》词序里更感慨地说：“予每自度曲，吟洞箫，商卿辄歌而和之，极有山林缥缈之思。今予离忧，商卿一行作吏，殆无复此乐矣。”不可歌之词，早已多于可歌的了。

这时，所谓重视音律，乃只成为一种文字性的格律讲究。南宋词学家孜孜于词技、词艺的探讨，均与此趋向有关。

闺情的部分。词要比诗更能言情且是言艳情，为其本色。但言情，依然是要雅正的，李清照不就批评柳永尘俗吗？张炎也一样，虽说“簸弄风月，陶写性情，词婉于诗。盖声出莺吭燕舌间，稍近乎情可也”，却仍强调“词欲雅而正，志之所之，一为情所役，则失其雅正之音”。

词要雅正，不为情所役，实即是儒家诗教“发乎情，止乎礼”之义。

在写法上，一是希望写得含蓄，如沈义父说“多流淫艳之语，当自斟酌”；二是意识上忏情感伤，把情事当成可反省、可慨叹之对象，而非正面肯定艳情；三是把情当作一种陪衬、一抹艳色来装点词人的伤感或应酬。词的重心，就从逸乐纵情向言志写心方面转移，即向“诗”认同了。兴发一己的身世境况、情事际遇，脱离往昔那种绮思闺怨的类型化习套，带有强烈的主体性。于是强调写情的结果，是更深刻地抒发了自己内心深处最幽微细腻的感情，因而也更富于个性。这整个趋向合起来，就是诗化或雅化，出现了许多以“雅”字名集的词选，如鲖阳居士的《复雅歌词》、曾慥的《乐府雅词》、张孝祥的《紫薇雅词》等均是。其中，曾慥于绍兴十六年（1146）编定的北宋词总集《乐府雅词》，有正集上、中、下三卷，拾遗上、下两卷。自序说：

> 余所藏名公长短句，裒合成篇，或后或先，非有诠次，多是一家，难分优劣。涉谐谑则去之，名曰《乐府雅词》。……欧公一代儒宗，风流自命，词章幼眇，世所矜式。当时小人或作艳曲，谬为公词，今悉删除。

把艳曲或涉及谐谑者都屏除了。鲖阳居士的《复雅歌词》序则以止于礼义为“骚雅之趣”，不但反对淫艳之作，且把词附入诗的大传统中去，替词另找了一个源头，不再从唐代燕乐之流行、温韦之创制讲起。这是当时熟见的方式，肇启了后人“尊体”之风，直接说词其实就是诗，因为古代的诗也是可歌的。

王灼《碧鸡漫志》其说也是如此，谓：

> 或问歌曲所起。曰：天地始分，而人生焉，人莫不有心，此歌曲所以起也。……故有心则有诗，有诗则有歌，有歌则有声律，有声律则有乐歌。永言即诗也，非于诗外求歌也。今先定音节，乃制词从之，倒置甚矣。而士大夫又分诗与乐府作两科。古诗或名曰乐府，谓诗之可歌也。故乐府中有歌有谣、有吟有引、有行有曲。今人于古乐府，特指为诗之流，而以词就音，始名乐府，非古也。

反对"士大夫又分诗与乐府作两科"，显见词本来是准备跟诗分家的；可是发展下来却更紧密地合为一家，以恢复古义的方式，说词本来就是诗。这时，那原本被视为非本色、不当行的东坡词，乃一转而成为正面之典范。《碧鸡漫志》说：

> 东坡先生以文章余事作诗，溢而作词曲，高处出神入天，平处尚临镜笑春，不顾侪辈。或曰"长短句中诗也"。为此论者，乃是遭柳永野狐涎之毒。诗与乐府同出，岂当分异？……长短句虽至本朝盛，而前人自立与真情衰矣。东坡先生非心醉于音律者，偶尔作歌，指出向上一路，新天下耳目，弄笔者始知自振。

力赞东坡，把李清照都骂上了（又说她“轻巧尖新，姿态百出，闾巷荒淫之语，肆意落笔”，并不以为她能近雅。胡仔《苕溪渔隐丛话》卷四则说她批评欧阳修等人是“蚍蜉撼大树，可笑不自量”）。谓诗与乐府同源，所以词须如诗一般作，重点在真情而不在声律。所谓真情，指的不是男女之情，而是至情高情之意。此种情，是由作者人格心志高远真淳所显示的。张耒论词，曾说应“满心而发”，才符“性情之至道”。南宋人论词，亦甚重此。如范开《稼轩词序》即说：

> 器大者声必闳，志高者意必远。……公一世之豪，以气节自负，以功业自许，……果何意于歌词哉？直陶写之具耳。故其词之为体，如张乐洞庭之野，无首无尾，不主故常；又如春云浮空，卷舒起灭，随所变态，无非可观。无他，意不在于作词，而其气之所充，蓄之所发，词自不能不尔也。

这不是江西诗家所谓活法、无意于文之说吗？无意于文，并不是说不要技巧，而是说首应注重诗人之志。但志正不正、高不高仍与其表现方式相关，这种表现就是雅。张炎说：

> 词欲雅而正，志之所之，一为情所役，则失雅正之音。耆卿、伯可不必论，虽美成亦有所不免，……所谓淳厚日变成浇风也。(《词源》卷下《杂论》)

> 故其燕酣之乐、别离之愁、回文题叶之思、岘首西洲之泪，一寓于词，若能屏去浮艳，乐而不淫，是亦汉魏乐府之遗意。(《词源》卷下《赋情》)

为了求雅，词人不但要在生命中求高雅，亦要在表现方法上求雅。前者可以姜夔为代表，姜夔慕晚唐陆龟蒙，词中尝云“第四桥边，拟共天随住”，诗中更曰“沉思只羡天随子，蓑笠寒江过一生”。他喜欢这种江湖散人的生活，故其词亦体现着孤高寒士的人格，吟味湖山的清幽寂静。以至论者谓其为白石老仙，词作清空骚雅。

后者则要仔细考究其表现手法。如张炎强调协音：“词之作必须合律。”《词源》卷上就是专论词乐的，从五音、八十四调、十二律吕、乐谱符号到歌唱方法，都有详细的说明。沈义父《乐府指迷》也强调协律，引梦窗（吴文英号）语“音律欲其协”。杨缵的《作词五要》分择腔、择律、按谱、押韵、立意几部分，也主要是讲协律技巧的。

《词源》卷下则提出章法之“意脉不断”，句法之“平妥精粹”，字面之“深加锻炼，字字敲打得响”，虚字“用之得其所”，命意之“不要蹈袭前人语意”，用事之“融化不涩”，咏物之“不留滞于物”，赋情之“情景交炼，得言外意”。这些表现手法所创造出来的即是“野云孤飞，去留无迹”的清虚。沈义父《乐府指迷》说“大抵起句便见所咏之意，不可泛入闲事，方入主意”，“过处多是自叙，若才高者，方能发起别意，然不可太野，走了元意”，“结句须要放开，含有余不尽之意，以景结情最好”，又说字面要采用唐人诗句中字好而不俗者，说桃柳书泪等均需用代字，讲的也是这方面。总结则是：

> 盖音律欲其协，不协则成长短之诗；下字欲其雅，不雅则近乎缠令之体；用字不可太露，露则直突而无深长之味；发意不可太高，高则狂怪而失柔婉之意。

这四个原则概括起来就是：协律、典雅、含蓄、柔婉，可代表南宋词坛所追求的基本风格。

这些创作技法上的讲究其实讲的也只是个大原则，具体结合到每个词人的生命形态时，技术就会有所不同。例如柳永、周邦彦所表现的仍多是类型化的感情，而不尽是作者独特的人生体验、个性感受。

姜夔词虽然已自我化与个性化，但采取的是一种相当节制含蓄的手法，让自己始终站在一个超脱之处，从而表现一种清远空灵的境界。他怀念合肥情人之作约有十七八首，但极力淡化对情感的正面描写，避免“为情所役”，态度是节制的，很少描述具体事件，甚至把男女情事内化为一种心理感受。因此，北宋词中，不论是柳永笔下常见的关山大河，或是周邦彦笔下近镜头的细致之景，皆是当下可见的实景。姜夔词却虚多于实，自然景物经由词人特意选择，皆具有萧散、疏淡、清远、冷寂之态。

与姜白石的矜持相比，梦窗词炽热、大胆、缠绵得多。但为了含蓄曲折地表现自己内在感情的活动过程，他笔下所出现的风景、事物本身不再有什么独立的意义，只是作为反映内心活动与意识流动的媒介而已。所以他笔下的景物多半是虚幻之景，善用象征性的景物来表现内心难以明言的隐衷。凡此等等，显见他们表达手法之不同，正关联着他们生命形态的差异。

借此，我们便可发现：词在北宋中期就开始了诗化的历程，虽曾欲独立为另一家，但实际上却是更彻底地诗化，完全转化为表达文士心志之文体。想独立的词，比诗更像诗了呀！

自性能生万法

历史上许多人名位显赫，但其实是因有好儿孙替他们拔高了。唐诗的地位，就是被元明人拔高之结果。

要拔高某甲，通常会以压低某乙为手段。明人既要“诗必盛唐”，当然就把宋诗骂了个够。而要骂人，通常又总会贴标签、污名化，或扎个稻草人来打。宋诗被长期如此打骂，它的真面目当然也就愈发模糊，因为人们也愈来愈不在乎它是什么。

所以说到宋诗，只知其代表是江西派，以黄山谷为首。其作法主要是向唐诗中去偷势、偷意、偷句，“夺胎换骨”之类。可是江西到底是个什么样的派？过去讲宋诗的人，却都搞不清楚，不明白江西既是一派，为什么派中人彼此风格各异、体制互殊？又以为它是效法禅门宗派而生，或争辩《江西诗社宗派图》排名是否有高下先后之分，在这上面大作文章，考来考去。还有人说江西派只流行于南方，北方则“北人不拾江西唾”，不吃这一套。

我被前辈误说折磨甚久，后来才渐渐看清眉目，底下简单辨正。

一、古无诗派，诗派起于宋。从前论诗，只说源流。流而分派，始于宋人，狄遵度《杜甫赞》：“其祖审言，……诗派之别，源远乎哉！”即指此。吕居仁以后才用来具体指诗家集团，故清代厉鹗《查莲坡蔗塘未定稿序》说：“自吕紫薇作江西诗派，谢皋羽序睦州诗派，而诗于是乎有派。”

二、宋人看不起唐诗，所以认为自己建立了新的诗派。具体能建立新风格的关键人物是黄山谷，而山谷是江西人，故这个诗派称为江西派。南宋叶适曾描述宋代的诗史说：“庆历、嘉祐以来，天下以杜甫为师，始黜唐人之学，而江西宗派章焉。”（《徐斯远文集序》）严羽也说：“至东坡、山谷始自出己意以为诗，唐人之风变矣。山谷用工尤为深刻，其后法席盛行，海内称为江西宗派。”（《沧浪诗话》）

这类言论太多了，均谓宋诗乃不满唐诗而生（注意：杜甫是唐朝人，但诗是宋诗之风格），风格形成于庆历以后，至山谷而大成，并形成了江西派，声势极盛。刘克庄形容曰：“派里人人有集开，竞师山谷友诚斋。只饶白下骑驴叟，不敢勾牵入社来。”可见一斑。

三、具体哪些人属于江西派？吕居仁作《江西诗社宗派图》，列了二十五人。此图既名诗社又称宗派，所以江西派也称为江西社，如周必大《跋杨廷秀赠族人复字道卿诗》“江西诗社，山谷实主夏盟”即是。社集、宗派皆是人群的组合，也就是用社集和宗族的组织形态去比拟文人群。这一群人，除了陈师道、潘大临、谢逸、洪刍、饶节、祖可、徐俯、洪朋、林敏修、洪炎、汪革、李錞、韩驹、李彭、晁冲之、江端本、杨符、谢薖、夏倪、林敏功、潘大观、何觊、王直方、善权、高荷二十五人外，还有何颙、曾纮、曾思、江端友等。吕居仁本人也常被视为这一宗派中人。

四、诗人的关系被比拟为宗族。这批人共称为江西派，意谓他们都学黄山谷。山谷就是这个诗人团体的祖宗，其他人则是祖宗所衍下来的支派。因此二十五人就代表二十五个支派，合而为一大宗族。

血缘宗族间，各派中人形体、智愚、成就均不相同，但同出一源，正如诗家“虽体制或异，要皆所传者一”，故可把诗人群视同一大家族，用族谱式的图表来描述诗人关系，称为诗社宗派团。同理，社集本身也是拟宗族团体，各行社都拜该行业的祖师爷，岁时献祭，会盟誓神，诗社亦不例外。诗人聚会又称诗坛、诗约、诗盟，均与此有关，所以此图既称宗派又说诗社。

五、江西派不是学禅宗来的。以宗派谈学者文人关系，乃宋人之惯习：谈理学，有《伊洛渊源录》《圣门事业图》；谈诗，有吕本中这样的图；谈书法，也有曹士冕《法帖谱系》。

到元朝，吴镇作《文湖州竹派》，也说二十几位画竹高手都出自文同，取义与吕氏完全一样。一个宗派里可分出若干支派来，各派有相对独立性，所以我们固然可视该宗派为一大族群，也可视某一分支为某一派。

如此分宗分派，后人不知，又以为是效法禅门，更是好笑。禅家虽属方外，叙述其传法次第，却完全根据世俗族谱之规矩。所以是僧团与诗人群一样都自拟为宗族，而非诗人群体模仿着禅家去论宗派。

六、江西派是观念的宗族，不是实有这样一个诗社。这是观念的社集，是吕本中以其批评意识对当时诗人群的一种概括，并非陈师道、潘大临等人真结了这么个诗社。所以以上二十几人年辈不相及，行止也不必相接，更不见得都是江西人，只是都受山谷诗法的启发罢了。

七、后世误以为江西派是地域性诗派。后世以地域论流派之风渐盛，如明清时期之公安、竟陵、虞山、桐城、阳湖、湘乡、常州、浙西诸文派、诗派、词派都是以地域标目的，因此人们常误以为江西派就是此种地域宗派之源头。如清代张泰来作《江西诗社宗派图录》，竟谓居仁结社，一时遂有二十五人。不知这不是实际的聚会，乃是观念的编排。彼又谓诗派独宗江西，应该是江西人才能入派，质疑吕本中弄错了。不知吕氏所论根本不从地域着眼，指的乃是风格与作诗方法，属于风格的判断，非地域之划分。

其实，对于这一点，杨诚斋《江西宗派诗序》早就说过了："江西宗派诗者，诗江西也，人非皆江西也。人非皆江西而诗曰江西者何？系之也。系之者何？以味不以形也。"从形上看，高子勉不似二谢，二谢不似三洪，三洪不似徐师川，师川不似陈后山，也都不似黄山谷。可是从风味以及调理成这种风味的手段方法上看，"酸咸异和，山海异珍，而调胹之妙，出乎一手也"。

八、江西派在南宋的影响力巨大，也影响着北方金朝。大概只有从庆元六年到嘉定四年徐照卒这十二年间，永嘉四灵及江湖诗人略占了一点风光，其余都是江西派的天下，就连北方金朝也一样。连不喜欢江西诗的王若虚也不得不说："山谷于诗，每与东坡相抗，门人亲党遂谓过之，而今之作者，亦多以为然。"

九、江西派内容的变化。流传既广，江西派内容遂亦发生了变化，先是开始尊杜。吕居仁卒后第三年，胡仔《苕溪渔隐丛话》前集编成，录了吕氏图序，但对江西派之看法却已与吕不同：一是认为山谷诗未必那么好，非能"尽兼众体"；二是说更好的是杜甫，山谷也是学杜甫的，因此学江西诗的人都应该再往上追溯到杜甫才好。

这个新讲法影响深远。江西本以山谷为宗，并不尊杜，现在却多了个远祖出来。清人王渔洋诗云"却笑儿孙媚初祖，强将配飨杜陵人"（自注：山谷诗得未曾有，宋人强以拟杜，反来后世弹射，要皆非文节知己），即指其事。明清间争论山谷是否学杜、如何学杜、学杜是否得髓者，不可胜数，成了一大公案，吵来吵去，令人哭笑不得。

事还没完。刘克庄《江西诗派小序》又认为曾几（茶山）应该列名江西派中，吕本中漏了，特为补入。到方回作《瀛奎律髓》又补了陈与义（简斋），说应该以老杜为祖，“宋以后，山谷一也，后山二也，简斋为三，吕居仁为四，曾茶山为五。……此诗之正派也”（卷十六）。这就是一祖五宗了，可是他大部分时间仅说一祖三宗。而前文提到的张泰来《江西诗社宗派图录》又再往上溯，说陶渊明不就是江西人嘛，江西应当以陶潜为初祖云云。江西且又从风格的指称，变成了地域性的派别。

这是江西派名义与内涵上的变化。本来根本不在派中的人，忽然成了祖宗，颇造成后世理解之混乱。但更令人搞不清楚的，还在于江西派是一种风格的概括，而那些诗人既然体制、形貌各殊，何以能并称为一大宗族，且谓其均出于山谷？

十、江西派的主要特点或诗法是什么？此即上文所说“调胹之妙，出乎一手”的问题。对于这“一手”，过去的文学史研究者异口同声，说江西诗的诀窍在于锻炼句法、夺胎换骨、无一字无来历，因此是形式主义，是堆垛书卷，是寄生在古人的诗上，以为把前人的好句子或好意思拿来改一改就可成为好诗了。

这类胡扯，现在仍充斥于坊间及课堂上，令人哭笑不得。江西诗是这样吗？

吕氏弟子曾季貍《艇斋诗话》曾解释他们出乎一手的秘诀是："后山论诗说换骨，东湖论诗说中的，东莱论诗说活法，子苍论诗说饱参，入处虽不同，然其实皆一关捩。"换骨，是把作诗比拟为仙家炼养，内丹丹成，凡骨即变成仙骨。中的，是说诗人作诗如射箭，一发中的，半靠人力半依天巧。活法，是说作诗者须用法而不被法所拘。饱参，是说作诗如参禅，要能参悟才行。这许多说法，显示江西诗家都不主张锻炼字句形式或效法古人，反而都从内养、活法、参悟这些方面去强调作诗者用功须在内而不在外。

此一路向与方法正是从山谷来的。山谷《与王观复书》说"所送新诗，皆兴寄高远，但语生硬不谐律吕，或词气不逮初造意时"，看来是要批评他的修辞，但立刻指出"此病亦只是读书未精博耳"，从句式层面转到作者内在的问题上。接着，又再补充："好作奇语，自是文章病。但当以理为主，理得而辞顺，文章自然出群拔萃。观杜子美到夔州后诗，韩退之自潮州还朝后文章，皆不烦绳削而自合矣。……文章盖自建安以来，好作奇语，故其气象衰苶，其病至今犹在。"意思是多读书，多识理，自然文章就好了；不此之图，光在语句上出奇制胜是没用的。这叫作"无意于文"，不是在文字上卖弄手段，而是在作者身心上下功夫。既不在文字上卖弄手段，风格当然也就不花俏，平淡简古。山谷所称赞的句法即是如此，"但熟观杜子美到夔州后古、律诗，便得句法：简易而大巧出焉，平淡而山高水深"。

也就是说，他讲的是一种反句法的句法，创作者要从创作的源头上下手。俞成《萤雪丛说》文章活法条云：“文章一技，要自有活法。若胶古人之陈迹而不能点化其句语，此乃谓之死法。死法专祖蹈袭，则不能生于吾言之外。活法夺胎换骨，则不能毙于吾言之内。毙吾言者，故为死法；生吾言者，故为活法。……吕居仁尝序江西宗派诗，若言：‘灵均自得之，忽然有入，然后惟意所出，万变不穷，是名活法。’杨万里又从而序之，若曰：‘学者属文，当悟活法；所谓活法者，要当优游厌饫。’”

死法是光在语言上下功夫，所以毙于语言之内。但若发现能言者是我这个人，我若能胸中活活泼泼，不为天地所隘，能优游厌饫，能自得，成为一个自由的创作主体，那就能不断生发出语言来，如此则活。因而所谓活法，活的关键在心，心活才能笔活，如吕居仁所云：“笔头传活法，胸次即圆成。”

此法，山谷自己也有诗解释：“覆却万方无准，安排一字有神，更能识诗家病，方是我眼中人。”

山谷勉人作诗都从见道上着手，如“道应无芥蒂，学要尽工夫”“句中稍觉道战胜，胸次不使俗尘生”“道机禅观转万物，文采风流被诸生”“句法清新俊逸，词源广大精神”“拾遗句中有眼，彭泽意在无弦”“觅句真成小技，知音定须绝弦”等，不胜枚举。后人推崇山谷曰：“元祐中末，涉历忧患，极于绍圣、元符以后，流落黔、戎，浮沉于荆、鄂、永、宜之间，则阅理益多，落叶就实，直造简远，前辈所谓黔州以后句法尤高”（魏了翁《黄太史文集序》），讲的也是他这种无弦、具眼、不在句法雕琢上用力的句法。

如此，作诗便与修道、养气、参禅相似。南宋人常作学诗诗，描述学诗如参禅学仙，均属于此类说法之后劲。如鲍慎由《答潘见素》“学诗比登仙，金膏换凡骨”，李彭《十章兼寄云叟》“学诗如食蜜，甘芳无中边。陈言初务去，晚乃换骨仙”，龚相《学诗诗》“学诗浑似学参禅，语可安排意莫传。会意即超声律界，不须炼石补青天”，陆放翁《示子遹》“正令笔扛鼎，亦未造三昧。……汝果欲学诗，工夫在诗外”等都是。

所谓“诗外工夫”，施德操《北窗炙輠录》说得好：“子美读尽天下书，识尽万物理，天地造化，古今事物，盘礴郁积于胸中，浩乎无不载，遇事一触，辄发之于诗。渊明随其所见，指点成诗，见花即道花，遇竹即说竹，更无一毫作为。”这才能成就“无意于文文始工”的创作形态，诗不是作出来的，而是由心中自然流露出来的。

自古都说作诗，到黄山谷才开始提倡不作；过去都讲法度，而江西之诗法却妙在法度之外。所以，它能开创一个新时代。

略示元代文学真容

元朝是个可怜的王朝，今人对之误解、曲解最甚。我们想自夸时，就把成吉思汗、忽必烈的功业抬出来，满足于曾经统领欧亚的荣光。想自伤时，就说“崖山之后无中华”、九儒十丐。朝代的地位都快要被取消了，谁还顾得上细究其经史文学等人文成就？所以偶尔需要谈时，也是乱扯一通或忽略不计，反正元朝只有九十八年，一闪而过，似乎也无所谓。

其实元朝人文成就不可忽视，目前的理解却多紊乱。我这里仅就文学方面勾勒大端，揭去假面，略示真容。

一

文学，最重要的当然还是诗文，不是戏曲。诗之特点，乃是自觉学唐。这一点，可说一直影响到现在。

宋末遗老入元者，当然仍不乏江西诗社宗风，方回（虚谷）为其代表。除自作《桐江集》外，编选的《瀛奎律髓》尤其重要，大畅江西宗趣。但推原于杜甫，以杜为祖，黄山谷、陈后山、陈简斋为三宗，清朝学宋诗者多取径于此书。

然而，元代风气是渐趋唐调的。同时之赵孟頫就已“为律诗则专守唐法”（袁桷《跋子昂赠李公茂诗》），仁宗延祐以后更是如此。欧阳玄《罗舜美诗序》云：“我元延祐以来，弥文日盛，京师诸名公咸宗魏晋唐，一去金宋季世之弊而趋于雅正，诗丕变而近于古。江西士之京师者，其诗亦尽弃其旧习焉。”可见风气已变。而宗唐诸家又分二类，一是学盛唐的雍容舂雅，一是学晚唐。前者如虞集、杨载、范梈、柳贯、黄溍、袁桷；后者如揭傒斯、萨都剌。

近代各种文学史，于元夙重其曲而几乎不谈其诗，可是元朝人对他们自己的诗其实颇为自负。戴良《皇元风雅序》就说：“唐诗主性情，故于风雅为犹近；宋诗主议论，则其去风雅远矣。然能得夫风雅之正声，以一扫宋人之积弊，其惟我朝乎！我朝舆地之广，旷古所未有，学士大夫乘其雄浑之气以为诗者，固未易一二数。”

这类见解，元代甚多，但我之所以举出这一段来，是因为由此可讨论几件事。

（一）元朝人自觉地学唐。他们灭了宋，在文化上也看不起宋诗，欲上溯魏晋唐，觉得唐代较能符合自己那种挥斥八极的国势。

（二）所谓学唐，学什么呢？一种是歌行长古，以李杜为依归，这也跟讲究恢宏广大的气象有关。另外就是学唐之律绝，是明人宗唐之前辈。

（三）复古宗唐，更重要的原因是他们认为唐诗较近风雅。近风雅是什么意思？就是以“诗主性情”为立场去看文学创作，认为《诗经》之风雅即为此中典范，故作诗应以合乎风雅为旨。陈栎《跋汪子盘诗》云：“昔朱子复程允夫书，深欲其以《语》《孟》《三百篇》为作诗本源。……六经，诗文之海也。”元代诗人，十九为理学家。他们所根据的这套“诗主性情”的理论，或文须本于六经的观点，其实皆沿袭南宋。但由此出发，却形成了反南宋诗风的结果，觉得唐诗的表现更近于风雅之要求。

（四）“唐诗主性情，故于风雅为犹近；宋诗主议论，则其去风雅远矣”，这个论断对后来的尊唐抑宋论影响很大。把唐宋诗简单化地定性了以后，大家便在“主性情”与“主议论”如何不同上继续发挥。

（五）元人以尊唐为说，目的其实并不是要尊唐，乃是为了替元诗自己争地位，说我取径较金宋为高。但推崇唐诗的结果，却是使后人径去尊唐，对宋金诗果然不屑一顾，对元诗当然也就一并轻藐了。清王渔洋《论诗绝句》感叹“耳食纷纷说开宝，几人眼见宋元诗”，这种风气其实在明代讲“诗必盛唐”时已然。故胡应麟《诗薮》曰“赵子昂‘千里湖山秋色净，万家烟火夕阳多’，邓文原‘客舍张灯浮大白，禁钟和漏隔华清’……皆句格庄严，词藻瑰丽，上接大历、元和之轨，下开正德、嘉靖之途。今以元人一概不复过目，余故稍为拈出，以俟知者”，对当时人不看元诗颇申慨叹。这种结果，是元人尊唐时所不曾想到的。

（六）此时法唐，范围较泛，尚未集中地说是法盛唐。明确说要法盛唐的，以杨载为代表。今传杨氏所著《诗法家数》一书，分诗为荣遇、讽谏、登临、征行、赠别、咏物、赞美、赓和、哭挽九类，论作诗之准则，说诗要“铺叙正、波澜阔、用意深、琢句雅、使字当、下字响”。另谓学诗者“须先将汉、魏、盛唐诸诗，日夕沉潜讽咏，熟其词，究其旨”，看来有点像严羽《沧浪诗话》。但并不说盛唐诸公唯在兴趣，而讲诗法，诗法又以“起、承、转、合”为说，对后世影响深巨，清金圣叹一类人讲唐诗即用此等方法。

另外，婉丽的揭傒斯、清丽的萨都剌则是晚唐一路，萨之宫词绝句尤著名。到元朝末年，顾瑛等人更出入于温庭筠、李贺之间。这些，就不能以盛唐来概括了。

杨维桢也学唐，但与虞、杨等人不同，以古乐府最著，有《铁崖古乐府》十卷。《四库全书总目》说“元之季年，多效温庭筠体，柔媚旖旎，全类小词。维桢以横绝一世之才，乘其弊而力矫之，根柢于青莲、昌谷，纵横排奡，自辟町畦”，形成一种铁崖体，以乐府体来作咏史、游仙诗以及重新写宫体香奁之作。尤其是后者，多写金盆沐发、玉颊啼痕、芳尘春迹、绣床凝思、月奁匀面、黛眉颦色、云窗秋梦、金钱卜欢，乃至学琴、演歌、习舞、上头、染甲、理绣、出浴、甘睡、相见、相思、约会、成配、钓鱼、走马、秋千、蹋鞠等。欣赏他的，说是“梦得竹枝，长吉锦囊，飞卿金荃，致光香奁，唐人各擅，至老铁乃奄四家有之”；不喜欢的，就讥诋他是“文妖”。其实他对明初诗坛颇有影响。

与杨迥异的是倪瓒。元代画家诗人最多，皆极出色，而倪氏最有清韵。他自谓“倪迂”“懒瓒”，世号云林先生，有洁癖，平生不近女色，故集中无一首艳情诗，若不食烟火，颇宗法韦苏州。

杨卒于洪武三年，倪卒于洪武七年。戴良更晚，卒于洪武十六年，亲历元亡，遍历沧桑，故风格又异。《四库全书总目》说戴“风骨高秀，迥出一时，眷怀宗国，慷慨激烈。发为吟咏，多磊落抑塞之音”。不过他也有陶渊明式的冲淡，不可一概而论，《九灵山房集》中即有《和陶》一卷。

综合地看，元人诗在诗法及体制上上追六朝及唐人，可是在心态和气象上实与唐有隔。前面讲过，在意识自觉上，他们颇有些人是要如唐代那样雄浑壮阔的，但“山林气清”与“越世高谈”仍是这个时代的基调——前者如倪瓒，过一种高士隐逸、仿若画境的生活；后者如杨廉夫，咏史、游仙、古乐府、宫体，乱扯一气地越世高谈。

二

诗是元代文学中最好的，词则越来越差，早期尚可与南北宋相颉颃，后却如清陈廷焯《白雨斋词话》所说，“日就衰靡，愈趋愈下”，没什么好说。

曲呢？今存散曲四千余首，作家二百余人，其中小令三千八百五十首左右，套曲约四百五十套，看来似胜于词。实则词即古之曲，为唐宋时流行之曲调。到元中期以后，均已不复流通，文人自然渐作渐少。元曲即为当时之曲，犹如唐宋人的曲子词，而当时人为元曲作词，亦如唐宋人为曲子制词一般。

宋词元曲风格之殊只在两方面，一是曲调本就不同，二是元曲正如唐代刚起来时的曲子词，还没经历过温庭筠、花间诸公、欧晏苏柳和周邦彦等人一再地文人士大夫化，仍保存了一些类如敦煌曲子词般的粗俗趣味。

唱曲子，本是一种表演艺术，因此敦煌曲子词中便有演说故事的。如《凤归云》二首，任中敏《敦煌曲初探》就说它“不但完全代言，且用语体，极合舞台对白之用。……此乃我国歌辞中最合剧辞条件，而时代最早之一首”。这类词，当时或配合到歌舞戏、参军戏、俗讲中，以供讲唱。其他《十二时》等，大概也是兼有讲唱的。宋赵德麟《蝶恋花》咏崔莺莺故事，亦属此类唱故事的词，只是无说白罢了。

这种演唱故事的曲子，到金朝时发展出诸宫调。也就是说，从前只用一个宫调一个曲子，反复地唱故事，后来则用好几个曲调组合成套，间以说白，便成了一种剧曲，可以演说故事。金诸宫调今仅存《西厢记诸宫调》及《刘知远诸宫调》残卷。前者用了十五宫调、一百九十三套曲，其中出于唐曲者二十章，出于宋大曲者六章，出于词调者三十八章，出于赚词者二章，来源不详者七十六章，或许是新声。其表演方式，据明张元长《梅花草堂笔谈》卷五说是“一人援弦，数十人合坐，分诸色目而递歌之”，跟元代剧曲只以一人主唱的形式不同，但显然为元曲之一源头。

也就是说，曲子有一路是朝组曲和演说故事发展的，在元代这就成为了剧曲。那些仍维持单曲且不演说故事的就叫散曲小令，套曲的叫套数。

曲调，早期仍多用宋词之曲，所以元好问《人月圆》二首，唐圭璋《全金元词》、隋树森《全元散曲》都收。《辍耕录》卷廿七论杂剧曲名时说“金际国初，乐府犹宋词之流”，即指此一状况。后来新声愈多，声情才渐渐不同于词。

有的文学史说，词是唱给文人墨客、官员雅士听的，曲是唱给市井小民听的，故雅俗攸分，实在是笑话。还有许多人硬分词曲，说曲以蒜酪味为本色，亦是胡扯。竟认为元朝既是胡人政权，曲子也当有胡味呢！要知道，元曲早期作家元好问、杨果、刘秉忠均为文人仕宦，作曲之法与其作词并无不同。杜仁杰之作善于谐谑，更是北宋末年戏谑滑稽一路词风之延续。后人受含蓄词观的影响，故以为元曲用俗语、善戏谐为新事象。

曲渐不用词调而自成体制以后，第一位大作家应是白朴。他父亲与元好问交好，元军破金时白朴由元氏携抱逃难，后遂从元就学。闲居无聊，曾加入大都的“玉京书会”，成为书会才人。据称曾作杂剧三百余本，今仅存《梧桐雨》《墙头马上》，散曲小令三十七首，套数四篇。他是典型的沦落文人，很像柳永，混迹于勾栏市井，但曲子主要是写一种闲散的名士生活，且亦与当时诗词中最主要的态度相似，即渔樵闲话、叹世劝世。如[双调]《沉醉东风·渔夫》云：“黄芦岸白蘋渡口，绿杨堤红蓼滩头。虽无刎颈交，却有忘机友。点秋江白鹭沙鸥，傲杀人间万户侯，不识字烟波钓叟。”元之散曲，实即以此为主调。语言或俗些或雅些则不一定。例如：

> 适意行，安心坐，渴时饮，饥时餐，醉时歌。困来时就向莎茵卧。日月长，天地阔，闲快活。
>
> 旧酒投，新醅泼，老瓦盆边笑呵呵。共山僧野叟闲吟和。他出一对鸡，我出一个鹅，闲快活。（关汉卿《四块玉·闲适》）

挂绝壁枯松倒倚，落残霞孤鹜齐飞。四围不尽山，一望无穷水。散西风满天秋意。夜静云帆月影低，载我在潇湘画里。（卢挚［双调］《沉醉东风·秋景》）

关汉卿的这个联章曲较俗，口语化较甚；卢挚的小令则较雅。照现今文学史家之见，好像那俗的才是元曲之本色，实则雅俗同时兼有，就是同一位作家也往往兼有之。如卢挚，现存散曲百二十多首，作品以清丽见称，可是通俗或质朴的也很不少。而且，无论用语雅俗，讲的均以叹世归隐、山樵渔父之生涯为主。其风格之形成，亦皆在元初。

某些文学史把元曲形容成“文学起于民间，一经文人染指，即渐衰亡”这一类谬论的范例，说它本以蒜酪味、市井气为本色，后经文人雅化后即逐渐衰死。不晓得如白朴、卢挚之清丽皆在元初，而渔樵闲话又何尝在市井勾栏间呢？这是山林气！即使如关汉卿，那也只是村野气，不是市井气呀！

稍晚些的马致远，情况跟白朴差不多。他号东篱，宦海沉浮二十年，中年后加入“元贞书会”成为才人，作杂剧，时号“曲状元”。有作品十六种，今存《汉宫秋》《青衫泪》等七种。小令则存百十七首，套数廿二篇，写景、咏物、述怀、男女恋情、咏史、行旅皆备，当然主要仍是归隐渔樵。联章曲［南吕］《四块玉·恬退》曰：“绿鬓衰，朱颜改。羞把尘容画麟台，故园风景依然在。三顷田，五亩宅，归去来。……酒旋沽，鱼新买。满眼云山画图开，清风明月还诗债。本是个懒散人，又无甚经济才，归去来。”另外，他写羁旅行役最胜，如《天净沙》：“枯藤老树昏鸦，小桥流水人家，古道西风瘦马。夕阳西下，断肠人在天涯。”王国维《宋元戏曲史》说它“纯是天籁，仿佛唐人绝句”。为什么似唐人绝句？因它只用景物，铺陈出一个画境，不着一判断语。这种“意象并置”之法，许多人认为即是唐诗不同于宋诗之处（赵孟頫说唐诗不像宋诗那般多用虚字，其后明清人便以单用名词字组合成句为唐诗特点），而其实跟卢挚说“载我在潇湘画里”一样，皆显示了元人诗曲仿若画面的特点——作者往往自觉地把自己放入一个画里去自看自。

马致远以后之大家应推张可久，他号小山，家世儒素，专作散曲，不写杂剧，今存小令八百五十五首，套数九篇，为元人第一。所作往往以诗词名句入曲，又重对仗与炼句，故清丽典雅，宛若词中周美成。[双调]《折桂令·九日》曰：“对青山强整乌纱，归雁横秋，倦客思家。翠袖殷勤，金杯错落，玉手琵琶。人老去西风白发，蝶愁来明日黄花。回首天涯，一抹斜阳，数点寒鸦。”一样是断肠人在天涯，但其中意象多含典故，句句有来历。

此外作者可述者自然还不少。如乔吉，与张可久齐名，号惺惺道人，自许为烟霞状元、江湖醉仙，作品以《渔父词》二十首为最著。徐再思，号甜斋。因另一作家贯云石号酸斋，故后人将他们的作品合辑为《酸甜乐府》。

可是元曲发展至此也渐入尾声，末期虽还有杨维桢、鲜于必仁、汪元亨等，亦无太多新意。倒是男女风情之作，开词境以外之奇，颇有可观。专门作者刘庭信之作以外，还有杨朝英编的《阳春白雪》。贯云石为该书所作序文乃最早之散曲评论。其余论曲者，如燕南芝庵的《唱论》，专谈歌唱；周德清的《中原音韵》，于韵书之外兼及“作词起例”，谈到造语、用事、用字、务头、对偶、知韵、末句之法，在曲学史上也都有其地位。

但元曲无论近人如何吹捧，终究只是诗之仿拟，其题材与意境且比诗还要窄。创作时又要考虑到宫调、曲律等音乐性的要求，联章和套数尤其困难，欲因难见巧，非大手笔莫办。而元祚既短，不像词在晚唐、五代、两宋有数百年逐步文雅化之历程，又有无数高手致力于其间，能够终成正果，元曲则仍处在半俗半雅、半语半文、半歌半词的阶段，明而未融，变而未化，文学地位比不上词，更不及诗。传统上说作词时要“上不似诗，下不类曲”，意中实即存此轩轾。近人以其近口语而贵之，以其近俗而扬之，甚至还有胡适那样荒唐的，以为诗字句整齐，词就句读不葺，曲则更不整齐，长长短短，还可加衬字，所以是文体的自由解放云云。连曲子格律、声韵、字句之要求比诗词更严都不晓得，文学还怎么谈呢？

元人曲子，大抵又非市井之作，亦非所谓民间歌谣，它们比敦煌曲子词更多出自文人之手。因为当时文人之遍于社会各阶层，已远甚于唐。《录鬼簿》卷首称该书“载其前辈玉京书会燕赵才人、四方名公士夫，编撰当代时行传奇、乐章、隐语”。名公士夫是文人向上流动而成的阶层，书会才人则是文人向下“沦落”而成的群体。白朴、关汉卿、马致远等都曾隶身书会。元代的传奇、乐章、隐语，非名公士夫即书会才人之笔，此语最为明晰。

难道就没有勾栏倡优所作或俗民市井传唱的东西吗？按理应当有，然时人不贵也，否则《录鬼簿》也不会标榜该书所载皆名公士夫及书会才人之作。不特如此，《太和正音谱》卷上载赵孟頫（字子昂）语云：“良家子弟所扮杂剧，谓之行家生活；娼优所扮者，谓之戾家把戏。”原先宋人称职业演伎人为当行本色，文人客串才叫戾家、不当行，他却颠倒了过来。为什么？他解释道：“杂剧出于鸿儒硕士、骚人墨客所作，皆良人也。若非我辈所作，娼优岂能扮乎？推其本而明其理，故以为戾家也。”这儿，他明说了杂剧之作者皆是鸿儒墨客，是我辈斯文中人，正与《录鬼簿》相呼应。跟今人想象它出自民间、市井、勾栏，恰是两回事。今人总是把事实颠倒了来说，这就是一例。

三

书会主要是编剧本、词话、赚词、谭词、乐曲、谜语的，可能也编平话。今传所谓元话本小说，如陆显之编《好儿赵正》(即《古今小说》所载《宋四公大闹禁魂张》)、金仁杰编《东窗事犯》、《裴秀娘夜游西湖记》、《钱塘梦》、《王魁》、《绿珠坠楼记》等，大体均经明人改动或竟出于明人之手，唯元至治年间建安虞氏刊印的《全相平话五种》十五卷可确信为元人之作。五种平话为:《武王伐纣平话》、《七国春秋平话》(后集)、《秦并六国平话》、《前汉书平话》(续集)、《三国志平话》。依书目推测，应该还有跟后集相配的前集、跟续集相配的正集，所以原先规模应该甚大。虞氏所刊也不会只此五种，天底下更不可能只他一家刊刻此类平话，故当有一群或多群编述者，才能应付市场。书会恐怕就起了集合才人一齐来编写这类剧本或平话的作用。

对于书会这样的文人团体如何运作、如何集会，如今文献寡征，难以确考，但一般文人结社却是可以知道的。著名的月泉吟社，据《四六丛话》卷十五载其《誓诗坛文》云:

> 月泉旧社，久褰诗锦之华。季子后人，独仿礼罗之意。遂从昨岁，编致新题。春日田园，颇多杂兴;东风桃李，又是一番。乡邦之胜友云如，湖海之英游雷动。古囊交集，巨轴横陈，谁揭青铜，尚询黄发。无舍女学，何至教琢玉哉?不用道谋，是在主为室者。俾得臣而寓目，与舅犯以同心。眷惟骚吟，良出工苦。所贵相观而善，亦多自负所长。能雄万夫，定羞与绛灌等伍。如降一等，乃待以季孟之间。欲辛甘燥湿之俱齐固甚

难，以曲直轻重而见欺亦不可。念伟事或偶成于戏剧，彼谗言特借誉而揄扬。我诗如郐曹，何幸纵观于诸老。此声得梁楚，誓将不负于齐盟。一点无他，三辰在上。

文章仍是南宋四六之体，讲的是吴渭主盟，邀四方文友来作诗之事。题目是“春日田园杂兴”，评审为方韶父、谢翱、吴思齐。最后，共收到二千七百三十五卷，选了二百八十名，前五十名各有奖品，与今日文学奖评奖相似。

这种建诗坛来邀人会盟的方式，无疑乃宋代遗风。元代文人聚会，当不只此一方式。但诗社雅集，动见观瞻，系一切会社之模范，书会等文人团体之集会方式或亦采效一二，也可能兼用职业行会的办法。但不管如何，既曰书会，既曰才人，能把他们称为“民间”，而跟文人对立起来吗？论元代文学，此类近代文学史论诸魔障，非先在心理上一一涤除不可。

文学，清代才是高峰

半瓶醋谈文学，动不动就说唐诗宋词，不知清代才是高峰。

清代文学为什么是高峰？说情、说心、说道、说社会、说人生都可以，但此处先由文字技艺说。因为文学的基本性质就是文字之技艺，文字不过关、没魅力、没创新，说东道西都没意义。

对文字一道，古来文人不断从审美角度予以开发，形成了文学的传统。然而文字技艺尚钻研未尽，清人于此发皇之，遂致穷奢极侈，尽态极妍，其实是不可否认的。底下我以康雍乾为中心，略为上推下衍，以说明这贯穿整个朝代的特色。以诗为主，略及其他。

先讲集句。集句之法，古代早已有了。晋傅咸曾集《孝经》《论语》《毛诗》《周易》为诗，宋王安石亦集了几十首。

可是这乃文人游戏，论者弗重，故黄山谷说它是百家衣。刘攽也不喜欢，批评晁端彦："君高明之识，辅以家世文学，何至作此等伎俩？殊非我素所期也。吾尝谓集古人句，譬如蓬荜之士，适有佳客，既无自己庖厨，而器皿肴蔌悉假贷于人。收拾饾饤，意欲强学豪奢，而寒酸之气，终是不去。"苏轼也嘲孔毅父说："羡君戏集他人诗，指呼市人如使儿。天边鸿鹄不易得，便令作对随家鸡。退之惊笑子美泣，问君久假何时归。世间好句世人共，明月自满千家墀。"所以集句成集者，最早只有宋葛次仲三卷；有总序的，则以文天祥集杜二百首为最早，在当时已称大观。

金有元好问集陶、高士俊集杜，元代有张雨集李白、王维，愈来愈盛。明代沈行《咏雪集句》二百余首、《集古梅花诗》三百六十首，又集古宫词、杜忠孝诗各若干首，编成《贯珠编贝集》。另有童琥《草窗梅花集句》三卷，李东阳《集句录》一卷、《集句后录》一卷，夏宏《联锦集》三卷等，规模及流行均盛于前。

元好问编《中州集》，钱谦益编《列朝诗集》，都把集句诗收入。朱彝尊《明诗综》不录。因此颇有人以为清代不重集句，实则集句诗十之八九均属清人作，盛况又非宋明所能及。例如张吴曼《梅花集句》二卷二百首；刘凤诰《存悔斋集杜》三卷三百四十余首；戚学标《鹤泉集唐》三卷三百四十首，《鹤泉集唐初编》二百六十首，《鹤泉集杜》千余首，《集李三百篇》二卷三百六十首；梁同书《旧绣集》

二卷，集杜各体二百八十首；陈荣杰《集唐诗》五百余首；恭亲王奕䜣《萃锦吟》八卷，集唐千首；黄之隽《香屑集》十八卷九百四十二首……规模都吓煞人。

不只量多，质也极精。如刘凤诰集杜甫《北征》二百一十首，写北方边塞，不啻自撰，神采飞动。黄之隽集唐，不仅可以句不重出，其仿作韩偓香奁诗，每诗下注明原作者及篇名，写来竟胜似韩偓原作。他还能以次韵、倒押前韵、蝉联（衔尾）、辘轳诸法去集。且在这些方式之外，又增加月令、月日等集句形式，皆可谓穷极工巧。

集句词、集句文更是古代没有的。词，朱彝尊《蕃锦集》已极巧丽。陈朗作《六铢词》竟集古诗为之，较朱氏集唐人句为尤难。此后集者日多，至《麝尘莲寸集》而观止矣！

集句是不完全的创作，因每一句都是古人的。但集腋成裘、百衲成衣，组织的功夫也很可观。章法布局的考量，胜于练字度句。且原诗的句子、既有的语意脉络，经拆解后重新组合，整首诗却呈现出全新的意义。故每一句虽都是旧物，组构后却不折不扣是一篇新作品，表达一个新意思。集句作得好不好，就要看作者能否用那些旧材料盖出个新房子；而创作者的材料既是旧的，则又受材料之限制。若博采诸家，情况还好；若只限用一家诗词，作起来可就难了。这都考验创作者因难见巧的本领，捣麝成尘，集香屑而构楼台，功夫并不容易。

以上讲的是集诗词，集联则不可胜数。对联一体，起于五代，把原先挂在门上的桃符换成对联，一年一换，成了风俗，又渐渐成了文人雅玩，并作为学诗之阶梯。儿童学诗，辄令其由对对子开始。

宋代开始用于楹柱，但作者还不多。元明以后渐盛，清则大昌。梁章钜《楹联丛话》序说：

> 我朝圣学相嬗，念典日新，凡殿廷庙宇之间，各有御联悬挂。恭值翠华临莅，辄荷宸题；宠锡臣工，屡承吉语。天章稠叠，不啻云烂星暾；海内翕然向风，亦莫不缉颂剬诗，和声鸣盛。楹联之制，殆无有美富于此时者。

把文学之昌盛归功于帝王提倡，乃清代士大夫之惯技，实情当然未必。只因此体向无专著，故拉皇帝站台兼作挡箭牌罢了。

梁氏辑成十门十二卷。十门，分故事、应制、庙祀、廨宇、胜迹、格言、佳话、挽词、集句（附集字）、杂缀（附谐语）。所谓集字，是集碑帖文字，例如颜真卿《争座位帖》可以集成“校书长爱阶前月，品画微闻座右香”“畏友恨难终日对，异书喜有故人藏”等各种联。杂缀中则记了一些更奇巧的。例如联语多半写在纸上、贴于楹柱上或挂在厅堂上，但也不乏刻于竹木上，或用漆描在云母石上，或嵌牙镶玉。还有人出巧思，刻字在玻璃上。因玻璃两面透光，所以构字特令其正反两面看都一样，云“金简玉册自上古，青山白云同素心”，上制一横额，叫“幽兰小室”。凡此之类，不胜枚举。

不要以为这是小道，清人最看重它了。试人有才无才，总叫人对对联；文人谈掌故，也多集矢于此。若人过世了，挽联就代表了他一生的评价，死生交谊辄由此见之，写者与受者家属都极重视。因而后来曾国藩甚至自认为他最可传世的即是其联语。许多人的文集中也附收联语，成为清代特有的人文景观，一直延续到民国。许多文人，诗文皆无甚表现，仅以制联著称。

因作对联之风昌盛，反过来影响诗歌创作的，是诗钟之出现。

诗钟，嘉道间创于福建，本是一种文人雅戏。在文人聚会时，出两个字，让大家作对仗，也就是律诗中之一联，分别把两个字放在上下联中。如碧鸡二唱，就是将“碧”“鸡”分置每一句第二字中，作成“残碧殿秋如有恋，老鸡知曙耐无声”之类诗联，一唱至七唱均仿此。

在题目发下去，大家攒眉苦思之际，燃起一炷香，绑一条丝线，在线上挂一枚铜钱，底下则有个铜钵。待香烧完，把丝线烧断了，铜钱即掉了下来，当一声敲在钵盘上，表示时间到了。收卷，再开始评审。因有这敲钵盘的过程，所以叫作诗钟，也称折枝——用孟子“为长者折枝”之典故，意谓这是小玩意儿。这种清嘉道以后盛于闽台，流衍于各处的文字游戏，各诗社雅集时最喜玩之。玩法也很复杂，上述是最简单的一种，其他还有各种格。例如分咏格，宝剑、崔莺莺可作成“万里河山归赤帝，一生名节误红娘”，上句讲宝剑的事，下句讲莺莺。嵌字集句，则如女花二唱“商女不知亡国恨，落花犹似坠楼人”“神女生涯原是梦，落花时节又逢君”等，均集唐人语。另有卷帘格，由后面倒念回来等，不赘述，此风至今台湾诗社间还流行。

与诗钟近似而流行更早的是酒令。古代为禁止人酗酒，筵间设有“萍氏”，萍即浮萍，浮而不沉，不使人沉溺于酒。后来称为酒纠，意谓喝酒也是要讲规矩的，不准胡闹。但这只是禁止胡闹，尚不能创造出饮酒之愉悦来，文人酒令就是要既使饮酒有秩序，又要让它有美感、有情趣。

常见之法，最古为即席赋诗，始见《左传》昭公十二年齐景公入晋贺嗣君即位时。其次是联句，如汉武集群臣宴饮柏梁台联句作诗，皆为广义之酒令。后世则有酒筹，把诗句刻写在竹签上，大家拈筹看句子切合谁即由谁饮，《红楼梦》中“寿怡红群芳开夜宴”所记行令就是拈筹。

其法，例如拈到“玉颜不及寒鸦色”，就让脸黑者喝；“却嫌脂粉污颜色”，则脸白的人喝；“世间怪事哪有此”，号称不怕老婆者喝；“莫道人间总不知”，怕老婆而不承认者喝；“隔篱呼取尽余杯”，自持筹者起，隔一人饮一杯；“寒夜客来茶当酒”，得此签者终席不能说酒字，每犯罚一杯；“福禄寿三星拱照”，年长者三人饮……花样千变万化，清俞敦培《酒令丛钞》辑有三百二十二种之多。

拈筹为酒令中一大类，其他还有拇战令、口述令、飞花令等。飞花令是主令官出某字为令，下一人就要马上想出古人诗句，句中要有那个字，然后看这个字在句中是第几字，即由出句人顺序往下数到第几人，那人就要赶紧再想出一句。时间可以燃香、刻烛计之，到时候还想不出则罚酒。

这些酒令均非创作，只是文人娴熟古诗文，借以玩耍，与诗钟不同。但也有半创作的，如曲直格，先歪曲古人诗一句，再以一句来解释。例如“少小离家老二回”，老大呢？“老大嫁作商人妇”；“劝君更尽一杯茶”，为何不喝酒？“寒夜客来茶当酒”。

另有近乎创作，与集句类似的，是联缀诗令，什么都可以组织贯串成句。例如把词牌联起来：长相思，十二时，烛影摇红，玉漏迟。曲牌加剧名加《诗经》加《西厢》，如“虞美人，小上坟，缟衣綦巾，哭声儿似莺啭乔林”，或“风流子，上天台，日之夕矣，倩疏林你与我挂住斜晖”。并头并蒂四书令，如“一则以喜，一则以惧”，并头；“益者三友，损者三友”，并蒂。《千家诗》贯《千字文》：“云淡风轻近午天，天地玄黄，黄莺儿。”曲牌顶针令：“摘尽枇杷一树金，金生丽水，水仙子。”

如酒令般大盛于清的，还有灯谜。

民国九年王文濡序《春谜大观》时说，灯谜源于古之廋词、隐语。宋仁宗时，上元节拈诗作谜，粘在灯上让人来猜，遂有此风。但当时灯谜大都一句一谜，故有独脚虎之称，又把猜灯谜叫作文虎之戏或射虎。“自宋以下，元明无甚著闻。有清一代，取材广博，创格宏繁。名家笔记中往往见之。专书之刊，始自唐薇卿、俞曲园两先生。”

此文论灯谜至清大昌甚晰，但有可补充者二。一是灯谜盛行，早在明季。阮大铖的名剧，也是明末最好的戏曲，就叫《春灯谜》。二是所谓创格宏繁，指灯谜玩法奇多。清顾铁卿《清嘉录》记谜格廿四种，沈观格《拙庐谈虎集》载六十格，王武文《廋词百格》与《谜格释略》增到两百余格，清末民初大约达到四百多格（见韩英麟《增广隐格释略》）。

常见者，如秋千格，谜底限二字，倒读以扣谜面。如今天，打一国名，谜底是日本，倒读即本日。卷帘格，谜底三字以上，自后向前读。如总爱吃苦，打一成语，谜底是食不甘味，倒读即味甘不食。徐妃格，谜底两字以上，偏旁部首相同，去掉偏旁的一半，意思扣合谜面。如万绿丛中一点红，打一中药名，谜底是朱（硃）砂。诸如此类，不可殚述。

灯谜看来是雅俗共赏的，但事实上文人所作，不会像上面举例那么直白，都是就经史子集或古诗文中找谜题的。制题又颇见机巧，甚至还有整篇文章都由谜语构成的。

如编《橐园春灯话》的张起南，有征谜启事云：“昔《文心雕龙·谐讔》一篇，言谜之本末具备（刘全），所谓意生于权谲（局诈），而事出于机急（促织），非徒托遐想于五弦（鸿），作他人之三昧而已（戏术）。然而舌花散馥（莲香），汗简生新（竹青）。擅妙制于天衣（神女），裁缝灭迹（纫针）；传全神于阿堵（画壁），绘画添毫（象）。既一一以如穿（珠儿），复丝丝而入扣（织成）……使搜罗无铁网之遗（珊瑚），俾组织焕锦裳之彩（瑞云）。”俪文制启，联缀成谜，窥此一斑，亦可知文人之狡狯矣！

王文濡说，直到清末民初，词人况蕙风等还在上海立“萍社”，专事谜语。可见此风在文人娱乐中占的分量。而其所以如此，他解释是“新旧党人奔走运动、争名夺利之日，而寒江伏处，数十穷措大之学问、之经济、之气概，日消磨于游戏文字中”云云，其实也可以解释整个清代的文人游戏风气。若说它有什么价值，则他也说了：“雕虫小技，虽不合乎大雅，而遁辞寓意，谲譬指事，要自寓乎弼违晓惑、警世讽时之旨。梓而行之，鸿爪雪泥，借此不没，亦以见繁华龌龊场中，尚有此韵人韵事之点缀也。”

接着我们不妨谈谈笺启尺牍。文人函札到了清朝，有更多游戏性，跟古代不尽相同。这些文字代有名家，清初李渔、陈维崧、毛奇龄、周亮工就都有声于时，后来袁枚《小仓山房尺牍》更为畅销。社会上流行的《秋水轩尺牍》《雪鸿轩尺牍》，大作文字套语，则几如画苑之《芥子园画谱》。其文体，除了骈散之外，还有一类似骈似散、非骈非散的，受八股制义影响而成，运用在公牍上，如《制义丛话》所说：“今日应制格式、奏议体裁以及官文书文字，若非以制义之法行之，鲜有能文从字顺各职其职者。”这种文体，当然抒情达意均无不可，但许多空套亦生乎其间。《制义丛话》举了个笑话，说有人作了两股文章，形容那些空话是这样说的：“天地乃宇宙之乾坤，吾心实中怀之在抱。久矣夫，千百年来已非一日矣。溯往事以追维，曷勿考记载而诵诗书之典要。元后即帝王之天子，苍生乃百姓之黎元。庶矣哉！亿兆民中已非一人矣。思入时而用世，曷勿瞻黼座而登廊庙之朝廷。”这样的文章近乎耍嘴皮，兜来扯去，文字可能典雅裔皇，内中实空洞无物。但在考场上写惯了这类文章，做官写奏折办文书，跟同僚来往函牍，乃至审老百姓案子的判词，也往往落笔即成此调。

早在康熙二年，李渔就基于“以学术为治术，使理学、政治合为一编”的理想，编了一本《资治新书》，收罗清初明末诸公治狱之词。这令瞧不起他的人大吃一惊，说这才是经济实学。可是这时的判牍就已经非常卖弄了。一奸杀案，秦瑞寰的判词是这样的：“周卿礼法不闲，淫色是好。袁氏，卿之表妹也。玉镜之台未下，明珠之赠杳然。而深入孤闱，强偕鸳侣。氏之贞心匪石，卿之色胆如天。缚手逞强，喊声惊遁。踉跄失履，休云好事难成；踯躅悲鸣，自分投环一死。香云素纸，足以明氏之志矣。卿斩允当，监候。”这样的判牍，尚是讲经世之学时所作，虽用典、作对仗，却无空话废话，后则文华日盛，刀笔流行了。纵然如此，奏议判词中，好文章仍不少，也不可一律抹杀。过去论清代文学，没有人在意这类文字，当然是不对的。

再回到诗来看。文人应酬唱和之多，过去历代也无法跟清朝比。《石遗室诗话》卷十六说，“次韵叠韵之诗，一盛于元白，再盛于皮陆，三盛于苏黄，四盛于乾嘉……大抵承平无事，居台省清班，日以文酒过从。相聚不过此数人，出游不过此数处，或即景，或咏物，或展观书画，考订金石版本，摩挲古器物，于是争奇斗巧，竟委穷源，而次韵叠韵之作夥矣”，把乾嘉次韵叠韵的原因讲得非常清楚。若要补充，则当云清代士大夫标榜之风亦特甚。凡名家诗文集，序文往往多至十余篇，像王渔洋刻《阮亭诗选》，序文竟达廿七篇，古岂有此？

好事标榜、应酬唱和之外，清人又逞才出奇，凡古人所没尝试过的，都想试试。例如唐人诗，五十韵、一百韵已是不得了的巨制，清朝人却常把一整个韵部的字都用完。像斌良一首《旅次书怀》，用尽了八齐韵一百二十三韵；朱香初《华山怀古》更用完了四支韵四百六十二韵。用尽韵字，不唯篇幅宏巨，许多字极冷僻难认也都要用，正是刻意因难见巧。

题材。清人常作一些组诗，以题材奇异、组织庞大取胜。如写秋，彭泰来有《演骆丞秋晨九咏》，分咏屋、艇、竹、菜、灯、衫、被、女、士。唐恽宸《观秋九首》则咏空、露、岭、塘、香、柳、雁、瑟、梦。郭麐《九秋诗》，咏潮、林、烟、寺、灯、柝、衾、宾、蝶。陈讦《次韵钱欧舫秋吟十四首》，咏十四种：容、声、花、草、山、江、燕、露、水、鹰、云、虫、砧、柳。像这样的作品极多，咏雪就有雪案、雪几、雪屏、雪瓶、雪床、雪帽、雪裘、雪卷、雪笺、雪砚、雪笔、雪墨等等。咏船则有漕船、官船、酒船、渔船等几十种。咏枯也有枯寺、枯桐、枯砚、枯涧等几十类。黄族来咏秋多到六十一题，徐谦《秋兴杂诗》达到九十题，均洋洋巨观。咏月、咏山、咏声音、咏影子，都动辄数十题。

题材中亦颇多新事物，如烟草、眼镜、照相、洋酒等。有些从清初就有，后来愈来愈多。晚清梁启超、谭嗣同倡“诗界革命”时，误以为新名词入诗及以诗写新事物之议就叫革命。其实诸君当时太年轻，所见不广，不知清诗本来就是如此的。

或者题材未必新，但写法上创新。如梅，宋代以后多有写之者，那我就来写它几十上百首，集为百梅咏什么的。又如闺怨，唐以来写之已多，怎么办呢？平一贯作了十八首，限七律，再限溪、西、鸡、啼、齐五字为韵，再依次以一、二、三、四、五、六、七、八、九、十、百、千、万、两、半、双、丈、尺开头，再者每首中还要含此十八字。怎么样？李白复生，恐怕也作不来吧！诸如此等，不一而足。再就是由古人诗中生出题目来，随便找一首古人诗，每一句就做个题目，分而咏之。

诗体方面，变化也较多。一种是古有而作品较少者，清人大量创作；一种是尝试新体，如竹枝词、柳枝词。宋叶适曾作《橘枝词》，此外没什么太多变化。清人则不但郭麐、潘眉有《衢州橘枝词》，彭启丰有《洞庭橘枝词》，还有顾光《桃枝词》、王初桐《枣枝词》、任崧珠《岭南荔枝词》。朱彝尊作《鸳鸯湖棹歌》亦此体，旁及藏书纪事诗、外国竹枝词（从尤侗到清末黄遵宪等），发展成杂事诗一大门类，动辄数百首。记事、征地理、见风俗，成抒情言志之外一景，我另有专文介绍，此处就不多谈了。

宫词也是如此。古代不乏佳作，但作品最多却在清朝。顺治间陈孙蕙有宫词百首，其后如孟轩廿二首、唐宇昭四十首、庄师洛《十国宫词》一卷、秦兰征《天启宫词》百首、王誉昌《崇祯宫词》二卷、周季华《天启宫词》百首、高兆《启桢宫词》百首、赵士喆《辽宫词》百首，以及杨恩寿用词体作的历代宫词等均是。此类作品与古宫词，特别是与唐五代人所作不同处，在于古宫词以情思绵邈胜，清人之作则与竹枝词、杂事诗类似，兼有史乘之意。故往往自注详核，足备故实，考证亦可观。

另外就是以诗谈艺论学。古有杜甫论诗绝句之类，清人大力发展之，论诗、论画、论词、论曲、论印、论墨，无所不有。光是论诗绝句就超过万首，是一大谈艺数据库。论学尤普遍，康乾以后，博学的倾向不只表现于其经史考证著作中，更常体现于诗里。考据金石、版本、人物交往、流行端绪、史事关涉、地理辨讹等，无之不可。

杂体之盛，也属旷古所无。如魏禧有游仙诗三十二韵，自注：“偶与儿辈谈平字诗体，因随笔作此示之。”诗不是重点，重点是这种罕见的诗体：平字体，通篇平声字，不入仄声。他还有《赋得老骥伏枥志在千里》一诗，用四言、五言古、七言古、五律、七律、七绝各作一首，五绝四首。一题分用如此多诗体，古代似未见。其他如一首诗中一到七言都有的，元稹曾作过，清人也就有仿作，且更扩大到一至十言。

联句，韩愈、孟郊擅场，清人就作得更多。光方浚颐一个人就有《早春联句》用四豪全韵，《论文联句》用十四愿全韵，《杂兴联句》用十五合全韵等，逞才斗豪，古人无以加之。

又如十二生肖体，一诗中每句讲一个生肖。吴之振以下多有作者，甚至一首偶为之还不过瘾，会作成十二首组诗。九言诗、一字诗等亦不少见。所谓一字诗，是每句中都有个一字。若叠句诗，就是每句都用叠字。也有每句都用两个重复字，但不连绵成为叠字，必须分开。这本是古代所忌讳的重出，《文心雕龙》谈文章应“权重出”即指此，但现在就故意以重出为体。

还有叠韵。如清初赵吉士以楼游流留秋、尘真人伸绅、余居书疏鱼、论存孙樽墩为韵，作了四首律诗，然后叠韵到千首，编成《叠韵千律》，后又作了五百首，编为《千叠余波》，嗣后又陆续作了三千首。你说古人有这么搞的吗?

以上是对清人在文字上耍弄技巧的描述，限于篇幅，可说讲得极简极简了，但相信大家已看得目眩神迷，不知究竟还有多少花样。许多人说中国文学到清朝已经过于成熟，没什么创造性了，殊不知文字、题材、文体上的探索方兴未艾。大篇幅、大型组诗，以及数量庞大的作品，也显示了清人创作力之旺盛。至于结合文人诗酒雅集的各种文字游戏，更是发展蓬勃，难描难述。兼以女性大量加入文坛，满人参与汉文学创作，康乾嘉时期鬼狐诗人及道咸以后降乩的神仙诗人亦厕列其中，诚可谓异彩纷呈。不论我们对清人在思想上、抱负上有什么意见，其文字技艺研练至精是无疑的，不容抹杀。今后，中国文字要再开新境，这也是个起点。

革命始于淫乐之徒

人们一向认为晚清小说的蓬勃发展，是知识分子面临时代困局所滋生的强烈忧患危机意识使然。所以小说中充满了批判与教育改革意义，用以改良政治、破除迷信、启迪民智。

所以，我们把《老残游记》这一类与时代社会结合、批判社会文化的小说，跟五四新文化运动之后的小说如《狂人日记》等，联成一条纵贯的线，视为近代中国小说发展的主流。这如果是主流，鸳鸯蝴蝶派就当然是夹在中间的逆流或反动。各种近代文学史、小说史、教科书，本来也就是这么说的。阿英《晚清小说史》、夏志清《现代中国文学感时忧国的精神》之类的声音，一直回荡在耳际。但凡是众口一词的事，都值得怀疑；凡是单一视角的观点，都可以视为盲目。

一、鸳鸯蝴蝶派引起的思考

先看看鸳鸯蝴蝶派都说些什么怪话。

1914年6月6日《礼拜六》杂志创刊。其发刊词说，周一到周五大家都要工作，只有礼拜六最适合看小说消遣，而且读小说比去酒楼觅醉、往妓院买笑、去戏院听曲都好呢！把读小说的乐趣跟嫖妓、饮酒、听戏相比，便是鸳鸯蝴蝶派向来受人诟病的原因。当时他们的广告词有“宁可不娶小老婆，不可不读《礼拜六》”，更是很引起非议。然其本意，殆如《消闲钟》发刊词所云“花国征歌，何如文酒行乐？梨园顾曲，不若琴书养和”，旨趣未尝不好。而且，这样把小说视为轻便有趣的人生休闲品，以提供消遣，是鸳鸯蝴蝶派文学的通义。在《礼拜六》之前，已有《游戏杂志》《消闲钟》等刊物揭橥此义。《礼拜六》之后，如《眉语》创刊宣言、《小说大观》例言、《游戏新报》发刊词、《快活》创刊号等，也无不对此迭有申述。他们宣称：所提供的，是供人排闷消愁的玫瑰之路、游戏世界，“吾国之社会，沉闷极矣，宜有以愉快之；黯淡极矣，宜有以鲜美之”。

有些人也会“把文化救国做幌子”，谓卑言易入，可以让读者潜移默化。有些还自称是隐词谲谏，冀借淳于之讽，呼醒当世。但更多人清楚地晓得小说本质上即是“瓜架豆棚，供野老闲谈之料；茶余酒后，备个人消遣之资，聊寄闲情，无关宏旨”，一切所谓教育或政治功能都是附带衍生的，故其效果也不可预期。“艳情本以醒世，而恋爱益深；神怪本属寓言，而迷信增剧”，因此小说毕竟仍只是娱乐品。

如果我们熟悉严复、梁启超以来人们对小说的见解，熟悉晚清及民初小说中那种感时忧国的气息，骤聆此论，自不免大吃一惊。因为他们很明确地宣称：“堂皇厥旨，是为游戏。”（《游戏新报》发刊词）值得注意的是，在时间上，这些杂志兴起于1913—1914年，正逢辛亥革命成功、袁世凯窃国，政治气氛正炽。而这些小说杂志却“莫论国事，多谈风月”，在最能继承晚清小说强烈时代性、现实性的时刻，反而完全避开了。这一反常现象，实有助于我们重新思考晚清小说的本质问题。

二、消闲娱乐的通俗大众文学

民初感时忧国的精神和消闲游戏的态度均可溯源于晚清，但相应的文学作品，后者的读者量和发行量恐怕更大。因此，以感时忧国为清末民初小说发展主轴的观念必须放弃。否则，对于鸳鸯蝴蝶派大盛的现象，就无从理解。许多人企图以政治环境来解释，说这是因为民国成立以后，政局日乱，一般人对政治失望，故转而追求精神享乐与麻醉；或说是遗老顿失凭借，沉湎声色；或说是洋场少年喜欢颓废作品；或说是上海风气奢靡，充满殖民地意识，小市民缺乏理想使然；等等。但上海之为通商口岸、之为租界并不自民国始；洋场少年喜欢颓废作品也不自民国始；鸳鸯蝴蝶派文家，又无遗老，有的反属革命党人。这些党人不失望于清代，何以革命一成功，便立刻失望了？用这些理由来解释为什么“辛亥革命成功以后，口岸文学迅速转于消闲遣兴之功用，实已远离如晚清十年间忧国伤时之严肃气氛”，不觉得太牵强了吗？是不是有可能它并未迅速转变呢？

事实上，整个晚清小说量急速膨胀，固然深受严复、梁启超等士人推波助澜的影响，具有强烈批判、改良社会的意图。但我们不要忘了：在光绪廿三年严复、夏曾佑为天津《国闻报》撰写《本馆附印说部缘起》，廿八年梁启超办《新小说》并发表《论小说与群治之关系》以前，吴语狭邪小说《海上花列传》、侠义公案小说《彭公案》《七剑十三侠》《英雄大八义》等，早已大为流行。而就在诸志士借小说反华工禁约、反买办、反迷信、暴露社会黑暗、推动政治改良及革命的同时，“嫖界指南”式的小说、粗制滥造的讲古小说、翻译的爱情小说和侦探小说、剑侠式小说等也正大行其道。其市场占有率，更是远远超过具有严正主题或政治企图的作品。即使是梁启超的《新民丛报》，也有译载的福尔摩斯探案。且据估计，整个清末小说，创作远少于翻译，而翻译小说里，侦探小说又占了半数以上。同时，写《二十年目睹之怪现状》《痛史》的吴沃尧，也写爱情小说《恨海》《劫余灰》，写“嫖界小说”《胡宝玉》，写无聊的《无理取闹之西游记》。他办的《月月小说》，亦曾刊载天虚我生的《泪珠缘》、绮痕的《爱苓小传》等后来被视为鸳鸯蝴蝶派系统的作品。刊载过《孽海花》的《小说林》，也同时出版过李涵秋《瑶瑟夫人》《双花记》、李小白《鸳鸯碑》等。

这些现象，逼使我们认清一个事实：晚清小说本质上乃是一种大众通俗文学。那些小说之所以能风行一时，往往不是因为它们文学价值高、思想伟大动人，而是由于它们“没有文学的价值，都没有深沉的见解与深刻的描写，这些书都只是供一般读者消遣的书，读时无所用心，读过毫无余味”。换句话说，消遣是它们的本质。至于在消遣之余，获得一些思想上的改造或心灵的洗涤，则是额外可能的收获。

三、媒体革命先于政治革命

这种大众通俗文学，在清朝最后十几年间，忽然如此蓬勃兴起，当然是有原因的。

研究晚清民初的先生们，都该注意到小说与报纸杂志的关系。整个清末民初，报纸杂志对小说的推广、刊载，是小说得以蓬勃发展的主要原因。晚清小说与报章杂志的关联，尚无确切统计。然单以鸳鸯蝴蝶派来说，小说发表的地方就包含了大报副刊十几种、小报五十几种、杂志一百三十多种，其中很多存在的时间与所谓“晚清”重叠。

此一强而有力的传播优势，是清末以前所不能梦见的。我国印刷术发明虽早，但要迟至咸丰八年（1858）美国长老会姜别利（William Gamble）才以较经济的手法制造了中文字模，并改革中文排字架。此前，道光廿三年（1843）伦敦布道会传教士麦都思（Walter Henry Medhurst）携带中文铅字与印报机来上海，开办了西方在中国最早使用机器印刷的出版机构：墨海书馆。同治十一年（1872），《申报》采用了英制印刷机出版报纸；光绪二十四年（1898），日人开始向我国运销印报机，印价更为低廉。而就在这次“媒体革命”（夸张点说）之际，小说随之大大膨胀了。它的质，也随着传播情境的改变而有了变化。

传播革命（Communication Revolution）起于传播工具的发展，带动整个传播形态和情境的改变。例如传播的快速化、复杂化、大量化、商品化，传播直接介入生活等，都不再是从前有限书籍的流通方式（因社会多为文盲，书籍只供少数人享阅）或间接由说话人口述可以比拟的。这样的传播革命，迄今不过百年历史。近几十年来，电话、电视、电影、广播、录音带相继普及，当然更强化了这一革命形势，但报纸无疑在早期传播革命中扮演了最重要的角色，而这种重要性至今也还未完全消失。

报纸的快速化和大量化，一方面使得它的内容必须急速增加：包含的东西逐渐从早期邸报专门记载的邦国大事，延伸到社会琐闻；所记载的内容，也趋向既有严辞庄论，亦不排斥软性文字；同时，需求量大导致文字品质及内容水准皆可能降低。另一方面，报纸的读者，也因其快速化、大量化而随之扩张，报纸逐渐散布到精英分子以外的群众中去。这也刺激了报纸本身，使其质变。

以 1861 年创刊于上海的第一份中文报纸《上海新报》来看，报上所登仅新闻与广告而已，不但没有副刊，连一篇文艺性文字也看不到。到了 1872 年，上海《申报》创刊，便开始公开征文："如有骚人韵士，有愿以短什长篇惠教者，如天下各名区竹枝词及长歌纪事之类，概不取值。"

这时的艺文，仍属广告性质，但同一时期的小报，却以全力来注意文艺方面的事。它不刊登国家大事，专以揭露街谈巷语、隐私秘闻为快，此外兼及戏词、游戏文、笑林、剧评、灯谜、小说等，以趣味为中心。

这种报纸的创始者，就是寓沪甚久的李伯元。李一方面写了广受小说史家青睐的《文明小史》《官场现形记》，一方面也替《世界繁华报》写了描述妓家生活的《海天鸿雪记》。而在此之前，则创办了《游戏报》，首开小报风气。

后来大报模仿此一办法，辟一专版，刊登文艺性文字，随正张附送，便成了正式的副刊。这种副刊，始见于光绪二十三年（1897）十一月上海《字林沪报》附出的《消闲报》。该报创刊号上登有《沪报附送消闲报说》一文，谓其所刊，"有因小见大者，亦有以庄杂谐者，语必新奇，事多幽渺。譬如《南华》名经，汪洋恣肆；《北里》作志，倜傥风流”，是“资美谈而畅怀抱”的游戏笔墨。

四、大众通俗文化情境中的文学

从这一段媒体性质及内容转变发展的历程看，游戏消闲乃清末小说及报刊艺文之大宗正统。

研究欧洲史的学者曾经发现：1890 年以后，报纸的商业革命曾使其报道及内容着重于犯罪、运动、煽情小说以迎合大众口味。而且 19 世纪末期，工人把休闲视为正当人权的新观念也普遍开始形成了，这种大众的消闲和他们在社会与经济上的势力也形成了新的大众文化。

在报纸方面，我们的情形确实与之相似。而报纸是编给大众看的，报纸的大众游戏消闲倾向当然也跟上海的消闲大众风气有关。

尽管报纸杂志是文人集团所编稿件麇集之处，然而，这些文人却不是以社会精英分子的角色发言的——他们的角色，乃是小市民。而上海的小市民，多半是工人。光绪二十年（1894），全中国的工人还不满十万，其中上海即占百分之四十六左右。从光绪二十一年（1895）到民国二年（1913）的十九年间，上海的工人数又增加了四倍，其中女工和童工占了绝大多数。杂志和报刊的主要消费者，就是这些人。《礼拜六》发刊词所说，每天大家都要忙于职业，只有礼拜六才能有休暇读小说，应由此处去理解。《眉语》创刊宣言亦云，他们的游戏文章是供“璇闺姐妹以职业之暇，聚钗光鬓影能及时行乐者”阅读。《小说画报》更指明：“小说以白话为正宗，本杂志全用白话体，取其雅俗共赏。凡闺秀、学生、商界、工人，无不咸宜。”

诸如此类，都显示了晚清以迄民初通俗文学的读者结构，而这个结构，又是相当畸形的。因为上海环境特殊，风气浮侈，同治十年（1871）陈其元《庸闲斋笔记》中已经慨叹上海“夷夏糅杂，人众猥多，富商大贾及五方游手之人，群聚杂处，娼寮妓馆，趁风骈集”。在这种情况下，香艳色情的东西出现于报刊杂志，自是无法避免了。何况，媒体本身是一商业物，报馆及杂志社的商业本质似乎也注定了它所披露的小说内容。本来通俗文学对于“性”就深感兴趣，一切民间歌谣、俚语、笑话、戏剧等都有此倾向；而上海当时的社会环境和大众传播，又强化了这种倾向。

在讨论晚清小说和鸳鸯蝴蝶派时，必须随时注意这个传播情境的问题。

例如《小说月报》，本是鸳鸯蝴蝶派大本营之一，但从十二卷一号起，由于“商务印书馆的老板不知受了什么鬼使神差的驱策”，居然全面改登新文化作家的作品，这一来当然大博新文化论者的欢心。可是，“第一件是年来小书坊中随便雇上几个斯文流氓，大出其《礼拜六》《星期》《半月》

《红》《笑》《快活》，居然大占其钱。第二件是风闻该馆又接到前十一卷《小说月报》的读者来信数千起，都责备《小说月报》不应改良”，弄得商务印书馆不得不又出一种《小说世界》，仍走鸳鸯蝴蝶的风格。（见东枝《小说世界》，《晨报副刊》，1923 年 1 月 11 日）当时也有人攻击鸳鸯蝴蝶派，认为《小说月报》改革是准备出版《小说世界》的生意手段。

又如《申报》副刊，自创刊起，即由鸳鸯蝴蝶派巨子王钝根主编，后来陆续由吴觉迷、姚鹓雏、陈蝶仙、周瘦鹃接编。1932 年 12 月起，始由留法归来的新文学家黎烈文主编，左翼作家全部上场，鸳鸯蝴蝶派大感吃瘪。可是到次年 5 月 25 日，黎氏就受不了各方压力，而发表启事“吁请海内文豪，从兹多谈风月，少发牢骚”，一任鸳鸯蝴蝶游泳和飞舞了（此事始末，详郑学稼《鲁迅正传》）。

在这儿，媒体拥有者（老板）、媒体运用者、媒体本身和读者，构成了一组互动的有机关系。从晚清到鸳鸯蝴蝶派后期，基本传播情境并无变动，因此，鸳鸯蝴蝶派其实是向上连贯着晚清大众通俗文学而发展的。反倒是新文化运动以后兴起的文学，以新的势力、新的姿态插到这个脉络里来，一面批判此一大众通俗文化，一面筛取选择此一大众通俗文化中的某些作品，引为同调或推为前驱。但渐渐地，横生之枝节，竟又附政治革命之势而滋长，终于成为主流正统了。

晚清民初小说之性质与发展，我建议你如此看，可以一扫俗说俗见。你若对晚清小说不感兴趣，此中涉及的历史认知问题、媒体革命问题、通俗文化性质问题、意识形态与小说史之问题等，或许也可提供你一点思考的资粮。

书生经世有奇哀

一、先说晚清是什么样的时代

过去我们讲清代史，把道光廿年（1840）鸦片战争看成是近代史的发端、中国融入世界史的转折点。之前是太平盛世，之后是外患侵寻；之前是保守的封建帝国，之后面临西方挑战而逐步面向世界，迈入资产阶级社会。其实乾嘉并非盛世，社会内部的种族矛盾、区域矛盾、阶级矛盾、宗教矛盾、思想矛盾，五毒俱发，已很激烈。古话说得好："物必自腐而后虫生。"内部之问题已如此严峻了，一般人却还沉醉在太平盛世的想象中，文恬武嬉，焉得不渐渐土崩瓦解？外患傥来，又焉能抵挡？

换言之，清代后来之衰，根子原在"盛时"。而衰亦不由于锁国或西方侵略，乃是内部矛盾扩大使然。至于说鸦片战争以前中国闭关锁国，更是荒唐。明清两代，中国乃世界超级贸易大国，18 世纪至 19 世纪全球流入中国的白银共达十二亿两。仅乾隆中期，每年从西班牙流入的银元就多达五百万两，这叫锁国吗？

白银之所以流入中国，是因中国商品遍及世界。通过大航海，明代更是老早就建立了一套海洋朝贡体系。这个体系非常重要，它以琉球、菲律宾等地为中转站，硫磺、白银、马匹等源源不断流入中国，中国的商品也因此走向西方。因此整个国际贸易的发展，欧洲人绝不能独居其功。

进一步看，以道光廿年鸦片战争为近代史之开端，把清朝划为前后两期，更是问题重重。像包世臣、龚自珍、魏源等人感时忧国之活动就多在鸦片战争以前。龚生于 1792 年，到道光廿年之前一年，《己亥杂诗》三百一十五首都已写完了；道光廿年之后一年，他就死了。另一位经世之学的大将魏源（1794 —1857）早在道光六年就编了《皇朝经世文编》。后来再编《圣武记》《海国图志》等，不过是此事之继声而已。他编《诗古微》《书古微》，为陈沆《诗比兴笺》作序，更在其前。足证经世之学上继晚明清初的可能性，远大于受鸦片战争以后西方冲击之刺激。

因此，现在学界采取断裂的历史观，把清代划为前后两段，并把后面这一段视为进入资本主义之阶段，强调其具有现代性，只是意识形态的构作。反证到处都是，可叹被成见糊了眼的人看不见而已。

当然，历史之常态就是变动，文学史又焉能不变？只不过不是像现在教科书讲的那样变罢了。道光以后，变化之一就是传奇之亡。

戏文发展为传奇，至明嘉靖、万历而成熟，大盛于清朝顺康之间。南洪（昇）北孔（尚任），一时瑜亮。乾嘉以后，花部乱弹崛起，传奇虽尚有蒋士铨等名家，但颓势已成，戏场上演出者少（因基本属于案头剧，本来也就不在乎演不演）。传奇这一戏曲形式也逐渐消亡。

首先是与杂剧混淆。其次是排场结构随意变更，角色设置也恣情而变，例如有许多生角而无旦角，宾白又渐多，戏曲乃渐如话剧。再者是音乐体制变化。明代以来，传奇皆用昆腔、弋阳腔曲牌联套。乾隆四十六年吕公溥《弥勒笑》居然采十字调梆子腔；道光九年周道昌《错中错》更用二黄编传奇，把词牌体跟板腔体的界限都搞乱了。尔后文人作戏文，不谙音律，愈发恣意，传奇渐与小说相似，和戏曲的关系渐渐淡了。四五百年传奇戏曲表演艺术之发展，最终竟是文学化而消融了它自己。

由这个事例，我们就当知文学史不应乱附会近代外交史、西力东渐史、世界资本主义扩张史等框架，把清代分为鸦片战争之前与之后。许多状况，乃延续性的发展；许多“晚清现象”，或非晚清才有，或非遭逢西力东渐而有，乃踵事增华而来。就是变，也常不自道光廿年始变，更不因西力东渐而变。文学本身或中国社会内部许多因素相激而变，才是主要的。过去整个文学史述的主轴都搞错了。

再看词。大家都以为词坛代雄，乾嘉以后，常州乃执牛耳。实则张惠言（1761—1802）卒于嘉庆七年，主要活动在乾隆时期。张之《词选》由其弟张琦重刻于道光十年，十二年而周济刊《宋四家词选》，均只能说是对于乾嘉之某一部分的发扬。

而这时浙派却同样甚为活跃。因此，若以为道光以后词坛即一变而为常州天下，显非事实。道咸以后，词坛当然不复同于乾嘉，然而这种变化并不能想象为常州取代了浙派，而是乾嘉之浙派与常州派后来逐渐参伍交错、激荡互动而形成新局面。这个新局面，与鸦片战争、太平天国等时势亦无甚关系。而常州之畅言比兴，反倒与龚、魏经世之学一样，乃是上继清初的。陈廷焯《白雨斋词话》说："国初诸老，具复古之才，惜于本原所在，未能穷究。乾嘉以还，日就衰靡，安所底止？二张出而溯其源流，辨别真伪，至蒿庵而规模大定。"把常州派看成是完成国初诸老未竟之功的后继者，即是这个道理。

总之，近代史述的陈腔滥调，非特陈陈相因，抑且荒谬异常，想理解道咸以后文学史之发展，还须另具眼目。

二、这个时代的文学有何特点

晚清文坛特点之一，即是写文士穷愁寒苦者愈来愈多。与宋代的江湖诗人派头、元代之隐逸风尚、明代的山人习气一脉相承而又有所不同，乃是挣扎在社会底层的哀音。文人数量，多少倍于唐宋；仕途乃至生活之压力，亦是唐宋之若干倍，寒苦特甚。此类文士，皆可称为游士。一方面是因生涯泰半在游学、游幕、游居觅食中度过；一方面是生活之困窘，需要游心、游览才能消解，否则，愤世嫉俗只能速死。游心靠修养，故程朱理学大盛；游览则与游幕、游学相结合，以至纪行纪游之作亦大盛。这是从个体看。

从群体看，这种文士整体上属于游动漂浮的阶层。偶或机缘凑巧，即可上升廊庙（如曾国藩）；若无机遇，则虽在乡里市井，却又不能与农工商人同气相求，转而裹胁鼓动民众起事，以图侥幸，如洪秀全之类，也不罕见。

即使文士之处境如此，其心气却并不全是窘束的，反而想象这种窘困正是未来发达的征兆，所以心气反而格外畅旺。何况，穷苦的人往往相信受苦具有道德意义，犹如宗教徒必把禁欲苦行视为必要那样，仿佛受苦与道德成就恰成正比。因而现实的磨难反而养成了他们心志上的超旷，可以“身无半亩，心忧天下”。

而事实上，天下之乱，四海之穷，他们也最有体会。游走各处，看得多了，愈发有救国经世之想。金天羽形容范当世“贫穷老瘦，涕泪中皆天地民物”（《答苏堪先生书》），即为此等人之写照。以包世臣为例，其子跋其《安吴四种》，谓彼“年十九游芜湖……后游楚蜀江浙燕齐鲁豫……出游日久，习知民间疾苦，时时与当道论说”；《清儒学案》也说他之学问“得于学者半，得于问者亦半。虽舟子、舆人、樵夫、渔师、罪隶、退卒、行脚僧道，邂逅之间，必导之使言”。包的年辈比林则徐、魏源、龚自珍还要高，少好顾炎武《日知录》，又喜论兵。但由此即可知他的经世之学半赖游历。他是举人，曾任知县，旋遭劾去，遂以布衣游于公卿间。

魏源也是举人，一直游幕，五十二岁才赐同进士出身。《皇朝经世文编》即成于贺长龄幕中。包氏《答钱学士书》云：“世臣私念得科第，则当入仕，深恐以雕虫无用之学殃民而自贼，遂潜心研究兵、农、名、法、治人之术。及弱冠，所学粗成，又恐古今异宜，方策所载，容有古人成迹不可推行以见诸实事者，乃游学四方。”这很能代表他们这一类人的想法，亦即：以游行求衣食，渐亦借游以成其学，因游而历世变、明时事而谈经济。

因此，述游士之寒，论国步之艰，志社会之乱，记游历之感，这四方面是综合并生于嘉道以后文坛的。对上述诸端既多所感见，对人生世道必多思考，故因世道人心之忧而生出许多玄理的探讨，也是此时文坛之特色。

在论国步之艰方面，文人主要关注以下几点：（一）官吏腐化、士气已衰；（二）学风不正；（三）民变蜂起，盗贼横行；（四）治河、治漕、治盐无功，财政日弊，社会日乱；（五）农政不修，土地问题严重；（六）外患侵凌。这几点，古人都有涉及，但都不深，著名者无非杜甫、陆游、元遗山之类。晚清的忧生念乱才是大观，对社会有较深的分析，远胜古人。例如过去只骂官吏腐败，晚清的批判则指向整个士阶层，指责士气已衰、士风游惰。故经世之道，首先就要对士阶层本身之腐化提出反省，重振古士大夫之精神。嘉道以后，士风渐振励激昂，荷负之责，重于乾嘉，即由于此。新一代的大臣，如曾国藩等就是以士道自励的。清之所以能够“中兴”，关键在此，岂仅如近人所云是学洋人造轮船、用科技？中兴之后，终于未能成功，原因亦当由此索解。梁启超说得好：“继曾文正公者是李文忠公。他就根本不用曾、胡、江、罗诸人的道德改造政策，而换了他的功利改造政策。……专奖励一班只有才能不讲道德的人物。继他而起的是袁项城，那就变本加厉，明目张胆地专提拔一种无人格的政客做他的爪牙，天下事就大糟而特糟了。顾亭林《日知录》批评东汉的名节数百年养成不足，被曹操一人破坏之而有余，正是同出一辙呀！”（《北海谈话记》）

传统的士节士风，经康、雍、乾之摧抑，稍振衰于道、咸、同、光。然经李鸿章以功名之念、现实之想转移风气，再变而为袁世凯，以后政界遂充斥着一批无人格的流氓，直至最终倒台。

批判士气已衰的另一特点是反省学术风气。过去诗人很少谈学术问题，清代却相反。乾嘉以诗文论学，道咸之后以诗文反省学术。魏源《武进李申耆先生传》便曾批评乾嘉汉学家“争治诂训音声，瓜剖釽析”，“锢天下聪明知慧使尽出于无用之一途”。《默觚下·治篇一》又批评“工骚墨之士，以农桑为俗务，而不知俗学之病人更甚于俗吏；托玄虚之理，以政事为粗才，而不知腐儒之无用亦同于异端。彼钱谷簿书不可言学问矣，浮藻饾饤可为圣学乎”。《都中吟》对于讲宋学的、溺辞章的也同样抨击，讽刺文人士大夫：“小楷书，八韵诗，青紫拾芥惊童儿。书小楷，诗八韵，将相文武此中进。……从此掌丝纶，从此驰鞀铎，官不翰林不谥文，官不翰林不入阁。从此考枢密，从此列谏官，尽凭针管绣鸳鸯。”

汉学、宋学、文学均不可恃，那么该改而提倡哪一种学风才能应付时局呢？用“经世”来概括并不准确，魏源等人所主张的，乃是综合辞章、义理、考据、经济之学：“由诂训声音以进于东京典章制度，此齐一变至鲁也。由典章制度以进于西汉微言大义，贯经术、政事、文章于一，此鲁一变至道也。”

对学风的批判，乃士对本身士风反省之一环。由于龚魏诸君颇张公羊今文家之说，因此清代后期学术常被形容为公羊今文学大盛之局。但我要提醒诸位：用公羊今文学来概括也是不准确的。常州学派本身就是经术、政事、文章之综合。而常州今文学派又不过道咸以后之一支，古文经学的传承同样未断，至孙诒让、俞樾、章炳麟、刘师培，又何尝不是合经术、政事、文章为一？曾国藩所代表的一路，号称湘乡派，根柢则在宋学。其于咸丰八年五月三十日与弟书曰："如有《大学衍义》《衍义补》二书可买者，望买之。学问之道，能读经史者为根柢，如两《通》(杜氏《通典》、马氏《通考》)、两《衍义》及本朝两《通》(徐乾学《读礼通考》、秦蕙田《五礼通考》)，皆萃六经诸史之精、该内圣外王之要。若能熟此六书，或熟其一二，即为有本有末之学。"湘乡之文，出于桐城。试看此说，便知他也是合政事、文章、经义为一的。

另外，同样写时代动乱，古代的动乱简单，晚清民变蜂起，动乱的性质复杂，非古人所能见，也写不出。因为清朝民族矛盾是深刻而不断的，最终也亡于民族冲突。可是种族矛盾、思想矛盾还不只民族之争而已。从乾隆六十年湘贵苗民起事算起，中经川陕各省白莲教乱，嘉庆间河南、河北、山东天理教起事，道光六年新疆回变，道光十一年湖南瑶民起事，咸丰元年太平天国等，直到清亡，民变没断过。所谓义和团，实即这类民变团体之聚合。政府本拟剿灭之，忽转而欲借其力以御敌，遂滋糜烂。仲芳氏《庚子记事》、杨典诰《庚子大事记》等都提到义和团在京搜捕白莲教徒之事，可见其初只是民间相互倾轧之教团，后又欲以此伎俩对付洋教而已。

汉人文士对异教异族之民变，基本是不认同的。近代史论往往从阶级角度批评封建士大夫有思想局限故不支持农民起义。殊不知此类民变的主要性质：一为民族矛盾，如苗、回、瑶之起事；一为宗教冲突，如白莲教、天理教、太平天国，均为教民起事，而非农民起义；三为因吏治不彰而坐大之盗匪，啸聚山林，劫掠以谋衣食。不论哪一种，文人都不可能支持，只能因其事而志其哀。如太平天国，有江湜《哀流民》、金和《原盗》《痛定十三首》、王拯《书愤》、王闿运《独行谣》、曾国藩《次韵和何廉昉太守感怀述事十六首》等一大批感时哀事之作。论者或云其“哀语使人不欢，危语使人毛戴”（谭献论江氏），或自称是秋蟪吟馆之什（金氏），总之是哀苦的。其写法则往往采长篇或组诗形态，叙事手法且近于史传和小说，古代少有先例。

至于河、漕、盐、农政之窳劣，古代也很少涉笔。而这些沉疴，从包世臣到刘鹗《老残游记》均有反映。包氏文集含《管情三义》与《齐民四术》，前者收诗词赋，后者谈农、礼、刑、兵。另外还有《筹河刍言》，论漕运、论盐法、论西北水利等。刘鹗以治河自负，结果不得施用，徒存壮志于《老残游记》中，足当象征。不懂黄河也是绝对读不懂《老残游记》的。近代文学史述，只晓得讲一些抗英抗夷的诗文，对这类刻画社会内部问题的作品却着墨甚少。其实这类作品数量既多，质量也甚佳，如鲁一同、郑珍、姚燮的诗都很可观，不可忽视。

农政不修，更是膏肓之疾。包世臣论农学，龚自珍倡“农宗”，均由于此。后来从太平天国的田亩制度改革到孙中山，土地问题、农民问题都仍是治乱盛衰之关键。

从中西交通史的角度看，过去曾以未能积极发展“商战”，进行“物质理财救国”（康有为一本著作名）为中国衰败之原因。只有深入中国问题内部，才能明白龚自珍倡“农宗”、罗振玉办农学会、章太炎以农民为十六种阶级之首的这条脉络才真正切中了要害。

当然，外夷侵凌也是不可忽视的。古代没这种事，因此屈辱感格外强烈。发诸诗文，颇著悲愤。林昌彝《射鹰楼诗话》，取义射英，录了不少这类作品；咸同间张应昌《国朝诗铎》也收了许多；阿英《鸦片战争文学集》、钱仲联《清诗纪事》所载尤多。文人的时世之哀、亡国之忧，大大超过了南宋晚明，可谓遍地秋声。秋声之代表作，便是《庚子秋词》。这是王鹏运、朱祖谋等人在八国联军占据北京时，困居无奈中以词抒怀之作。选调以六十字为限，选字、选韵以王鹏运之弟王维熙生前所赠的丛残诗牌所有字为限，相与唱和，全为小令，共三百十五首。其中如王鹏运《鹧鸪天》：“无计消愁独醉眠。倦看星斗凤城边。旧时胜赏迷游鹿，入夜秋声杂断猿。/空暗淡，漫流连。眼中不分此山川。何堪歌酒东华路，泪尽西风理断弦”；朱祖谋《西江月》：“待阙鸳鸯社散，移家燕子巢寒。伤春人在醉醒间。酒冷花飞人远。/山枕一春无梦，水堂两处凭阑。轴帘来与理琴弦，心剪东风俱乱。”读之均有落叶哀蝉之感。同时此类作品还有许多，如郑文焯赋杨柳二十六首、《谒金门》三阕，每阕以“行不得”“留不得”“归不得”发端，感慨亦同。

论国步之难、志社会之乱者，大抵如此，不能详述。前文已说了，这些乱世的观察和感受，来自文人的游历见闻。游历，或因游食，或因游幕，或因世乱年荒而不得不游，故纪游、纪行、纪山川之作也度越往古。如魏源，李慈铭说他：“平生踪迹半天下，嗜奇好游，故述山水者多可当游记。”姚燮刻画浙江山水的纪游诗，亦颇受称道。何绍基金石考订之外，模山范水尤多。自兹以下，直到高心夔的庐山诗、刘光第的峨眉诗、俞明震的西北高原诗，乃至易顺鼎、陈三立之作，简直举不胜举，是我国山水纪行的高峰。这，不是眼光仍局限于唐代边塞诗的人所能了解的。

文人大游特游，渐渐就游出了禹域。道光廿一年林鍼《西海纪游草》以降，海外游记被钟叔河“走向世界丛书”收入的便有数十种，其他诗文涉及海外游踪者更不知有多少。如汪荣宝写瑞士、雪山、埃及残碑、埃菲尔铁塔之类，均极可观。康有为出国之后，“地中山海遍登楼”，得江山之助，陈衍亦谓其“以逋臣流寓海外十余年，多可传之作”（《石遗室诗话》卷九）。

此时之纪游纪行，又不全是模山范水，常兼着记事。流风所及，不唯杂事诗之作大盛，论诗亦颇重视。这主要表现在两方面：一是复兴古代《唐诗纪事》之体，各朝诗的记事均有人开始编辑，直到现在的钱仲联《清诗纪事》仍属此一波风潮；二是对诗中本事的钩稽考证，蔚为风尚。评者以此论诗，作者亦以此撰构，比兴寄寓，讽兴时事，遂成共识。如郭则沄《庚子诗鉴》云："传闻西狩赋车攻，仓卒微行宿卫空。终古马嵬同此恨，无情宫井葬春红。"自注："余于六月初旬出都。其时宫中即有西幸之说。荣文忠知事机危迫，且密括诸路车马集保阳待命。及京师陷，两宫仓皇出狩，仅得小车数辆，溥伦扈帝乘其一，溥儁扈太后乘其一，余则皇后及宫眷乘之。贝子溥伦扈从。将出宫，太后召珍妃至，曰：'国难至此，势无苟全，盍速自决。'妃曰：'婢子从太后耳。'牵太后衣跪泣。太后益怒，即命太监崔玉贵推之井中。上饮泣，不敢置一词也。曾觙庵太史赋落叶诗多首，托名为闺人所作，金籛孙、王燕泉各赋《宫井曲》长古，皆纪是事。"

这样的诗词，内含本事，兼有史笔，而出之以闺情、宫怨、无题、落花、落叶、游仙、拟古、纪梦、设问、乐府、元白长庆体，比兴托讽，乃是晚清一大景观。然诗文深婉，出诸比兴，犹能怨而不怒，哀而不伤。小说戏曲就指斥时事、嬉笑怒骂，略无含蓄了。所谓谴责小说、黑幕小说，就都属于此种。

面对这个游士号寒、国步艰虞、社会衰乱的时代，文人记事抒感之余，当然也会对人生世道进行更深邃的探索。这种探索，不只是谈现实中如何富国强兵、如何经世济民，更会深入到世界之实相、人生之本质，欲于此得一超越之解决。道光中，龚自珍、魏源之归心佛教，即属于这种情况。龚之发挥天台、魏之专心净土，均非“经世”一词所能限。晚清佛法大昌，义学之盛，为千年来所未有，亦应由这个脉络看。

诗家所谓同光体，据沈曾植说，是要由宋之元祐，上合于唐之开元，再上合于刘宋之元嘉。形式上采用禅家“三关”说，内容上则有上合支遁玄理、谢客山水之意，也可见此中自有受佛学影响处。只不过，佛学之盛是在整个忧生之感中兴起来的。对人生的超越思考，或所寻求的安身立命之道，却未必仅限于佛学。透过宋明理学而进入孔孟修心之学，乐天安命，仍是大多数人的选择。文学作品本此而大发叹世、劝世、励世之怀者极多。其糅合儒佛者，则如康有为《大同书》。该书以“入世界观众苦”开端，自称：“神游于诸天之外，想入于血轮之中，于时登白云山摩星岭之巅，荡荡乎其鹜于八极也。”结果想到的，却是：全世界皆忧患之世，普天下皆忧患之人，普天下众生皆戕杀之众生，天地不过一大杀场、大牢狱。由这个“人生是苦”的体会，进而覃思如何为世界开太平，故作《大同书》。他的文学作品中亦常表达此类想法。后来王国维诗词中之玄思则更采撷于西方哲学，不限于儒佛矣。

三、这时代对传统的综合与发展

以上所说，大体是夤缘时世故有许多新的创造。此外则当注意晚清是整个传统的大综合。古文、骈文、汉魏六朝、唐音、宋调、词曲，皆复兴，皆发展，而又相互交融，又与义理、经世相结合。

古文，势力最大的仍是桐城派。道光以后，其古文文法且发展到诗法上去，对于道咸以后诗坛之发展至为关键。光宣朝时，张裕钊、吴汝纶父子、马其昶、姚永朴、姚永概、严复、林纾等都属于桐城文脉，声势浩大。

桐城在发展中还衍生了另两支，一称阳湖派，一称湘乡派。

阳湖之名，缘于张惠言与恽敬都是阳湖人。桐城取法六经，阳湖则兼取子史杂家；桐城不用六朝人丽藻俳语，阳湖却不避忌。至于湘乡，因曾国藩乃湘乡人士之故。曾氏为文，效从桐城，门人子弟及宾客幕僚受他这类言论影响，形成一个仿桐城的团体，因此世人或称其为湘乡派。黎庶昌、薛福成等均属此派。但湘乡与桐城，也如阳湖与桐城一般，不尽相同。桐城后期，在义法方面渐偏于法（清末吴汝纶、林纾、姚永朴兄弟，也都是大谈古文法的），以致常被人批评其言“义”只是门面语。湘乡则欲将辞章、义理、考据三途合一，而以义理为核心。其于道光廿三年正月十七日与弟书曰：“兄之私意，以为义理之学最大，义理明，则躬行有要，而经济有本。词章之学，亦所以发挥义理者也。考据之学，吾无取焉矣。”因此湘乡之文，比桐城更多本于义理、发展为经世的成分，不尽讲究文法。桐城本亦有此态度。辞章之外，他们期望恢复的，是古士君子之道，合人格与文格为一。所以曾氏与弟书说：“人不读书则已，亦既自名曰读书人。……则虽能文能诗，而于修己治人之道实茫然不讲，朝廷用此等人作官，与用牧猪奴作官何以异哉？”

古文之外，骈文同样很盛。

唐代古文运动之后，骈文一直处在被攻击面。乾嘉前后，情况才有了变化。加上科举经义文在此时亦被视为骈文之分支，骈文的阵营当然更见堂皇。一时文士创作，多效唐宋四六；经史学者，多作古骈。风气所染，名家络绎。

李调元《雨村赋话》尤值重视。这是我国第一本赋话，流传广，影响大。同时另有浦铣《历代赋话》、王芑孙《读赋卮言》，推阐赋学，皆甚可观。张惠言亦有《七十家赋钞目录》之序。阳湖派古文，本是不避骈语的。

辞赋复古，渐就由宋而唐，而六朝，而魏晋了。因此，同治年间马传庚撰《选注六朝唐赋》；道光间许梿编《六朝文絜》，更由赋而及于整个六朝文风的推扬。《六朝文絜》经黎经诰详加注解，成为训士之通行教材，八代文风乃全面恢复矣！到后来，八代竟成一特殊词语，以八代为标榜者不乏其人。也用在诗上，例如王闿运即编有《八代诗选》。苏东坡曾说韩愈“文起八代之衰”，他们却反过来，告诉你八代才盛呢，我们早就超越唐宋了！

跟古文发展到湘乡派时一样，论赋也有重义理人品的风尚。李调元便指出文品与人品之关联，后来刘熙载《艺概》也说“诗品出于人品”，可见一时风气。

乾嘉时的骈文家，还不免有用典不伦、炼字太过或文势平弱之病。晚清则李慈铭、王闿运、李详诸家竞胜，更为可观。王闿运学六朝，神形俱似，用庾信《哀江南赋》旧韵，另作以哀时事，状半夜鸡荒、空江星乱之景，与其《独行谣》《圆明园词》诸诗并美。今人以赝古讥之，实则史录也，古人亦无以过之。

另一种由唐宋上复魏晋的文风，则不说八代、六朝而说“五朝”，文章也不是骈体，那就是章太炎、黄侃一类人讲的魏晋文。章氏认为魏晋学风不只是玄学而已，论礼、论政、论艺、论颐养都很精微，说经论礼之文尤佳，足以为文事之楷模。他及其门人都发扬这一路，故不同于讲六朝骈文一系，也不同于古文家。魏晋南朝说理文字之美，久遭遗忘，至此乃得复兴。包括《文心雕龙》这样的书，从来不受重视，到清代才有纪昀、黄叔琳开始替它做简单的校注，到黄侃作《文心雕龙札记》才大获表彰。

诗，与文章相似，各自寻着模范，以就典型。学明七子宗唐诗的有谭献，他推崇李梦阳：“质有其文，始终条理，匪必智过其师，亦足当少陵之史。”（《明诗录序》）这种推许，显然另有眼光，与一般对明七子的看法不同，合乎他自己“诗者，古之所以为史，托体比兴”（《古诗录序》）的主张，可谓用一种新观点在恢复着七子的诗风。曾广钧、曹元忠、张鸿、孙景贤、李希圣、汪荣宝等则是学北宋刘杨诸家以上溯李义山的，曾刻《西砖酬唱集》以继西昆。用熏香掬艳之笔，比兴寄事，辄亦无愧诗史，名篇极多。

另一种风气却是更古的，学唐以前，绝不做唐以下语。如王闿运，平生探源八代，集中除五律外都是古体。其实他的近体也极好，《夜雪集》及日记中所录律绝，皆风神绵邈。刻意不入诗集，主要是表示其复古之姿态。元明以来，诗家均虚尊汉魏，实法唐宋。经此振刷，汉魏六朝诗才真正成为可学习可效法的典范。

陈衍说此时“盖合学人诗人之诗，二而一之也”。这是整个清朝的大趋势，而道咸以后与乾嘉不同者，在于学问不尽相同。乾嘉之学，考证、义理是分庭抗礼的，有汉宋之争。道咸以后，考据家却不甚反理学，调合汉宋者渐多，且所谓汉也有东西汉之别。同时，因重理学，故比乾嘉更重视诗品与人品之合一；又因时事之激，亦比乾嘉更重辞章与经济之合。此外，此时之所谓宋诗，其实又跟一般理解的宋诗并不相同，用陈衍的话来讲就是：“以开元、天宝、元和、元祐诸大家为职志，不规规于王文简之标举神韵，沈文悫之主持温柔敦厚。”《沈乙庵诗序》又提出三元（开元、元和、元祐）之说。意思都一样，指当时所谓“学宋”，实是以宋元祐为基础而上溯元和、开元之活动，是以宋合唐合六朝的大综合之路。此派在晚清声势最大，名家不可胜数，也正因它代表了大综合取向的缘故。

同光体，或细分为闽派、赣派、浙派，而其实这个大方向是差不多的。同光体又与桐城派颇有渊源。桐城早期的方苞、刘大櫆皆不擅诗，但到姚鼐，诗论已与文论汇合，又编有《今体诗钞》。《与王铁夫书》且云：“诗之与文，固是一理。”姚氏弟子郭麟、方东树，大抵亦以文法为诗法。嘉道以后的诗坛，奉其说者日盛。虽然李慈铭在其日记中痛骂那是“桐城末派”，但气候已成，反对者的恶诟殊不足以动摇之。何况，师友渊源及曾国藩在其间的作用，均不可小觑，其直接间接衍为同光体，并不奇怪。毕竟义理与辞章合、诗与文合、人与诗合，正是从桐城到同光发展的总体趋向（词，在晚清大盛，面貌与方向亦与诗文相同，就不细说了）。

所以，综合起来看，一般人讲文学史虽艳说唐宋，而其实作家之多、水平之齐、风格之备、体制之丰、心志意量之高远，毕竟仍推晚清。只不过，这丰盛的果实，背后却总有一层底色。用我过去的一句诗来说，这就叫作“书生经世有奇哀”！

近代散文之颓散

文类的兴起与其特质，是要断代讨论的。近代散文，自负在范围和性质上都有与古代不甚相同之处。虽然此举未免心量不广，有点自以为是，但每一时代自也不妨如此自我期许，并发展其风格。这种自我期许，肇端发轫于五四，想来已是大家都知道的事。五四诸公，攻击桐城派，诋为“桐城谬种”；攻击骈文家，讥为“选学妖孽”。这固然是作战时期的诽谤，不能当真，一如恋爱中的誓言；但也未尝不可以看成是跟固有散文传统的决裂。决裂以后，现代散文要发展其独特的文类风格，即不得不旁求域外，或远离桐城和选学所代表的传统散文作风，到历史的隐僻处去寻祖宗。结果，学外国散文者，一时之间尚仓促难得其精髓；而寻祖宗的人却在甬道中大有发现，他们找到了晚明小品这一类东西。

但现代散文与晚明小品攀上亲戚，实在是现代散文的不幸。这点虽然至今大家尚未发觉，但无碍其为事实。晚明小品其实是一种怪僻乖诞而且凉薄的生活态度的产物。名士狷狂，流于渎乱，以致表现出雅得极俗极怪的作风。像倪元璐，《榕村语录续编》卷八就记郭棻批评他："倪鸿宝成什么人，竟是女郎……至余家，一日而数换鲜衣，可厌极矣。"

大概当时文化及社会的腐败，已经使人不能忍受了。诸名士在心态上逆抗狂潮，极为苦闷，但又找不到出路，以致弄得心性偏激、性格矜诡；又有些人则在这种空气里，索性随波逐流，自放于颓唐。因此在文学上，竟也表现得近乎可怜、可笑、可耻。如公安派"一日湖上行，一日湖上坐，一日湖上住，一日湖上卧"的诗，固然是浅陋可哂，他们的文章又何尝不是恶劣魔道？自以为雅俊风流，却多扭捏作态。钱锺书曾说晚明文学是"饾心饤肝、拗嗓刺目之苦趣恶道"，奇思棘句，文怪僻而意肤浅，隐情踬理，如"鼠入牛角、车走羊肠"(《谈艺录》)，确实有些见地。我每读晚明小品，辄有说不出的烦厌和难受，披沙拣金，亦可得宝，但那里面更多的却是虚矫浮流的习气。近人拿它当个宝，若非"时代的陷阱"，可能就是彼此时代果然有些类似之处，否则恐怕很难解释这近百年的怪现象了。

除了找错祖宗之外，现代文学早期的发展，看来似乎也有点营养不良。因为我们从历史上可以发现，每种新文类的兴发，总是来自一两位划时代的大手笔，如汉赋中的司马相如、古文中的韩柳、律诗中的杜甫。文学流嬗，固然是"若无新变，不能代雄”，但新与变，并不是在理念上、口号上或态度上新一新就行了，没有一位大作家出现，就无法变出什么花样来。即使借着外在形式或语言媒介来强作变态，也是勉强得很，不成个格局。

我们现代散文，几十年前到现在，大伙儿还在传统现代、现代传统，文言白话、白话文言地争辩不休，还是在理念上、在外在形式或媒介上自以为新，却忘了在文学的法庭上，只有作品才有发言权。这几十年来，请大家如我一样，停下来想想：我们的散文究竟有哪几位是真正的大师、大手笔、大文豪？我们到底有哪几篇真正精彩不磨的杰作，可以毫不虚诳地陈列于文学的殿堂？也许大家都仿佛觉得我们已经有了这样的作家、这样的作品，可是仔细搜寻，似乎又总不容易找到个确定的名字。也许每个散文家都会大言炎炎地说：“就是我，就是我啦！”也许每本散文集的广告词都曾恫吓读者说什么震烁古今、掷地有声。然而，我恭敬惶怵地捧卷诵阅此类宏文巨著，却发现也只不过跟我写得差不多而已。这样就想凌轹古今、自开局面，未免太便宜了些吧！

问题的症结在哪里呢？我尝怃然以思，废书而叹。因为文学的问题，归根究底，只能说是缺乏伟大的天才，而天才是不会在这个群众的时代现身的。请容我借外而喻——这是避免因直接评论而引人憎恨的最佳方法。散文在英国，曾被定义为散文家的作品，而且这被认为是最恰当稳扎的定义。它的主要成素，并不在题目或题材，而在作者的人格美。其存在与否，全以散文家人格的存在为准。早期散文家如法国的蒙田（Montaigne）自谓其文集：“宗旨完全是私人的，并没有为你（读者）打算，或为求自己出名。我只想给我的亲友们一点慰藉：等我离开他们时，他们或许可以在这部书里发现我的脾气与性格，使他们在记忆中可以更完整而逼真地培植我的印象。”其后的散文大家培根，也被看成“一个丰富头脑的真正试笔”。到了18世纪，散文家更兀傲了，戈德史密斯（Goldsmith）甚至在《蜜蜂报》上写道：

> 我写文章一面是要表白我的好脾胃，一面是要夸耀我的小本领。在未满足任何一者之前，我决不放下这管笔来。另一班人讨厌我所用的名称以及我所引用的格言。这个，他们说有错误；那个，他们又说是早就料到的笨人的把戏。他们所说也许都对，但与我有什么关系。

这种态度，颇与散文巨匠兰姆相似。比勒尔（Birrell）曾说，文学只是兰姆的副业，正业则是生活；他不是渔夫，乃是文艺的水里的一名钓翁，凑巧做了作家。这个譬喻，依我看甚有价值，因为它与我国传统“无意为文”的特殊作风不谋而合。老实说，支撑一篇好散文的，除了天赋的才情，便只剩下作者在生活中涵养磨炼出来的独特人格了。这个独特的生命，贯注流布于篇什之间，会形成一种特异的风格魅力，使得文章晔晔有光。

散文家必须为自己而写，原因在此。他不能为了令读者满意而弄笔，不能为了出名而写；他的文字，毋宁说必须以触怒、触痛读者为职事。王闿运《论有恒（示欧阳笏山）》说得好：“文成俳优，何也？欲人之称好也。……夫俳优所以贱者，欲悦人以求知耳，奈何文人亦求知耶？”其言大有东坡所说“诗须作到众人不爱可恶处方为工”之趣。散文不是为了取悦读者而写的，考利有篇散文，题目就叫“一个正人君子在人堆里的危险”，人堆里尚且危险，取媚流俗，岂非更是下流？散文家一旦挤进人丛里，变成了明星一类人物，他的创作宗旨就不再属于私人，他的头脑就不再丰实，他的写作也就不再是生活的副业了。这是散文的危机。可是，目前我们所面临的乃是一个群众的时代。“这个时代的特征即是腐朽平庸的心智，而且这种心智自知其腐朽平庸，却理直气壮地肯定平庸腐朽的权利，而且任意强使它布于各个角落。”（奥德嘉《论群众》）

在这个群众时代里的苍白、贫瘠、错乱等征象，西方文学与哲学中早已讨论甚多；只有我们，仍然无所反省，仍然坚信形势大好，仍然自我赞叹这些腐朽与平庸即是旷世巨作。他们不晓得这个时代不唯不容许天才的存在，抑且连我们自觉地发展独特人格美的机会都很少。他们也不能理解自己散文之恹恹无气力，泰半要归咎于自己脑袋的空洞和昏聩。他们只希望自己的文集畅销，希望自己成为受读者或编者喜欢的作家，笔锋徘徊于揣摩读者的脾胃之间，人不知而大愠！如此一来，创作上的浮薄儇嚣，固然不用说了；就连争论，也仿佛老是一群嘴里含着面疙瘩的人在糊里糊涂地嘟哝不休。姿势很多，意义却很少。当然，这在策略上还是成功的，因为要赢得观众的喜爱，第一要素即是平浅无聊，并加上若干花哨的噱头。无论散文还是电影，大概都是如此。而且，假如昏庸和浅薄真如我所说是时代的罪恶，那么散文家自也不妨继续放心地去写那些肤浅可口的散文。所谓肤浅可口，意思就是说读者与作者都能获得平庸的愉快。它们大抵包装精美，文字华丽精巧，有个小故事、小事件，而且是很容易动人的事件，然后再穿插一些好美啊、好爱啊、好感动啊、好气啊、好……热情如火、热血沸腾、热泪盈眶，并热烈拥抱乡土、同胞、上帝、社会、人生、读者等等。他们的文笔令我艳羡不已，对于他们花费那么多的气力和眼泪，来经营一场无甚意义的梦呓，我也表示同情。

以写小动物来说吧，现代散文中"我与宠物"一类书已很不少，但其写法，天哪，一律是怜悯疼爱一番，缕述我如何邂逅、如何宠它一番，再发抒一点淡如轻烟的感慨。自雅舍主人以下，殆皆如此，罕有例外。然而，康拉德·劳伦兹的写法是这样的吗？在《所罗门王的指环》里，他说：

> 我很少笑话动物，有时笑过，后来总是发现笑的其实是自己，或者也是因为动物的某些滑稽相很像人才笑

的。我们总是站在关猴子的笼子前面笑，但当我们看见一只毛虫或蜗牛的时候，就不觉得那么可笑了。如果我们觉得公鹅追求雌鹅时的举动滑稽得不得了，那是因为我们自己在恋爱的时候，也一样地做过许多荒唐事啊。

这段话隽永精到，乃是因为它背后有一整套理论支持，并蓄势待发，待人引申。劳伦兹是奥地利著名的动物行为学家，全力研究动物之本性及行为模式。他把研究所得，荟萃成一极富连贯性且影响深远的动物行动理论，并笔之于文，写下这本充满文学趣味的书。他虽自谦“我是个科学家，并不是个诗人”，然其文笔之隽永、议论之精辟，简直是逸趣横生。

同样，美国鱼类与野生动物研究所的舒佛尔博士的《海鲸的年代》，也是一本生物研究报告与杰出的文学作品。例如他叙述一条在厄瓜多尔外海为深海电缆绞住无法脱身的抹香鲸之死，寥寥数百字，而含义与力量，竟然宛若一部精简的小说：

由于电缆未断，它的死未被察觉。但在它的墓旁，萦回着细语，生命和死亡的讯息，寄情的言辞、咒语，笨拙的表情……乍现……乍没……

那些晶莹的歌，那些黑浊的兽和这两者之间的兽群，都群集劫掠它的墓地，撕裂它白洁躯体上松弛了的小片，小片……而它的骨骸，也给时间所解体，沉落到海床，爬进地质学之书，为翻过的史页盖住。

诸如此类，我并无意要求每位散文家都成为动物学家或拥有动物学的丰富知识。但一位作家，一位创作者，既不能在生命形态上成为创造者，不堕溺于流俗，又不能在知识上对他所描述的对象及内容有深刻的了解，他的创作还有什么可为？散文家们，整天嚷吵着要关怀社会、拥抱人生、探究生命。然而，不客气点说，目前我们的散文家们，对社会、人生或生命，大体上是懵懂的。敷陈在纸上的多半只是原始而幼稚的直觉与冲动，缺乏深刻的思考纵深。他们忘记了西方的散文家往往即是大思想家，如蒙田、培根、尼采、叔本华，以及获得诺贝尔奖的罗素等人，其文采皆根植于深刻精严的思想体系，故能在批评与观察人生社会时，显出他的力量。

我认识一些散文家，他们显然不太了解这种力量，所以在创作心态上也有点“反智”的倾向，认为读书做学问会伤害他们的创作想象力。对这些人，我实在非常佩服他们愚蠢的勇气，但我也因此深感庆幸。古人读史，对于楚汉相争这段史实，辄有“时无英雄，使竖子成名”之叹；现在，我们也可以换个词，高歌：“时无英雄，遂使我辈成名。”这真是猗欤盛哉，不亦快哉的事，让我们一同歌颂这伟大的散文时代吧！

中国文人

ZHONGGUO WENREN

中国没有贵族，如有，只能是文人

最近许多人在谈贵族。但中国历史发展远较西方早熟，贵族比西方早两千年就消亡了。后来政治官僚和土地财团想发展为贵族，也终于没成功。成为新贵族的，乃是文人。文人，以其文化才艺，受到帝王将相和商人地主的尊敬与追捧，形成新兴权势阶层。这种权势，超越世俗权势，是一种文化向上的力量，鼓舞社会从风。例如乾隆，虽贵为皇帝，但你看他的趣味取向和生活，不就是努力把自己造就或装扮成一名文士吗?

这不是脑中只以西方贵族为参照的人所晓得的。故底下先简略说说贵族的形成经过。

一、士人的分化

中国春秋之际的社会等级制度，以士庶之分为其大别。士以上，为王、诸侯、卿大夫；以下为皂、舆、隶、僚、仆、儓及工商农民。士以上为贵族，庶民工商则为平民阶级，其身份俱属世袭（像现在大家向往的匠人精神就出自这种社会，农民世代务农，工匠只能继续打铁、捏陶、做木匠，永世不能翻身）。战国以后，贵族凌夷，社会才渐有变动，而各国情况不一。三晋与齐燕之制，统治层可分为卿、大夫两级。卿有上卿、亚卿之别，大夫则分长大夫、上大夫、中大夫、五大夫。秦、楚更与中原俱不相同。商鞅之后，秦爵位计分二十级，汉代大体沿用之。但无论如何，这些有爵禄，甚且有些还有土地的人与庶民不同，均属于统治者。士是贵族的最低层，有食田与俸禄，但在春秋战国期间，却是身份变动最大的一群。他们或上升为宰执，或因贵族凌夷而降为平民，形成士的分化现象。先是分化为“文士”与“武士”两类人。其后，依附于本宗族，无个人自由的士，在春秋中期以后，独立四散谋生，或办学，或充当婚丧典礼之赞礼，或从政，遂日益分化。在“士”之前加指示语或限制语，如方士、策士、谋士、隐士等词即出现于这个时代。

分化的同时，此一阶层也发生上下流动的现象：贵族凌夷，降为庶民；庶民若有地、有功、有学，亦可上升为士。

士乃成为一种介乎贵族与庶民之间的阶层。这个阶层的性格是模糊的，因为它本是时代变动的产物。所以我们看《论语》《孟子》，都会看到当时人对于士德、士行应该如何的许多讨论，要求士在丧失了贵族的血统、土地、爵禄诸依据以后，仍保有他对于一般庶民的优越性。比方说，孟子云："无恒产而有恒心者，惟士为能。若民则无恒产，因无恒心。"（《孟子·梁惠王章句上》）显然就是把已丧失封邑食禄的士仍然置于一般民众之上，强调其优越性。这种优越性，有些人从德行上说，有些人从文化知识上说。从德行上讲，含意就与"君子"相结合；从文化知识上说，则有学士、辩士、策士、方士、博士等。

事实上，我们由孔子门人的状况即能了解到这种情形。所谓"孔门四科"，指孔门弟子具有四个不同面向的文化能力：德行、政事、文学、言语。这些能力都不是一般庶民具有的，士需通过修养学习以及相互砥砺才能获致。士之所以为士，其身份虽然可能已因贵族凌夷而与平民无异，但其内在之修养与知识则超过了一般平民。平民若具有这些条件，也可被称为士。

汉代之贤良、文学、博士、文吏，大抵即呼应了孔门四科之分：贤良类如德行，文吏可指政事，文学具语言辞华之美，博士则拥有经典的知识（孔子时，"文学"一词指的是典章文献制度的学问）。其中与文人直接关联的，就是擅长语言辞华的文学侍从之臣。也就是说，文士本来就是士之一类，是专指士中具有文辞才能的那一类人。这些文学之士，身份当然可能是平民。如司马相如本来在四川开店铺，穿犊鼻裙跑堂，但他具有文学才华，便与一般民众不同，可凭其文学能力上升为梁园之宾客、武帝之孝文园令，成为文学侍从之臣。情况与战国时期辩士、策士凭着他们舌灿莲花的本领即可立至公卿，其实并无两样。

言语、辞令、歌赋之能，效力如此，自然会引来许多仿效者。战国游士掀唇抵掌，奔走于诸侯之间，汉代便也有不少献诗献赋之辈，令读书为文者望风景从，以“成为文人”作其终身志趣。

但文人这一流品在汉代的确立，事实上也预告了后来的纠纷。

在士这个阶级中，德行、语言、政事、知识均足以构成士之所以为士的条件，但究竟何者方为首出，何者才具有优先性，或四项能否兼备，其主从关系又如何，一直是争论不休的。如王充就主张士应以文学创作为高，后世文人看不起经生，也瞧不起“风尘俗吏”的传统，在此可说开了头。然而，文士惯对俗吏作白眼，如三国时嵇康因山涛荐他出仕，竟要跟他断交。老于政事，能在事功上显才华者，却也对文人颇不以为意，认为这些人根本无裨实际。同样地，文人看不起经生，觉得他们笨，苦学而无才华；学者则批评文人不学，华而不实。贤良有德行者，又强调做人应先尊德行而后道问学，既讨厌文人光会写文章而德行欠佳，也反对一味讲事功之学的人；讲事功者，乃讥彼等“无事袖手谈心性，临危一死报君王”。他们往复交哄，争辩不休，形成了这个阶层内部的紧张关系，也带动了此后两千年历史的发展。因此我们可以说：文人起于士阶级之分化，而其确立为一独立之阶层，具有与其他阶层不同且足以辨识之征象（不但与庶民不同，也与其他由士分化出来的阶层不一样），则在汉代。

对于这样一个阶层，后世认同者说“盖文章，经国之大业，不朽之盛事”；不认同者则说“文人无行”“一为文人便无足观”“文士轻薄”“士先器识而后文艺”“文士浮华”。彼此形成士这个阶层内部的竞争关系。

二、势力的消长

汉代知识阶层已经形成了一种共同体式的阶级意识，也称为“群体意识”，有了“我们都属于某一类人”的共同认知与感情。但是，在大的认同底下，其实还存在着分化的次级认同。经生是一群，文人是一群，从政的文吏是一群，以德行或以高士自许者又是一群，各有其群体意识。

汉魏晋之间学术风气的变动，也可以看成是这几个群体间竞争势力的消长。东汉末年太学生之所谓“浮华”，正是经生们濡染了文士风气的表现。而高士清言，挥麈谈玄，以不事俗务为高，亦是高士自别于政事之儒与经术之儒的现象。

整体说来，两汉魏晋儒士原先是以学问和政事为主的，但渐以才华、文章相标榜，势力一消一长。故经学仅见注解，类似先秦诸子的著作也渐少，反而文集愈来愈多。文集分为两种，一是总集性质的《文章流别集》之类，二是个人的别集。文集事实上是子部之分化。四部分类法中，史部由经部春秋学中独立出来，集部从子部独立出来，都是汉魏学术最重要的标志，体现着文人的势力业已蔚为大观。

周秦诸子之学在西汉已渐衰，文章则渐富。至东汉以后，消长之势愈显。其后遂有文集。子学衰而文集越来越盛，令复古论者大叹人心不古、学风丕变。但感叹无济于事，历史进程无法逆转，文人阶层势力毕竟渐高于传统经生学者。

汉魏以后，名士清谈，其才辩趣味，本来即可与文士相孚应；流行的文体（骈文），更助长了雕绘藻饰的风气。这种文体，是论学、析理、叙事、言情一体通用的。因此，无论你是否自觉地认为自己是个文人，都不能不具备这种文学写作能力，不能不是个文人。这个道理，我们可以从两方面来论证。

首先看《文选》。梁昭明太子选文，曾明白地宣称孔孟经典及老庄诸子等书“以立意为宗，不以能文为本”，所以他不予选录；“记事之史、系年之书”，重点不在文采，他也不收。他只收“赞论之综辑辞采，序述之错比文华，事出于沉思，义归乎翰藻”的部分。他这种以文学为依归的选本中，事实上包括了书、启、章、表、令、教、诏、册、笺、檄、辞、序、颂、赞、论、箴、铭、碑、诔、祭、吊、墓志、行状、对问、奏记、弹事等文体，甚至还有两卷史论、史述赞，足以证明当时整体书写状况即是文学性的。任何文体，纵使是实用文书，也要求它具有文采。

其次，纵使是“记事之史、系年之书”，其性质虽被划归于非文学类，可是在整个时代风气的浸润下，依然越来越具有文学性。这方面，看唐代刘知幾的批评最清楚了。《史通·序例》说：“爰洎范晔，始革其流，遗弃史才，矜炫文采，后来所作，他皆若斯。”《论赞》篇说六朝史论“私徇笔端，苟炫文采，嘉辞美句，寄诸简册，岂知史书之大体？”，“饰彼轻薄之句，而编为史籍之文，无异加粉黛于壮夫，服绮纨于高士者矣”。从经学中刚刚才获得独立身份的史部，事实上很快便沦为文学的阵地。六朝史书，文学性已太浓。到了唐朝，更是如刘知幾所描述的，“每西省虚职、东观伫才，凡所拜授，必推文士”（《核才》篇），以致史书“非复史书，更成文集”了。

凡此等等，俱可证明：在士的阶层中，文士群体正逐渐扩大，不但动摇了史家与经生的地位，更使所有文字工作者都朝文士类化。文士成为士阶层中最主要的部分。

但汉魏南北朝，我们仍然只能说文人之势渐长，而不能认为文人已取得绝对的优势。原因之一，在于当时的世族除了以血统姓氏为判断根据外，仍是以经学及礼法为标榜的。

所谓世族，主要条件就是累代官宦和经学礼法传家。

礼法，谈的是德行的问题。过去看魏晋，往往夸大了当时清谈任诞之士破弃礼法的作为，以为魏晋南北朝是一个颓废的世界、毁弃礼法的社会，而忽略了代表社会主流价值及主要阶层的士族门第社会，其本身乃是一个非常强调礼法门风的组织。《后汉书·杨震传》云“杨公四世清德，海内所瞻”，《潜夫论》云“今观俗士之论也，以族举德，以位命贤”，均可见德行仍是大家所推崇的。《世说新语》开卷第一篇就是《德行第一》，正反映了这样的价值观。

经学，指的则是知识的问题。世家大族，高门子弟，比一般寒庶地位优越的条件之一，就是在知识和文化等级上优于小姓寒门。《魏书·儒林传序》说“晋世杜预注《左氏》，预玄孙坦、坦弟骥于刘义隆世并为青州刺史，传其家业，故齐地多习之”，足证当时经学的主要传播群体正是世族。因此，北魏献文帝时“平青、徐，悉徙其望族于代”，杜预的《左传》学、王弼的《周易注》才能传入北朝。

再说官宦。构成世族的条件中，除了血统之外，累代爵位当然是一大标准。这是不用说的。但综合起来看，当时世族大家既强调经学知识，重视德行礼法，则做一个学者或做一位有德行的人，必然是那个社会中主要的人格期望。在这种人格期望的心理状态下，文人未必能竞争得过学人与贤人。同时，从社会结构上看，魏晋南北朝文人的主要成分，一是皇室（如魏武帝、魏文帝、曹植、梁武帝、梁简文帝、萧统、陈后主等），二是朝臣，三是世族。无论邺下、金陵、荆州各文学集团，可说全都属于贵族，如鲍照那样“才秀人微”者毕竟只占少数。

因此，此时所谓文人阶层，有两个特色：（一）它不是一个独立的阶层。那些因贵族凌夷，而从贵族身份中游离出来的文士，已再度跻身统治阶层。它不依附于统治者，但也不是独立的。（二）文人阶层是与儒士学人、礼法之士这批群体共同发展的。我们在当时的经学、史学，乃至贵族言谈交际、酬酢应对中处处可以感受到的文学性，未必是文学势力因竞争而压倒了经史，而是文学融在其中，共同发展的结果。

三、文学社会

唐代以后，文学之势越发沛然。唐朝虽在许多地方延续了六朝，但一个新的社会却在延续中逐渐成形。这是一个文学社会，文学不再是某一阶层之物，文人阶层由贵族士大夫扩大到一般民众。民众能读诗的，即传抄题写之，或练习写作之；不识字、不能读的，就听人吟诵之、传唱之，或看诗意图画。文学也是社会上共同认可的价值，所以诗人拥有社会性权威，受人仰慕，就连市井流氓也要用诗句刺青等方式来表现自我。整个知识体系更已文学化，人对世界、人生与社会均已惯于用文学感性及文学知识去处理。

所谓文学知识的体系化与普遍化，首先表现为史书的文学化。这不仅是指炫耀文采，更指史书描写的是社会的整体与历史的动向。

其次是文学性的百科全书大盛。在中国，类书之编辑本来就起于写文章记典故和摘选辞藻之需，跟西方人编百科全书起于知识的归类不同。唐代则愈发扩大了这个传统。现存《北堂书钞》《艺文类聚》看起来规模就已惊人，但在当时还只是极小的一部分。初唐不但编了这两套书，还另编了一千二百卷的《文思博要》。后来诸帝对此也颇热衷，从龙朔到开元，官修了《累璧》六百三十卷、《瑶山玉彩》五百卷、《三教珠英》一千三百卷、《芳林要览》三百卷、《事类》百三十卷、《初学记》三十卷、《文府》二十卷。私撰的则有《碧玉芳林》四百五十卷、《玉藻琼林》一百卷、《笔海》十卷等，每部都卷帙庞大。这些类书既像总集，又像辞藻类选；既供文士采撷，又是以文学角度对一切知识的处理。通过这样的类书编选，文学知识体系化了，一切知识也文学化了。唐代后来能成为一个文学化的社会，这是极重要的基础。一个以文学看世界的社会，自然跟现在这样一个以金钱看世界的时代不同。在那个文学化的社会中，当然也是人人都喜欢文学、认同文学的价值，学习着也享用着文学，到处都看得到文学作品的。

唐人题壁、题柱、题屏风、题亭、题额、题门，几乎无处不能题。像后来元稹描述的，白居易诗“二十年间，禁省、观寺、邮堠墙壁之上无不书”。白居易自己也说：“自长安抵江西，三四千里，凡乡校、佛寺、逆旅、行舟之中，往往有题仆诗者。”可见题诗无所不在。白居易当然是中唐以后最受欢迎的诗人，题写他的诗的人最多，但别人的诗一样也广获题写。元稹在通州见到馆舍柱子上题了白居易诗之同时，也见到了窦群的诗。

拿笔在人家墙上、门上到处写诗，今日不会有此现象。现在人只会涂鸦，或写些“××× 我爱你”“×× 到此一游”之类。若不幸被人涂抹，亦必大生诟厉，或自觉倒霉。唐代却不然。《韵语阳秋》卷四载：“张祜喜游山而多苦吟，凡历僧寺，往往题咏。……僧房佛寺赖其诗以标榜者多矣。”《云溪友议》载：“崔涯……每题一诗于倡肆，无不诵之于衢路。誉之，则车马继来；毁之，则杯盘失错。”又《洛阳缙绅旧闻记》载杨少师凝式过寺庙多题诗，“僧道等护而宝之。院僧有少师未留题咏之处，必先粉饰其壁，洁其下，俟其至”。杨去题了以后，“游客睹之，无不叹赏”。这类故事，在唐代太多了。这就叫作文学社会。人人以诗相矜赏，故题者愉、观者悦，很把诗当一回事。

白居易曾形容元稹诗：“自六宫、两都、八方至南蛮、东夷国皆写传之。每一章一句出，无胫而走，疾于珠玉。”其实并不只有元稹才获此待遇。像陈子昂，赵儋替他作旌德碑时说：“拾遗之文，四海之内，家藏一本。”像吴筠，《旧唐书》说“所著歌篇，传于京师”，“每制一篇，人皆传写”。像孟郊，贾岛哭他时说他“诗随过海船”，王建哭他说“但是洛阳城里客，家传一首杏殇诗”。姚合哭贾岛则说：“从今旧诗卷，人觅写应争。”像杜牧，裴延翰替他编集时也说：“凡有撰制……虽适僻阻，不远数千里，必获写示。”诸如此类描述，可说触处皆然。

喜欢诗的人甚至就把诗刺在身上。如《酉阳杂俎》卷八载高陵县捉到的一名流氓，左臂上刺了一绝：“昔日已前家未贫，苦将钱物结交亲。如今失路寻知己，行尽关山无一人。”荆州另一游侠子葛清“自颈以下，遍刺白居易舍人诗”，共三十余首，有的还配了图。这类例子并不奇特，因为是风气，“唐中叶，长安恶少年，多以诗句镵涅肌肤，夸诡力，剽夺坊间，远近效之成习。其他更有取名贤诗中意，细刺树木人物”。例如韦少卿“胸上刺一树，树杪集鸟数十，其下悬镜”，人问其意，他以张说诗句“挽镜寒鸦集”（实为“晚景寒鸦集”之误）对。

此等风气虽盛于中晚唐，但把诗配上图来传观却不是刺青流氓的发明，乃是唐初已见之惯例。唐太宗游春苑，见苑中奇鸟，爱玩不已，“召侍从之臣歌咏之，急召（阎）立本写貌”。后来王维有《辋川集》诗二十首，“后画《辋川图》”，是自己画其诗意的；薛稷善画鹤，而李白作《金乡薛少府厅画鹤赞》、杜甫作鹤诗之类，则是别人题写画意的。

以画来表达诗意者，诗主画从；以诗来题写画意的，画主诗从。两者都是唐代新兴事物，且均影响深远。宋代画院更常用诗命题，让画工图写诗意，蔚为画家传统。题画诗盛唐以后较多，也成一大传统。诗画相发，成为我国艺术之重要特色。

唐代是印刷术开始的时代。把诗写了印出来卖，供人欣赏，便是这时的新兴现象。元稹《白氏长庆集序》说“扬、越间多作书模勒乐天及予杂诗，卖于市肆之中”，“至于缮写模勒衒卖于市井，或持之以交酒茗者，处处皆是”，讲的就是用书法写了诗以后模勒印卖之情况。

另外就是传唱和吟诵，以声音来辅助传布。

吟诵，如陈子昂“文章散落，多得之于人口”。韦庄《乞彩笺歌》云：“我有歌诗一千首……班班布在时人口。”口语传播，本是最古老的形式，唐代则因世俗喜爱，所以好诗往往脍炙人口。如王绩“题咏作诗，好事者录之讽咏，并传于代”（吕才《东皋子集序》）。录之是书写的，讽咏就是口语的，后者有时更为普遍，故岑参“每一篇绝笔，则人人传写，虽闾里士庶、戎夷蛮貊，莫不讽诵吟习焉”（杜确《岑嘉州诗集序》），白居易“王公、妾妇、牛童、马走之口无不道”。庶民、蛮夷、妾妇、牧童在那个时代未必全都识字，可是通过口语吟诵，他们仍能讽咏诗篇，领略到文学美感。白居易云“士庶、僧徒、孀妇、处女之口，每每有咏仆诗者”，强调的即是这一点。

这样的风气，大体成形于唐初，中晚唐愈烈。看唐代，首先就要了解这个文学社会的性质，且莫要再去谈什么帝王提倡的老话题。帝王提倡是汉魏南北朝文学兴盛的原因，唐代则渐渐转为以整体社会为动力了！所以这是一个崇拜文人、喜欢文学的社会。文人阶层巩固于此社会中，其后的发展也才能越趋畅旺。

简单而令人不安的李白

一、谁在读诗?

诗歌的欣赏与研究，可以有很多方法与观点。当然，由不同的方法与观点，就会看出不同的结果。

以李白诗为例。曾经接受道箓、信仰道教且不断求仙炼丹的李白，倒了大霉，碰上了一大堆不信道教的研究者。结果这些人面对李白，不是说哪些诗可能是别人伪造的，就是说哪些诗只是表面上讲神仙，实则比兴讽喻，关怀现实。其实并非李白关心现实，而是这些解诗人太执着现实观点了。他们只晓得以一种政治社会现实的角度来看诗，所以才会把一些抒发或描写私人情怀与生活经验的诗歌、超越现世而探讨形上问题与价值的作品，都解释为忠君爱国、关心社会。诗歌有时只表达个人的私密经验，与社会、国族、公众事务无关。有时记录公共生活与时代经验，描述社会、批评时政民俗；又有时忘世、逃世、超世、离世，多悟道之语，表现了诗人对另一种世界与生活的追求。对于这些“不及世”“不当世”及“超世”的作品，我们应探讨其所表现之不同人生态度与美感境界，不宜只从单一角度去掌握。

正如“诗仙”之诗，既常寄情于神仙世界，自然就表现出飞扬飘逸的美感形态，潇洒出尘，独与天地精神相往来。“诗圣”杜甫，则常关怀社会朝政，充满人间性，其美感也倾向于沉郁顿挫，深入人伦物理之中。超越性与社会性，颇为不同。若硬要以杜甫的标准来要求李白，或以李白的形态来批评杜甫，显然都不甚妥。

不幸，显而易见的道理，实践起来往往不易。整个李白诗的研究史，就犯了这个毛病，且也不只在研究李白时才如此。尤其是近百年的中国文学界，社会观点与写实主义当道，都反对为艺术而艺术，更反对不关心现实政治社会之艺术。

本文将指出这样讨论文学，将如古人研究李白般蛮横、偏激、不达事理，也将从文艺心理学的角度，说明诗人那种超越现实的眼光，才是文学创作真正的灵魂。故超越现世的文学，可能比关心现实的作品更为重要，更值得注意。

二、李白诗的诠释学史

李白诗的诠释学史，素来乏人问津。原因是李白诗本身并不晦涩，不像李商隐诗那样需要猜测，所以容易被人忽略它也是含有许多诠释问题的。同时，它又不像李商隐诗那样，有太多方向迥异的解释，或从爱情，或从政治，或从人生态度等各个角度形成了对辩，引人注意。李白诗的诠释者太一致了，他们多具有浓厚的政治社会倾向，所以也常从这一方面去把握李白，希望替李白画一幅比较像样的脸谱，证明李白不只是如王安石所说，只懂得酒、女人及任侠，更有大时代的关怀。因此他们运用想象，强言比兴寄托，牵合史事，以说其对现实政治社会的关怀，而把李白诗解释得歪七扭八。如若仍然讲不通，那就干脆说它是伪作，辞气粗鄙，见解尘陋，不值得一读。因此李白诗的诠释问题，不是方向不同，而只是在具体指实李白诗与现实事件之关系上有些差异罢了。此外，则主要发生在李白与其诠释者之间的差别上。

信奉道教的李白，其内心世界显然并未被笺释李诗者所了解。对李白感怀生命、表达超越之追求的诗篇，注者均淡漠视之，甚或曲解成了现世讽喻。这种解释，其实早见于李阳冰所撰《草堂集序》。阳冰在这篇最早的李白论中便称赞李白“凡所著述，言多讽兴”，并惭愧自己无法好好绍述其志业：“论《关雎》之义，始愧卜商；明《春秋》之辞，终惭杜预。”把李诗喻为《诗经》《春秋》，正是指其中藏有微言大义，可以使闻之者生出戒心。

其后范传正《唐左拾遗翰林学士李公新墓碑》则具体地替李白的神仙道术思想辩饰：“好神仙，非慕其轻举，将不可求之事求之，欲耗壮心，遣余年也。”这是把道教信仰完全看成边缘性的无聊遣日行为，既非真与生命相关，更是现世关怀受挫后的自污活动。但他忘了早先魏颢《李翰林集序》已说过：“白久居峨眉，与丹丘因持盈法师达。白亦因之入翰林，名动京师。”李白信崇道教，本不在金阙放归之后，岂能以自污佯狂或自暴自弃来解释？

其后杜甫的地位逐渐崛起，宋人普遍认为李白诗在讽兴时事方面不如老杜。如《扪虱新话》说：“荆公编李、杜、韩、欧四家诗，而以欧公居太白之上，曰：‘李白诗词迅快，无疏脱处，然其识污下，十句九句言妇人、酒耳。’”赵次公《杜工部草堂记》说：“李杜号诗人之雄，而白之诗多在于风月草木之间，神仙虚无之说，亦何补于教化哉？”《鹤林玉露》说：“李太白当王室多难、海宇横溃之日，作为歌诗，不过豪侠使气，狂醉于花月之间耳。社稷苍生，曾不系其心膂。其视杜少陵之忧国忧民，岂可同年语哉？”这些都是从关心时代的角度，贬李白而褒杜甫。

这是对李诗价值的质疑，也是对李白地位的挑战。面对杜甫，一位饮酒、任侠、游仙的李白，乃忧国忧民了起来。他的诗，不再是表达他个人放纵不羁的生命，而是努力地关切世道政局。如《韵语阳秋》即谓："李白乐府三卷，于三纲五常之道，数致意焉。虑君臣之义不笃也，则有《君道曲》之篇；……虑父子之义不笃也，则有《东海勇妇》之篇；……虑兄弟之义不笃也，则有《上留田》之篇；……虑朋友之义不笃也，则有《箜篌谣》之篇；……虑夫妇之情不笃也，则有《双燕离》之篇。"他们不但认为李白的神仙向往并非本怀，更试图透过对每一首诗的具体解说来指实李白与现实世界的关联。这些解释，大体是扣住李白政治生涯的失败而说，一方面指出李白哪些诗表达了他自己在政治上失败的感慨，一方面说明李白虽遭放归，仍然忠君爱国，对当时政局时事也仍保持高度之关切。顺此思路，李白诗遂紧密地与时代政治联缀起来，立意仿佛皆为时为事而作了。例如《蜀道难》，便有人说此非仅咏蜀道而已，乃确实有政治上的讽刺寄托。然则所刺者何事？诗未明言，论者遂或猜是"以刺严武"，或猜是"为房、杜危之也"。又如《雪谗诗赠友人》那样的诗，"大率载妇人淫乱败国"，并无专指。论者亦从李白的身世、政治遭遇上去猜想："予味此诗，岂非贵妃与禄山淫乱，而太白曾发其奸乎？"（《容斋随笔》）

李白诗的笺注家，即出现于这么个时代。南宋杨齐贤最早注释《李翰林集》。元萧士赟删补杨注而成《分类补注李太白诗》二十五卷，充分吸收了宋人这套解释观点和个别意见，建立了李白诗的诠释基调。后来明朝胡震亨的《李诗通》二十一卷，虽订正杨、萧二注甚多，然这一诠释路向并未更动。因此，我们可以说：自宋朝以后，李杜地位已判高下，“谓仙不如圣，一在学行甚正，一在流离造次不忘君国”（齐召南《李太白集辑注序》）。替李白争地位的人，要不就是避此锋锷，专从艺术性及修辞方式上去讲李杜各擅胜场、各有佳处，要不就只能勉强说李白也与杜甫一样，学行甚正，每饭不忘君。

笺注家们即于此卖弄手段，钩稽史事，参合记传，潜心体味诗中隐曲幽微之处，面对其日月花鸟诸意象，辄觉其间或有比喻寄托存焉。此等风气，至明蔚为大观。

对此能提出反省，则须迟至清朝乾隆年间的王琦。王氏《李太白全集跋》说：“诗者，性情之所寄。性情不能无偏，或偏于多乐，或偏于多忧，本自不同。……后之文士，……以杜有‘诗史’之名，则择李集中忧时悯乱之辞，而捃摭史事以释之，曰此亦可称诗史；以杜有一饭未尝忘君之誉，则索李集中思君恋主之句，而极力表扬，曰身在江湖，心存魏阙，与杜初无少异。”

批判历来注家以忠君爱国、关怀时局解释李白之谬，从无如此深著明快者。王琦何以能跳脱旧有笺释传统的窠臼，而发现李白的精神面目并非如旧注所云呢？那是因为他对佛教、道教较有了解。

诗歌作品与诠释者在阅读过程中有互动关系。当“才兼仙佛”的李白碰到一群耳目心志只盘旋纡绕在君国社会之间的儒家信徒，他那一方面的心境便长期处在一封闭的领域中，笺注者皆不得其门而入。直到有一位能够倾听这套特殊语言的注家出现，太白之精神与前注之得失才逐渐显露。

三、超越的人生与诗

最早刻画李白形象的杜甫，共有论及李白之诗十二首，其中如“秋来相顾尚飘蓬，未就丹砂愧葛洪”“岂无青精饭，使我颜色好”“自是君身有仙骨，世人那得知其故”“短褐风霜入，还丹日月迟”等均涉及其仙道信仰，可见诗、酒、神仙是李白最明显的标记，也是杜甫理解李白的基本指标。任华《杂言寄李白》也说：“又闻访道沧海上，丁令王乔时往还。蓬莱经是曾到来，方丈岂惟方一丈。”独孤及《送李白之曹南序》更描述：“是日也，出车桐门，将驾于曹，仙药满囊，道书盈箧。”这些亲与李白交接游处的人，辄能感受到李白在仙道追求方面的强烈气息。他整个人所给予别人的印象，也是神仙式的。不仅贺知章一见即称他为“谪仙人”，司马承祯也说他“仙风道骨，可与神游八极之表”。李白后来与贺知章等共游，号“饮中八仙”。刘全白《唐故翰林学士李君碣记》且称白“志尚道术，谓神仙可致”。以上皆是由各种行为体现出一种超越现实世界的精神。这种精神，无以名之，或可称为天地精神，李华《故翰林学士李君墓志》

说“嗟君之道，奇于人而侔于天”者，正有见于此。这是与人文精神迥异的一种精神。李白其人及其诗，在在显现“逸迈”“倜傥”“有逸才”“拔俗无类”“不拘常调”“器度弘大，声闻于天”“神仙会集，云行鹤驾”“飘然有超世之心”“飘然思不群”之状态，实即为此等天地精神之表现。从入世的人间性看，此乃“逸格”；后世以“诗仙”称之，也极为妥帖。

有些读诗人，对李白“诗仙”之称号尚能接受，也还能欣赏李白的“天子呼来不上船，自称臣是酒中仙”，或亦称美其游侠行为，但对他的道教信仰却无法理解，更不能接受。郭沫若《李白与杜甫》一书甚至立了一节，标题就是《李白的道教迷信及其觉醒》，惊诧“李白，干下了多么惊人的一件大蠢事”，“想到那样放荡不羁的李白，却也心甘情愿地成为这样的人，实在是有点令人难解”，而硬要说李白晚年已从信仰的迷雾中觉醒了过来。这实是把李白之信教孤立地了解，且带有宗教偏见之谬说。

这些人不晓得李白的“酒仙”“诗仙”形象及性质，与其学仙之行为整个是一体的，是一种仙风道骨的生命气质显现于各个方面的表征。且凡物同声乃能相应，同气乃能相求。只有道教的神仙生活与境界，才能吸引像李白这样飘然超世的人物；尘俗的事务，和李白是不同类的。正如庄子感世沉浊，不可与庄语，而独与天地精神相往来，所以一下说藐姑射山有神人，一下说黄帝游赤水，荒唐悠渺，读之亦飘然有凌云之感。李白的饮酒、豪侠，也辄显露为一种超离世俗正常行为与秩序的状态，与其好言神仙同样是人世之逸格，为生命之逸气。

不仅如此，游侠、游行之游，本来即与游仙之游属于同一种心灵活动；神仙世界与纵酒酣乐也是不可分的。游仙诗中向来以酒、宴、神仙行厨为主要意象。唐人曹唐《小游仙》诗“酒酽春浓琼草齐，真公饮散醉如泥。朱轮轧轧入云去，行到半天闻马嘶”“侍女亲擎玉酒卮，满卮倾酒劝安期”“笑擎云液紫瑶觥”“青苑红堂压瑞云，月明闲宴九阳君。不知昨夜谁先醉，书破明霞八幅裙”等，不都与李白诗类似吗？

饮酒纵乐的神仙不老世界，和苦寂易死的人间恰好互相对照。李白的《将进酒》，呼喊的都是他的道教朋友如丹丘生之流，并非没有原因的。李白饮酒之后，逸兴遄飞而有诗作，也与曹唐诗描述九阳君醉后“书破明霞八幅裙”相似。仙、酒、艺术、不自觉的神仙性演出，在此是整合为一体的。

因为如此，所以李白给予人的是飞扬的美感，所谓“飞扬跋扈为谁雄”。他的诗也是飘动的。齐召南说他“一如飞行绝迹，乘云驭风之仙”，其美正在飘逸。

杜甫所给人的美感则不然，他更质实，所谓“顶戴笠子日卓午”。其诗歌则是沉郁顿挫的，深入人伦物理之中，非超然万物之表，与李白恰好相反。因此以杜甫的人间性来要求李白，不只在道教方面不契，与李白整个生命形态、精神气调都是不贴合的。我们根本不能解释那独显天地精神的李白，为何在诗歌的艺术美感上表现出飘逸出尘之姿，却在观念指向上处处不忘社稷民生，时时注意君政臣事。李白的生命不是如此分裂的，他整个人所给予人的印象是神仙式的：仙风道骨，潇洒出尘。这种神仙式的人，其生命样态是超离此世的，于当世之务并不系着。因此，在行为上常有豪逸之举，纵任不拘，显露侠气；在生活上，饮酒歌诗，不食人间烟火黍饭；在诗歌的历史意识及美感态度上，望古遥集，不屑与当世文风为伍，“将复古道，非我而谁”；在人生观方面，又幻想“吾将营丹砂，永世与人别”。因为人世的所有繁华与价值，对他来说都无意义，他的人生归向是在天上而非人间。《古风五十九首》之四“桃李何处开，此花非我春。惟应清都境，长与韩众亲”，之十三“君平既弃世，世亦弃君平。观变穷太易，探玄化群生”，均可见得此遗世独立之态度。人间事功，亦非不能有所表现，但如神仙降世历谪，游戏应化一番即当弃去，所以他最佩服的人物，是鲁仲连、范蠡这一类人。

这些片片段段整合起来，即是一种“超越性”，别有天地非人间，独与天地精神往来。精神状态恒若在天上，俯瞰人世，不胜悲悯：“素手把芙蓉，虚步蹑太清。霓裳曳广带，飘拂升天行。邀我登云台，高揖卫叔卿。恍恍与之去，驾鸿凌紫冥。俯视洛阳川，茫茫走胡兵。流血涂野草，豺狼尽冠缨。”（《古风五十九首》之十九）对红尘人世的悲悯，首先在于体认到生命飘忽易尽，人生不能避免生命必将消逝的悲哀。李白古赋八首，《拟恨赋》即谓人生之恨在于“与天道兮共尽，莫不委骨同归”，《惜余春赋》《愁阳春赋》《悲清秋赋》更是顾名思义，伤此流光。

既然如此，则人间的事业功名、荣华富贵，一切也都是转眼成空的。“秦王扫六合，虎视何雄哉”，竟亦“但见三泉下，金棺葬寒灰”。这都是对人生本质性的否定。经此否定，他对人生自然就会兴生哀感，悲悯世人执恋于此。以他这种人生是空的眼光观照之，一切人世的活动，均是营营，本无意义；但人即在此无意义的营营逐逐中产生了争夺杀伐，使得世界更加恐怖，“流血涂野草，豺狼尽冠缨”，“人心若波澜，世路有屈曲”。是非颠倒，价值错乱，简直一无是处。李白诗在这方面的质疑与批判，可说是千古一人。世途、世路、世道，从来不曾以正面价值出现过，锋锷所向，甚且直指尧舜周公。这不是历来“感士不遇”的旧调，不是知识分子因不能获君重用、贡献社会而生的感慨与牢骚，乃是对世间君臣、父子、夫妇、朋友一切人伦关系都不信任，对于世俗社会所认可的价值及行为模式，都觉得荒谬乖错：“慢世薄功业，非无胸中画。谑浪万古贤，以为儿童剧。”（《赠友人》）

总之，李白的世界，不在地上，不在现世，在玄古、在天衢，故其在世殊不称意，殊觉寂寞。“人生在世不称意”

而“登高览万古，思与广成邻”，既是造成这种寂寞的原因，同时也就成了他寂寞后的结果。

四、现实的世界与诗

诗歌有抒情功能，重在显现自我，表达自我，处理个人私密经验，与社会、国族、公众事务及生活无甚关系。例如写男女恋爱、友朋交游、夫妇父子亲情、生活琐细、行处见闻、读书心得等，一般均属于个人抒情性质，是“不及世”的。另一种，则不只抒发自我，更记录了公众的生活与时代经验，描述了社会，批评了时政民俗，这就是社会性、人间性的诗，属于“在世”的诗。还有一类，忘世、逃世、避世、超世、离世，寄精神于万物之表，游心方外，超然玄冥，多悟证语与见道语。用“太上忘情，最下不及情，情之所钟，正在我辈”一语相拟，亦可称此为“出世”之诗。

这三类诗，代表了诗人不同的人生态度和作品的境界形态。可是，一如“情之所钟，正在我辈”，我辈在世之人多，出世、不及世之人少。钟情于时世社会的人，便常认为诗文只能是在世的，出世者无情，不及于世者卑琐无聊，均非文学创作之正途。

这种价值判断，势力极大，就连杜甫也常遭指责。例如程伊川即谓老杜“穿花蛱蝶深深见，点水蜻蜓款款飞”一类诗毫无意义。可是诗人焉能永远都在关怀国计民生？焉能无一点生活自我的闲情与陶写？怎能真是一饭不忘君？同理，老杜亦有其超越之玄思，关心禅观，不尽落在人世义理伦常之中。然而论者对此便常忽略之，只是一再强调他的一饭不忘君。这样的批评观点，必然造成许多偏执，不仅会压抑不及世和出世之诗的地位，也将疑神疑鬼，把不及世及出世之诗看成是针对世事而发。李白诗的遭际即是如此。赵次公指责其“多在于风月草木之间，神仙虚无之说”，不如杜甫“有益当世”，故慨叹：“亦何补于教化哉？”其他人为了说明李白诗有价值，便极力去证明李诗如何有益于当世、有补于教化。

这种“当世”的观点，以及说明诗歌如何有益于教化的方法，并不只表现在李白身上，其他人也常会遇到。论者不能体会发泄个人情绪或写些男女私情、生活琐事之类东西的价值，也不考虑文章是否有叙及超越现实世界之处，不主张文学只在安顿个人心灵与信仰，更不认为文章只是“文章”，只是文采成章的文字艺术性表现。在社会与政治的指向上，文学被认为必须是为了社会、为了时代而作，故有超乎一己私情以及文采雕饰层面之外的重大政治社会功能。

为满足此类文学观，论者必须寻找适合理想的作者，来印证此类论述。例如说杜甫每饭不忘君，其诗足为诗史，记录刻画了他那个时代云云。杜甫之所以能成为“诗圣”，正拜此类人士与此类文学观之赐。

其他作者之诗作，也常被人用这种观点来把握。例如指李白诗欠缺政治社会性的王安石，特别欣赏李商隐者，端在其“永忆江湖归白发，欲回天地入扁舟”。于是李商隐遂被牵合上他与杜甫的关系，谓唐人学杜而能得其精髓者，唯李商隐一人。这些人在读义山诗时，不会去注意他的爱情诗及学仙诗，只把眼光放在《有感》《重有感》《隋宫》一类诗上。

但如此选择性阅读和理解，对于笺注家并不适用，因为他们必须对诗人的诗作进行全面解读，故社会政治观点必须也要通贯地解释爱情、闲情、仙释诗。这时便不能不借用比兴寄托说——从《诗经》《楚辞》中发展而来的诠释方法——所谓美人香草以比君子，“言之者无罪，闻之者足以戒”云云，对笺释家实在极为有用，可以合理合法地将诗中夫妇、男女、自然物象之关系转换解读成政治上的君臣遇合及现实指涉关系。

解诗人这种阅读法，同时也成了作诗人的写作方法。朱庆餘“洞房昨夜停红烛，待晓堂前拜舅姑。妆罢低声问夫婿，画眉深浅入时无”，以新嫁娘之心情，来拟喻应试考生不知文章能否见赏于考官。辞面意义是写闺房情趣，实际指涉则为“近试上张水部”。

这便使得传统诗的诠释有着强烈的社会政治气息，而这种社会关怀倾向，在近代更是愈趋激烈。

造成它越来越激烈的原因，是两个相反相成的因素。

一是五四新文化运动所带来的个性解放的浪漫主义态度，强调文学的去社会性，重视文学在“独抒性灵”方面的作用。人要能反抗社会礼教所给予人之各种压迫桎梏，方能形成（个）人的文学。这种文学态度，使得《诗经》脱离了政治讽喻的解说传统，被看成是发抒情思的个人歌咏，只涉男女爱恋，不关帝后君臣。《楚辞》也未必即是楚国逐臣屈原之牢骚，而可以从人神恋爱等角度去理解。至于那表达个人生活情趣的晚明小品文，也获得了高度推崇。文学可以不写时代动荡、社会良窳，只表现自己、显露自己。这样的文学，才能不再是“非人的文学”，而是“人的文学”。这是激烈反对以社会角度来要求文学的思潮。

二是正因它反抗社会，强调人要从社会对人的层层剥削中解放出来，所以它又具有浓厚的社会批判指向。整个运动所带起的方向，便不是个人化、内在化，而是社会化。例如我们推崇晚明小品的“独抒性灵，不拘格套”，“不拘”就是要破除或摆脱规范的意思，这里便含有反礼教、反体制、反权威、反社会规约之精神。文学，即因此种提倡而成为社会改革之武器，以至逐渐走向社会写实主义的道路，而至于出现社会主义写实主义。所以从整体趋势上看，文学须与社会结合，是近几十年来甚为普遍的认定。

批判为艺术而艺术之文学，反对文学只刻画一己之生活与情性，讥嘲那些只关心人生存在境遇，而对现实世界缺乏描述和认同的作品，既是如此蔚为风气，人们似乎也就像古代评述李白的笺注家一样，或将“未描写土地与人民”“未表达社会认同”的文学家及其作品，剔除在“文学”之外，或将之存而不论、视若无睹，或曲折地把一些现代主义作品也解释为具有现世关怀及社会批判意识。这些办法，无论古今，除了显示其霸道，显示它具有一种社会现世偏执之外，亦暴露了论者对文学之无知。文学，正如前文所分析，至少有“不及世”“在世”和“出世”三个面向，论者不能通观鉴览，使各得其所、各见其价值，而强欲胶执一端，必然会制造若干荒谬扭曲的画面，冤杀作者。李白诗的诠释史及李白的形象变迁史，正可作为今日衡文者之殷鉴。

五、文学价值的等级

不仅如此，从文学创作的立场上说，我们更要进一步认为：超世、游世、出世的文学，其价值实较现世的文学更应受到重视。我们应该对它有新的认识。

此话怎讲?

我们活在现实世界，对此世界有描述、有评议、有感受是每个人都会有的自然活动。以文字表述此类感受、描述及评议，亦为正常之现象。这些文字表述，或为文学，或为论文，或为记录报道等，形式可以极为不同。但从这个意义上看，文学作品与其他文字表述形式，其性质与功能差异不大。文学与史料、史述、评论，实属于同一类东西。文学作品也常因如此而被用作史事佐证，认为它记录了社会的实况。文学家则常被喻为社会的良心，为改善现实社会而奋斗。

这当然也是文学的一种价值。可是，文学之所以为文学，它与史料、史述、史论之不同处却被抹杀、被遗忘了。我们忘记了艺术创作本身并非技术制造。一个文学家与一般文字记述者最大的不同，在于他具有严羽所说的“别材”，一种特别的创造性能力。这种能力，即是美学家和艺术学家想要究明的所在，历来被形容为“神性的视力”“天才”“灵感”“神遇”等。正因这异常能力的创造活动是文学特殊艺术价值构成的关键力量，论者即可据此区划文学的等级。那出诸神秘能力而形成之作品，似乎较那只由一般自然或正常能力构成之作品更具价值。

以荣格 1912 年发表的《论分析心理学与诗歌的关系》为例，他把文学作品分为“无迹象”的文学与“有迹象”的文学。其中“无迹象”的文学又分为“内向的”和“外向的”两种。他在 1930 年发表的《心理学与文学》一文中，保留了这个划分法，但分别用“心理学文学”与“视觉文学”代替了直接从“心理学类型”中引申出来的“内向的”和“外向的”两个概念。

荣格对文学作这种分类的基础，是作家内心的心理源泉，即作家的个性和集体无意识以及从中引申出来的创作本质。荣格认为，一切可以在源头中窥察到个人无意识的作品都是“有迹象”的文学作品，而“无迹象”的文学，根基始终扎在集体无意识之中。

荣格在区分“有迹象”文学与“无迹象”文学的同时，也就是在注意作品的源头是个人无意识还是集体无意识的同时，提出了一个“艺术的标准概念”。荣格认为，出自个人无意识的“有迹象”文学作品算不上艺术品，因为作者囿于个性的圈子之中，而突破个性的界限是文学作品的一个必要条件。所以，“有迹象”的文学作品和没有艺术价值的精神病无多大差别，艺术作品标准之概念只有在“无迹象”的作品中才得以实现。

在分析“有迹象”文学与“无迹象”文学时，也有一个根本的区别：分析前者必须采用“因果—归纳”的方法，分析后者须用“诱寻式”方法。所谓“因果—归纳”的方法，就是根据作家的个人无意识，把作品内容与作者生平中情感的矛盾与冲突挂起钩来。而“无迹象”的文学，也就是艺术性强的文学，发端于集体无意识，所以就不能用“因果—归纳”的方法去把握。分析这种文学，需要一种专门的方法。荣格认为“诱寻式”或曰“合成式”的分析方法就是这样一种行之有效的方法。

荣格的理论，自为一家之言，视一切文学均源于无意识。但他所说的那种出自个人无意识之作品，因可透过对作者个人生平之因果归纳而分析之，故吾人可说那即是一般作者在现实世界生活中产生感情波动而形成之作品。至于来自集体无意识，渺无迹象之作品，则如严羽所谓“羚羊挂角，无迹可求”，只能由分析某个时代中远古原型的表达方式及象征而知之。

此类文学，并非作者个人由理性、感性能力及与社会之互动而生，系生自一种神秘幽远的奇特记忆或异常能力，犹如巫师灵媒在癫狂状态中偶然被神灵唤起之应答。其作品之内容，遂亦非显露他个人的社会态度，而是呈现了一种真理的象征性表达。荣格把后者视为真正的艺术，自为其特殊之理论使然。但去除其理论的特殊性，我们仍应同意这种文学等级的判断。把这种判断挪用到有关李白诗歌的讨论上去，我们即可发现：被称为“天才”，并惯于酣醉中吟诗的李白，所体现的即是那种真正艺术的精神。黄山谷形容其诗“如黄帝张乐于洞庭之野，无首无尾，不主故常，非墨工椠人所可拟议”，正谓其为“无迹象”之文学，呼唤一种遥远的神灵意象，超离此世，复归元古。

对此等文学强欲求其迹象，自其生平情感之矛盾与冲突处说其个性，已属下乘；乃意欲将之等同于、黏着于现世的文学，更非善策。对李白诗的理解，看来应超越社会现实观点，注目于其“神性的灵视”性质、异于常人的精神状态、神仙世界的描述以及翱翔腾凌于苍冥之上的姿势才好。因为，这是神性的文学，原是不能以人间性拟议规范之的：

> 噫嘻欷奇哉！自开辟以来，不知几千万余年。至于开元间，忽生李诗仙。是时五星中，一星不在天。不知何物为形容，何物为心胸，何物为五脏，何物为喉咙，开口动舌生云风，当时大醉骑游龙，开口向天吐玉虹。玉虹不死蟠胸中，然后吐出光焰万丈凌虚空。盖自有诗人以来，我未尝见大泽深山，雪霜冰霰，晨霞夕霏，万化千变，雷轰电掣，花葩玉洁，青天白云，秋江晓月。有如此之人，有如此之诗！（徐积《李太白杂言》）

是的，李白是超世之仙，偶谪人间，故宜究明其神仙性质。但其实每位艺术家都可能在某一特殊时刻忽尔“异常”，忽有神感灵遇，天机偶发，而切断他与现世正常的逻辑因果联系，偶然畸于人而侔于天，并表现了他对超越界形上领域的兴趣，显露出他对人生的终极关怀。对于这些文学作品，我们难道也仍要用现世观点去限囿它们吗？

李商隐学仙

我国诗人有道教渊源者，数李白、李商隐、苏东坡最著名。但近年因道教衰落，读者已少关注此事，所以反而留下不少谜团。

李商隐（字义山，号玉谿生）跟李白一样做过道士，但过去的注解很少在这里深入探讨，以致如今竟有人说：“一般笺注家如朱长孺、张采田、冯孟亭等并未载习业玉阳之事。”（白冠云《李商隐艳情诗之谜》）

其实古人不会如今人这样疏陋，各家注解当然都谈过，例如冯浩便不仅说李商隐曾在王屋山学道，且明指有艳情。

只不过，关于李商隐学仙的时间，诸家所考，不甚相同。刘学锴、余恕诚《李商隐诗歌集解》，系在宝历二年，义山十五岁左右。但“习业南山”的时间，则放在太和九年，义山二十四岁时。王汝弼、聂石樵《玉谿生诗醇》则把玉阳王屋之事系在二十二岁崔戎卒后。冯浩则谓义山去玉阳学仙在宝历元年，时间更早了。然此年义山正应进士第，不可能入山，所以都还应再考。

诸家考证之所以分歧，主要原因是不太重视这事。传统的解释基本偏向政治方面，其次多关注李商隐的爱情问题。而爱情也常与政治关联起来，涉及牛李党争等事。

近世重提此题，却是从爱情方面勾连到道教。苏雪林的《李义山恋爱事迹考》（1927）于此贡献良多，指出李商隐不但和皇帝的两个宫嫔飞鸾、轻凤偷情，而且在王屋山学道时也跟女道士有恋情。但她的研究疏漏很多，例如认为李氏早年入山学道，并无道心，“无非为自己将来出路计，并非看破世情而作出尘之想”，“其在王屋修道不及一年即下山，当因品行不端，被道观开革”，均为谬说。义山《上河东公启》自云“兼之早岁，志在玄门”，岂如苏先生所云。

所以这个题目还得继续做、深入做。底下我稍微说说。

义山诗中多涉女冠事。早年的，如《天平公座中呈令狐令公》云：“罢执霓旌上醮坛，慢妆娇树水晶盘。更深欲诉蛾眉敛，衣薄临醒玉艳寒。白足禅僧思败道，青袍御史拟休官。虽然同是将军客，不敢公然仔细看。”说令狐楚在担任天平军节度使时，宴客座中有一女子，妆扮娇艳，神态动人，连禅僧、御史这样的修道人或端严之士见之，也要无法自持。李商隐才十八岁，地位又较低，故不敢如刘桢直盯着甄后那样“公然仔细看”。此文说这个女子曾执云旆霓旌，登坛作醮，自为女冠无疑。

女道士为何会在令狐楚座上出现？李商隐又为何不敢正视她？都是启人疑窦的。

李诗中用刘桢来自喻，以甄后喻女道士，难道这位女道士竟是令狐楚的姬人吗？冯浩注引徐逢源曰“唐时，女冠出入豪门，与士大夫相接者甚多，或令狐家妓曾为之”，讲的就是这种推测。但若是令狐楚家妓中有曾为女冠者，则既为别人家之家妓，客人自不应对之起绮念、思败道、拟休官。故此恐非家妓，应仍是道士身份。

盖唐代女冠出入豪门，有不少类似交际花者。在令狐楚座上引得一干男人流口水的，应即为此等女冠。义山对此类女冠，颇为其艳色所动。在令狐楚座上虽不敢公然仔细看，平居则于其修真生涯颇致遐想。《碧城三首》所谓，殆即此也。诗云：

> 碧城十二曲阑干，犀辟尘埃玉辟寒。阆苑有书多附鹤，女床无树不栖鸾。星沉海底当窗见，雨过河源隔座看。若是晓珠明又定，一生长对水晶盘。

> 对影闻声已可怜，玉池荷叶正田田。不逢萧史休回首，莫见洪崖又拍肩。紫凤放娇衔楚佩，赤鳞狂舞拨湘弦。鄂君怅望舟中夜，绣被焚香独自眠。

七夕来时先有期，洞房帘箔至今垂。玉轮顾兔初生魄，铁网珊瑚未有枝。检与神方教驻景，收将凤纸写相思。武皇内传分明在，莫道人间总不知。

题名碧城，冯浩无注。考《太平御览》“紫云之阙，碧霞为城”，碧城为元始天尊所居之处也。诗名碧城，盖取义于此。

关于“碧城十二曲阑干”，冯注引徐说曰“江淹诗：阑干十二曲，垂手明如玉”，其实非江淹诗，乃《西洲曲》。十二，犹如三、九，表多数。《木兰辞》中言十二者凡三，义山《九成宫》亦云：“十二层城阆苑西。”此则用以形容碧城阑干复沓，为天尊所居，故俗尘不到。

然此绝俗离尘之处，却充满了情爱纠葛。其间，女子对影闻声，楚楚可怜，又与男子通书幽会，栖鸾放娇，充满了性遐想与性暗示。叶葱奇《李商隐诗集疏注》认为这三首是讥讽唐武宗求仙，一指他在望仙台上求仙，二批评他既求仙又纵情声色，三谓求仙与炼药均已落空。陆昆曾《李义山诗解》则谓：“疑此三诗为太真殁后，明皇命方士求致其神而作也。”冯浩又云：“三诗向莫定其解，《曝书亭集》曰：一咏杨贵妃入道，一言妃未归寿邸，一言明皇与妃定情系七月十六日。固未然也。钱木庵亦有杨妃之解，然首章总不可通，余亦未融洽。要惟胡孝辕《戊签》谓刺入道宫主者近之。”

以诗考之，冯说为是。唐人咏明皇贵妃事，本无忌讳；义山咏贵妃事，亦不罕见，无需迷离恍恍，借仙家为说。故此应为咏女冠者，所述对象为女人，非唐武宗那样的男性皇帝。

唯此类纠葛于情爱间的女冠，也未必一定要是入道宫人，任何女冠均有可能。反而是他在《和韩录事送宫人入道》诗中说“星使追还不自由，双童捧上绿琼辀。九枝灯下朝金殿，三素云中侍玉楼。凤女颠狂成久别，月娥孀独好同游。当时若爱韩公子，埋骨成灰恨未休”，认为宫人入道，就是远离了人间情爱，不能再颠狂。这是期许宫人入道后能够无情独居的，与《碧城三首》所述恰好相反，未必要因他正好有送宫人入道之诗，便以为《碧城三首》就是讽刺入道宫主的。但笺注家总喜欢把义山这类诗解释成是为入道宫人而作。不只这一首，《烧香曲》那一首，冯注也说是咏宫人入道的。诗云：

> 钿云蟠蟠牙比鱼，孔雀翅尾蛟龙须。漳宫旧样博山炉，楚娇捧笑开芙蕖。八蚕茧绵分小炷，兽焰微红隔云母。白天月泽寒未冰，金虎含秋向东吐。玉珮呵光铜照昏，帘波日暮冲斜门。西来欲上茂陵树，柏梁已失栽桃魂。露庭月井大红气，轻衫薄袖当君意。蜀殿琼人伴夜深，金銮不问残灯事。何当巧吹君怀度，襟灰为土填清露。

此诗屡用帝王典故，漳宫、茂陵、柏梁、蜀殿、金銮等，都可显示烧香的是宫中女子。但此女是否入道，诗里实在看不太出来。因此，程梦星注认为是叹杜秋娘流落之事。冯浩以文宗开成年间曾放宫女至寺观安置，而以此为咏宫人入道诗。其实均未必然。

换言之，李商隐对于女冠的描述，不应该只是针对特定的女道士如宫女入道者，而是较有普遍性的。对于女冠，他歌咏时常常语涉艳情。天平公座中，年轻的诗人身居后进卑位，尚不敢公然平视时，所写已甚香艳；《碧城三首》叙女冠生涯，更直指她颠鸾倒凤，无树不可双栖。其余相类似者尚多，如《圣女祠》：

> 杳霭逢仙迹，苍茫滞客途。何年归碧落，此路向皇都。消息期青雀，逢迎异紫姑。肠回楚国梦，心断汉宫巫，从骑裁寒竹，行车荫白榆。星娥一去后，月姊更来无。寡鹄迷苍壑，羁凰怨翠梧。惟应碧桃下，方朔是狂夫。

徐逢源笺说："此益知为令狐楚作无疑。楚卒于山南镇，义山往赴之。此北归道中之作。"冯浩、张尔田、叶葱奇大抵均采此说。屈复则谓："一段，祠在皇都路旁，故往来逢之。二段，圣女之神灵。三段，圣女之威仪、仙侣。四段，圣女之孤独，当念我之颠狂也。"

冯依《水经注》等书，指此诗所谓圣女祠位于凤州两当县附近，即《水经注》所记的圣女祠，不知此祠在皇路旁，不在秦冈山。祠名“圣女”者，天底下也绝不止秦冈山上那一座，岂能确指为某处？何况，纪昀说得对：“此诗咏女道士者，伤于雅。”此诗形容圣女独居，颇感羁寡，想象她或许在王母娘娘的碧桃树下，可以遇到东方朔一类的狂夫，语涉调戏，对神祇不甚恭敬。故纪昀认为是咏女冠，而且就算咏女冠也还伤于雅。像这样的诗怎么可能是为令狐楚作？令狐楚是李商隐的恩人、长辈、老师、长官，作此轻薄语，可乎？再者，《重过圣女祠》说：

> 白石岩扉碧藓滋，上清沦谪得归迟。一春梦雨常飘瓦，尽日灵风不满旗。萼绿华来无定所，杜兰香去未移时。玉郎会此通仙籍，忆向天阶问紫芝。

作飘渺语，寄窈窕思，益可证《重过圣女祠》与令狐楚无关。冯浩为了证成两诗均为令狐楚作，竟说此诗全以圣女自况，第七句指希望入朝后仍能与令狐楚之子令狐绹修好，第八句则怀念当年令狐绹帮助李商隐登第。没考虑到前六句若是以圣女自况，第七句玉郎登入仙籍之事就只能是指令狐绹登第而非李商隐自己登第。且若以圣女自比，自称像萼绿华一样来无定所，固无不可，却怎么知道自己离去以后还能像杜兰香般香气不移呢？这分明是自伤沦谪，亦感圣女之栖迟。故三四句形容圣女神灵仿佛在焉；五六句说圣女来无定所、去有香在；七八句言我亦沦谪之仙，时忆天阶，希望于此得见仙女，再通仙籍。

这样的诗，当然可以说它有寄托，但寄托的也就是一般的身世之感，未必能指实为向令狐绹请托或怀念令狐楚。而更值得注意的，是他如何写女真。他写女仙跟写学仙的女冠一样，都是美艳且不舍情爱的；人与神的关系，也跟男人面对女情人时没什么两样。冯浩等笺注家大概不太能接受他这种态度，所以努力朝他跟令狐家的关系去诠释。《一片》诗也可以看到这种情况：

> 一片非烟隔九枝，蓬峦仙仗俨云旗。天泉水暖龙吟细，露畹春多凤舞迟。榆荚散来星斗转，桂花寻去月轮移。人间桑海朝朝变，莫遣佳期更后期。

从辞意上看，这是希望约会不要延误的诗。约会的对象，显然也是一位女道士。可是冯浩偏要说："非情词也。愚谓总望令狐身居内职，日侍龙光，而肯垂念故知，急为援手。"本来，我国诗中，美人香草均可以寄托说之，如此解诗也不能算错。但怎知一定不是情诗呢？如此解诗，"佳期"二字反无着落。盖冯浩横梗李商隐与令狐楚家恩怨纠葛之见，故凡此类情语均强以令狐事说之，故终不免支绌难周也。

其实冯浩已注意到了李商隐述道姑事多涉艳情。解《河阳诗》时，冯浩曾说："统观前后诸诗，似其艳情有二，一为柳枝而发，一为学仙玉阳时所欢而发。……《燕台》《河阳》《河内》诸篇，多言湘江，又多引仙事，似昔学仙时所恋者，今在湘潭之地，而后又不知何往也。”直指李商隐在学仙时曾与道姑相恋。但此乃一时之情事，涉及的只有《河阳诗》等几首诗。另外在注解《送从翁从东川弘农尚书幕》时，冯浩则进一步说：“诗叙隐居学仙，而所引多女仙。凡集中叙学仙事，皆可参悟。”显然已暗示读者可循此通则去读李商隐所有关于女道士的诗，可惜他自己却未于此发挥，实在是失之眉睫。

李商隐《送从翁从东川弘农尚书幕》说自己“早忝诸孙末，俱从小隐招”，曾跟杨汝士家族晚辈一起去山中隐居。其隐居生活则是：“心悬紫云阁，梦断赤城标。素女悲清瑟，秦娥弄玉箫。山连玄圃近，水接绛河遥。”素女秦娥的典故，也指明了学仙时颇与女道士来往。李商隐早年所来往者多习道，此诗所送之从翁（即其叔父）即为其中之一。另一首《郑州献从叔舍人褒》亦云：“蓬岛烟霞阆苑钟，三官笺奏附金龙。茅君奕世仙曹贵，许掾全家道气浓。绛简尚参黄纸案，丹炉犹用紫泥封。不知他日华阳洞，许上经楼第几重。”此君“全家道气浓”，又是义山亲族，可以猜想义山家族必也与道教甚有渊源。义山早年入玉阳王屋学道，殆亦与此渊源有关。

玉阳，在河南济源县西三十里。义山曾在东玉阳山学仙，来往于玉阳、王屋、终南诸山之间。据《安平公诗》说

“丈人博陵王名家，怜我总角称才华。……明朝骑马出城外，送我习业南山阿”，似乎义山习业南山乃是安平县公崔戎送他去的。所谓习业，就是学仙，故《李肱所遗画松诗书两纸得四十韵》说：“忆昔谢四骑，学仙玉阳东。……口咏《玄云歌》，手把金芙蓉。”（《玄云歌》，见《汉武内传》，谓西王母命侍女安法婴歌《玄云》之曲）

义山学仙，大概是颇为投入的，对道家登真之说也不乏体会。他后来所作《戊辰会静中出贻同志二十韵》说：

> 大道谅无外，会越自登真。丹元子何索，在己莫问邻。茜璨玉琳华，翱翔九真君。戏掷万里火，聊召六甲旬。瑶简被灵诰，持符开七门。金铃摄群魔，绛节何兟兟。吟弄东海若，笑倚扶桑春。三山诚迥视，九州扬一尘。我本玄元胄，禀华由上津。中迷鬼道乐，沉为下土民。托质属太阴，炼形复为人。誓将覆宫泽，安此真与神。龟山有慰荐，南真为弥纶。玉管会玄圃，火枣承天姻。科车遏故气，侍香传灵氛。飘飖被青霓，婀娜佩紫纹。林洞何其微，下仙不与群。丹泥因未控，万劫犹逡巡。荆芜既以薙，舟壑永无湮。相期保妙命，腾景侍帝宸。

由诗中可以看出义山对道教登真之说极为了解，且以此与同志互勉互勖。这种口吻，还可见诸《玄微先生》《寓怀》等诗。

韩愈《谁氏子》诗曾批评当时学仙者“非痴非狂谁氏子，去入王屋称道士。……或云欲学吹凤笙，所慕灵妃媲萧史”，意谓学道的人其实都是为了交女朋友。这大概是一时风气，但义山其实并不如此。他不是为追求灵妃而去学仙的。他给学仙同志及同道玄微先生等人的诗，就可以证明这一点。但其述学仙事，为何多用女仙典故呢？我认为这有两个原因。

一是道派的缘故。因为义山所修习者，乃是上清道，尊奉《黄庭经》《登真隐诀》一类经典。而上清与女真的关系又最为密切，其创教祖师魏华存就是女师。其信仰的女仙真也很多，详细情形可见《真诰》之记录。义山诗中述及的女仙真，也都属于这个系统。也就是说，其诗叙学仙时多涉女仙故事，有其道派因素。

第二个原因，是他实际学仙时多与女冠相习相处。上清既信奉女真，女性入道学仙当然也就获得了鼓励和正当性。义山在玉阳王屋学道时，同学中便颇多女性。冯浩笺《戊辰会静中出贻同志二十韵》说义山述学仙，“所用已皆女仙，盖学仙时多与女冠相习，唐时风尚如此耳”，确实讲对了。义山有《赠华阳宋真人兼寄清都刘先生》《月夜重寄宋华阳姊妹》等诗，其所指宋华阳姐妹可能就是义山早年学仙时已认识的女冠。《赠华阳宋真人兼寄清都刘先生》云：

沦谪千年别帝宸，至今犹识蕊珠人。但惊茅许同仙籍，不道刘卢是世亲。玉检赐书迷凤篆，金华归驾冷龙鳞。不因杖履逢周史，徐甲何曾有此身。

虽华阳在陕西，玉阳在怀州河内，但宋真人早年也可能曾在玉阳学仙。因为依冯浩考证，刘先生或为道士刘从政，题曰“清都”，必曾居王屋山。可见送诗给华阳宋真人，而兼寄刘道士，应该就是因彼此俱为旧交。宋真人，则朱鹤龄认为是女道士，程梦星认为是男道士。然华阳乃女道士观，宋真人自是女冠无疑。第一、二句说自己久离修道生涯，但如今仍识得你们这些上清宫里的人。三、四句说“我”只惊羡你们多有道缘，却往往忽略了你们还是亲戚。五、六句云修道生活。七、八句谓“我”若非逢着刘先生你们，早已成为枯骨了。《月夜重寄宋华阳姊妹》则说：

偷桃窃药事难兼，十二城中锁彩蟾。应共三英同夜赏，玉楼仍是水精帘。

冯浩注云“偷桃是男，窃药是女，昔同赏月，今则相离”，认为义山与两姐妹既是旧识，又可能有艳情。大概前诗兼寄刘先生，故出语较为端庄；此诗只送两姐妹，说话就比较恣情了。

偷桃，犹如《圣女祠》所谓：“惟应碧桃下，方朔是狂夫。”神女生涯，小姑独处。女道士既像嫦娥窃药般，追求长生了，便不能同时也想圆满爱情，与狂夫去偷情。故居住在十二城中的女真，也与锁在月宫的彩蟾一样。像这样的诗，不但可以证明他少年学道时即多与女冠相习处，更可以让我们理解他诗中另一个多述女仙事的原因。

义山学过道，对道家修真之举也颇有认同，在世途漂泊之际，更是经常希望回返那条超越俗尘之路。他屡称自己沦谪，意欲归去，均表现此一心境。《东还》所称“自有仙才自不知，十年长梦采华芝。秋风动地黄云暮，归去嵩阳寻旧师”，《七月二十九日崇让宅宴作》所云“悠扬归梦惟灯见，濩落生涯独酒知。岂到白头长只尔，嵩阳松雪有心期”，讲的都是这种心境。

义山之所以有此心境，也肇因于他除了奔走世途之外，另有一种超越性的追求。

他在《安定城楼》一诗中曾说道：“迢递高城百尺楼，绿杨枝外尽汀洲。贾生年少虚垂泪，王粲春来更远游。永忆江湖归白发，欲回天地入扁舟。不知腐鼠成滋味，猜意鹓雏竟未休。”此非一时愤激之词，而是深有感慨之语，因为他虽如世路奔竞之士一样，企望创造功业，斡旋天地，但他内心却是超越的，期许自己能如范蠡般泛五湖而去。永忆江湖，即如“岂到白头长只尔，嵩阳松雪有心期”，表示他拥有一般人所不能理解的另一种追求。

学仙、求道，就是这种追求的一种表现。他的亲族颇与道教有渊源，杨汝士又支持他去学道，当然更强化了他在这方面的追求。道士们之生活，如《玄微先生》诗所言："仙翁无定数，时入一壶藏。夜夜桂露湿，村村桃水香。醉中抛浩劫，宿处起神光。药裹丹山凤，棋函白石郎。弄河移砥柱，吞日倚扶桑。龙竹裁轻策，鲛绡熨下裳。树栽嗤汉帝，桥板笑秦王。径欲随关令，龙沙万里强。"他也未尝不深切向往。对于早年同学，如永道士，他也颇觉羡慕，故《寄永道士》云："共上云山独下迟，阳台白道细如丝。君今并倚三珠树，不记人间落叶时。"

道士们是学仙的。神仙世界超越人世情爱纠葛，也不受时间的驱迫，因此相对于"人间桑海朝朝变"，神仙世界的清静永恒对他深具吸引力。《寓怀》就曾表述他这种期望过神仙生活的怀抱：

> 彩鸾餐颢气，威凤入卿云。长养三清境，追随五帝君。烟波遗汲汲，矰缴任云云。下界围黄道，前程合紫氛。金书惟是见，玉管不胜闻。草为回生种，香缘却死熏。海明三岛见，天迥九江分。搴树无劳援，神禾岂用耘？斗龙风结阵，恼鹤露成文。汉岭霜何早，秦宫日易曛。星机抛密绪，月杵散灵氛。阳乌西南下，相思不及群。

他希望能在这情境中，既"烟波遗汲汲，矰缴任云云"，摆脱人世之利害与经营，又"汉岭霜何早，秦宫日易曛"，超越人世时间的促迫，讲得再明白不过了。

对于此种心情，历来笺注者却总不能体会，老是把义山想成是一个陷在利欲胶漆盆中的人，为了仕途得丧而干谒求乞。如冯浩注《寓怀》这样的诗就说：“此明为子直作也。”不知此乃自述心境，非求情于人。所谓“阳鸟西南下，相思不及群”，即指在夕阳西下时群鸟归巢，自己的巢、自己的归宿却是与其他鸟不同的，此是孤往独寻之境，岂为思慕令狐绹之语？要知道，李商隐正是有此孤往独寻、超越世俗之心，所以才会屡屡表达对隐居求道者的羡慕。《题道靖院，院在中条山，故王颜中丞所置，虢州刺史舍官居此，今写真存焉》说“自怜筑室灵山下，徒忘朝岚与夕曛”，《题郑大有隐居》说“结构何峰是，喧闲此地分”，《访隐者不遇成二绝》说“城郭休过识者稀，哀猿啼处有柴扉”，都是表现这种心情或态度。

因为有这种超越性追求的心态，义山会对道教修真学仙的生活深感向往是十分自然的。然而，他对道教不死成仙的理想，却终究不能无所疑惑。他有一首《同学彭道士参寥》的诗说：

> 莫羡仙家有上真，仙家暂谪亦千春。月中桂树高多少？试问西河斫树人。

冯注云此诗“亦未第之感”，殊为不然。此诗寄同学道士，与科第何干？诗意是说道士是要学仙的，但纵使修成神仙，偶遭贬谪，仍不免于沉沦，像吴刚被罚去月中伐桂那样。义山以此向老同学委婉表明自己为何不能继续坚持学道修真，如他一般成为道士；因为自己对神仙世界仍有疑虑，故不敢以之为人生最后的归宿。

这种态度，有点像李贺。据说李贺是梦到奉诏上天撰《白玉楼记》而卒的，但平生亦“自有仙才自不知”，对神仙仍不免于死亡，深表困惑与悼伤。如《浩歌》云：“南风吹山作平地，帝遣天吴移海水。王母桃花千遍红，彭祖巫咸几回死。”《苦昼短》云：“飞光飞光，劝尔一杯酒。吾不识青天高，黄地厚，惟见月寒日暖，来煎人寿。食熊则肥，食蛙则瘦。神君何在？太一安有？”后一首说神仙不能使人不死，前一首说神仙自己不能不死。

李商隐对修真登仙之说也有同样的困惑。他曾因人生促迫、世俗纠缭，而对道教提供的超越世界深感向往，认为那里才能安顿他的灵魂。可是，修道成仙真能超越命限吗？说到底，义山就不免怀疑了。《汉宫》云：

> 通灵夜醮达清晨，承露盘晞甲帐春。王母西归方朔去，更须重见李夫人。

讲的就是这种怀疑。汉武求仙，西王母会来降真，东方朔也乘龙飞去，看来神仙之事并非虚妄。但武帝毕竟死了，毕竟仍要去地下与李夫人相会。然则神仙可求说，其效安在？

《华岳下题西王母庙》更说“神仙有分岂关情，八马虚随落日行。莫恨名姬中夜没，君王犹自不长生”，亦呼应此诗，谓求仙甚为无谓。其他如《瑶池》云“瑶池阿母绮窗开，黄竹歌声动地哀。八骏日行三万里，穆王何事不重来”，《赠白道者》云“十二楼前再拜辞，灵风正满碧桃枝。壶中若是有天地，又向壶中伤别离”，《槿花二首》之一云“三清与仙岛，何事亦离群”，《丹丘》云“青女丁宁结夜霜，羲和辛苦送朝阳。丹丘万里无消息，几对梧桐忆凤凰”，皆是如此。丹丘乃不死之乡，王母亦曾许周穆王以不死，而终究是穆王已逝，日月继续升沉，人犹在死亡的阴影中。

死亡又是离别的一种方式。依李商隐对人生的理解，人生最大的悲哀就是离别，如《杜工部蜀中离席》所谓“人生何处不离群？”离别包括生离与死别。生离者，人间情爱绸缪，俱不可恃；死别者，时光流转，乃益可伤。义山集中，伤春意象特多，即缘于此种忧生之嗟也。如“天荒地变心虽折，若比伤春意未多”（《曲江》），“曾苦伤春不忍听，凤城何处有花枝”（《流莺》），“我意殊春意，先春已断肠”（《春风》），“年华无一事，只是自伤春”（《清河》），“我为伤春心自醉”（《寄恼韩同年二首》），“君问伤春句，千辞不可删”（《朱槿花二首》），“刻意伤春复伤别”（《杜司勋》），“对泣春天类楚囚”“地下伤春亦白头”（《与同年李定言曲水闲话戏作》），“通谷阳林不见人，我来遗恨古时春”（《涉洛川》）等皆是。

要令春不必伤、人不须别，唯有修道求仙。可是，修道求仙又真能不死不离吗？义山这些诗，充分表达了他的疑惑。

既追求神仙超越世界，欲以此寄托生命，纾解忧生之苦，而又不能真正信仰修道成仙之境，不能真正去当一名道士、做隐遁者，如他同学彭参寥一般，正是李商隐心理上最大的困顿。他曾自称“中路因循我所长”，其所以因循依违于两者之间，实是因其内在尚有疑惑未解之故。而此种态度，恰好又与他对爱情的态度相同。李商隐无疑是热烈向往爱情的。这一点无须论证，每位笺释义山诗的人都能理会，但义山真相信爱情吗？恐怕未必！《青陵台》有云：“青陵台畔日光斜，万古贞魂倚暮霞。莫讶韩凭为蛱蝶，等闲飞上别枝花。”青陵台，乃万古爱情坚贞之象征。韩凭夫妇死后化为蝴蝶，令后人咨嗟不已。但此一贞洁之蝴蝶，随随便便就会飞上别的花朵，可见爱情终不可恃。

既向往爱情，又不能真正相信爱情，跟他向往隐居学道，又不能真正相信学道成仙，在心理层面上是同构的。这使得他述仙道事，往往以女冠、女真为说。因女真多涉爱情故事，亦比男道士更易引生遐想，如萼绿华、杜兰香之类。何况，女性既为男人情爱的对象，又被认为其生命就是在追求爱情之圆成。是以修道而又未必真能成道之女冠，也往往是在爱情上既热切投入，又不坚贞自持的。《碧城三首》所述即是如此，《圣女祠》也是如此，诗云：

松篁台殿蕙香帏，龙护瑶窗凤掩扉。无质易迷三里雾，不寒长著五铢衣。人间定有崔罗什，天上应无刘武威。寄问钗头双白燕，每朝珠馆几时归？

此诗批评女道士虽穿着上清五铢衣，其实全无实质，另在人间觅崔罗什般的情郎，且处处寄情，几乎冶游忘归。这类女冠对爱情的处理方式，也是李商隐怀疑修真道生活的原因，益发令他对修真求道能否作为生命之归宿感到困惑了。

义山晚年，转而奉佛，这也是个重要的观察线索。四十年前，我曾作《李商隐与佛教》讨论他学佛的原因。基本观点与本文相同，只是在说明李商隐既是“岂到白头长只尔，嵩阳松雪有心期”，晚年却转而奉佛时，说其实义山与佛教也是早有渊源且一直保持关系的。现在这篇文章，则是要更进一步解释他晚年毕竟仍以佛教为归宿的原因；同时，对义山诗中多涉女道士之现象，也提出一个新解释。

诗心深杳，再加上佳人锦瑟、神仙飘渺，读本文者，亦能有诗心道情乎？

我还在不合时宜地把玩苏东坡

之前曾写文章呼吁别被学术论文绑架了生活。如何不被绑架？写论文只是生活中一件事，不是全部，更不是生活本身，故写论文之外，还要能得生活之趣。这不是说就要“抛了书卷去寻春”，而是说即使仍在读书写文章，也不能被生活绑了架。例如古人写诗话、作笔记，是记一点好玩的事、有趣的知识点、忽然的会心处，乃至闲谈谐谑之可忆者。后来学究们却把它变成写论文的准备，仿佛工程作业中收集材料、做卡片。久而久之，学者便不会写札记了，札记一体亦亡。

我自幼爱读“历代笔记小说大观”，生活偶有感会也常札记一二。后来虽写论文成了主业，仍不废我吟啸，或诗或杂文或笔记，同时乱写一通，既可调节心情，亦能更换笔性。

既是札记，通常凌杂无序，属于断缣剩笺之类，不町不畦，“梦魂惯得无拘检，又踏杨花过谢桥”。它们在严谨的、工业化的学者看来，当无任何价值，而这也许正是其价值之所在。我随手写的这类札记可太多了，自销闲情，荼毒纸墨，内容各式各样。底下摘两篇谈苏东坡的，大家看着玩。

一是《读东坡诗题记》，讲读东坡诗的一个特殊角度：读他的诗题。还不用看诗，他的题目就很可玩味。二是《东坡传诗录》，谈东坡诗里提到的别人的诗：或是旅驿墙壁，不知为谁所作，而令他有所触动；或是醉中、梦中记人诗语；或是扶乩降神；或疑为鬼语。诗各有其趣，而东坡兴致盎然地记录，又记得有趣，更值得把玩。

东坡曾说读书当“八面受敌”，一篇文章须从各个角度看。把玩东坡，亦当如此。

读东坡诗题记

一卷。非读东坡诗，乃读其题也。诗家制题，最所讲究，谢康乐、杜子美允为典型，东坡非最善者也。题或率或蔓，各依其情，或记日常，或恣谐戏，偶或同于日录。诗家效艺，时以为戒。然一种生活气息扑面而来，令人喜爱之，咸曰：是吾友也，是吾邻也，是吾师也，微斯人，吾谁与归？因杂写读记若干，以示景慕。云诗话乎？不知也！

◉东坡乃“逍遥地仙”，诗则逍遥录也。记录生活，不避琐屑，一切悲喜愉戚、亲串往来、友朋调笑、饮食游赏、物事经心者皆寓其间。生既不枉，活斯诚然，人能如此，乃无憾焉。六朝三唐人不能也。

◉诗有历来言东坡者所未及注意处。如张子野年八十五尚买妾，东坡贺诗云“诗人老去莺莺在，公子归来燕燕忙。柱下相君犹有齿，江南刺史已无肠”，固已脍炙人口矣。然纪昀曰：“游戏之笔，不以诗论，诗话以其能切张姓盛推之。然则案有《万姓统谱》一部，即人人为作者矣。”评语太苛，正不知游戏神通适为诗家妙谛。东坡可爱处，岂不在斯？

此诗得趣处，亦实不在其切张生、莺莺事，而在调张先年老而色心不灭也。夫人有色心，王阳明所谓良知良能也。东坡自有之，故亦能体会张子野老诗人之心情，调笑至有“一树梨花压海棠”之谑，此不必以诗论，然而诗又岂不在斯？《关雎》所谓“窈窕淑女，君子好逑”，非耶？

◉此心之发，在东坡亦不罕见。如《赵成伯家有丽人，仆忝乡人，不肯开樽，徒吟春雪美句次韵一笑》《成伯家宴，造坐无由，辄欲效颦，而酒已尽，入夜不欲烦扰，戏作小诗，求数酌而已》《成伯席上赠所出妓川人杨姐》《立春日病中，邀安国仍请率禹功同来。仆虽不能饮，当请成伯主会，某当杖策倚几于其间，观诸公醉笑以拨滞闷也》等诗皆其例。《赵成伯家有丽人》中有“试问高吟三十韵，何如低唱两三杯”之语，自注引“陶谷学士买得党太尉家故妓，遇雪，陶取雪水烹团茶，谓妓曰：‘党家应不识此？’妓曰：

‘彼粗人，安有此景？但能于销金暖帐下浅斟低唱，吃羊羔儿酒耳。’陶默然愧其言”事为说，且曰“莫嫌衰鬓聊相映，须得纤腰与共回”，则是意不在酒也。自注又曰：“聊答来句，义取妇人而已，罪过，罪过。”言涉不经，自顾未尝不知，然友朋谐谑，岂无此一格哉？纪评于川妓杨姐一首，全施抹勒，前三首亦以为原不当入集，正可见真人与道貌岸然者之别。纪辄以道学家为迂为腐，不意持以较东坡，真趣远不逮也。

◉惦记别人姬妾者，又有《王巩屡约重九见访，既而不至，以诗送将官梁交且见寄，次韵答之。交颇文雅，不类武人，家有侍者甚惠丽》《韩康公座上侍儿求书扇二首》《循守临行出小鬟，复用前韵》《戏赠田辨之琴姬》《张无尽过黄州，徐君猷为守，有四侍人，姓为孙、姜、阎、齐。适张夫人携其一往婿家，既暮复还，乃阎姬也。最为徐所宠，因书绝句云》均属此类。他人集中甚少见。至于《携妓乐游张山人园》之类，则当然，反而常见。

今考《野客丛书》称洪驹父作《侍儿小名录》，王铚《补侍儿小名录》则自谓补洪适书也。无论洪适、洪驹父，显然惦记他人侍儿之风必与东坡有关。驹父即黄山谷外甥，《侍儿小名录》中亦备载东坡朝云事。续补其书者，蔚为南北宋之交一景观，孰知竟启自东坡哉？

◉东坡之好奇，不只形之于此，诗中多载异人、异事、异物、异梦，亦为一大特色。异事者，如《唐道人言天目山上俯视雷雨，每大雷电，但闻云中如婴儿声，殊不闻雷震也》。异梦，如《数日前，梦一僧出二镜求诗。僧以镜置日中，其影甚异，其一如芭蕉，其一如莲花，梦中与作诗》。异人，如《是日，偶至野人汪氏之居，有神降于其室，自称天人李全，字德通，善篆字，用笔奇妙而字不可识，云天篆也。与予言，有所会者。复作一篇，仍用前韵》。

凡此之类甚多，且多相杂错。如《圆通禅院，先君旧游也。四月二十四日晚，至，宿焉。明日，先君忌日也。乃手写宝积献盖颂佛一偈，以赠长老仙公。仙公抚掌笑曰：昨夜梦宝盖飞下，著处辄出火，岂此祥乎！乃作是诗。院有蜀僧宣，逮事讷长老，识先君云》。又《子由在筠作〈东轩记〉，或戏之为东轩长老。其婿曹焕往筠，余作一绝句送曹，以戏子由。曹过庐山，以示圆通慎长老。慎欣然亦作一绝，送客出门，归入室，趺坐化去。子由闻之，乃作二绝，一以答余，一以答慎。明年余过圆通，始得其详。乃追次慎韵》。此皆奇僧奇事，而诗或梦又相与俱也。

亦有他人异梦而为东坡所记者，如《秦少游梦发殡而葬之者，云是刘发之柩。是岁发首荐，秦以诗贺之，刘泾亦作，因次其韵》。

另有异事而为东坡所信，不以为异者，如《始于文登海上，得白石数升，如芡实，可作枕。闻梅丈嗜石，故以遗其子子明学士，子明有诗，次韵》。此即唐人诗“归来煮白石”之石也。道家有此术，故软之可使如芡实，硬则可为枕。东坡学道养生，信此不疑。其在文登，尚有一事可记，诗题曰《顷年杨康功使高丽，还，奏乞立海神庙于板桥。仆嫌其地湫隘，移书使迁之文登，因古庙而新之。杨竟不从，不知定国何从见此书，作诗称道不已。仆不能记其云何也，次韵答之》。

文登海市，夙有盛名，东坡亦尝见之，故主张立海神庙于兹。余尝过烟台、牟平、栖霞、莱州等处，稔知海神庙终不获立于文登，今仅莱州尚存遗址而已，盖崇祀不如南海之祝融也。唯东坡有神仙之思，故仍以立庙为亟。

至于仙家人物，亦其最所关切，颇欲探知彼等消息。如《题毛女真》曰“雾鬓风鬟木叶衣，山川良是昔人非。只应闲过商颜老，独自吹箫月下归”，以及《次韵子由书清汶老所传〈秦湘二女图〉》曰“随魔未必皆魔女，但与分灯遣归去。胡为写真传世人，更要维摩一转语。丹元茅茨只三间，太极老人时往还”等，均可见其想象足以继武汉皋游女及楚骚之女萝山鬼也。《十一月九日夜梦与人论神仙道术，因作一诗八句。既觉，颇记其语，录呈子由弟。后四句不甚明了，今足成之耳》，则仙家语。

至于回道人，殆指吕洞宾，云《回先生过湖州东林沈氏，饮醉，以石榴皮书其家东老庵之壁。云：“西邻已富忧不足，东老虽贫乐有余。白酒酿来因好客，黄金散尽为收书。”西蜀和仲闻而次其韵三首。东老，沈氏之老自谓也，湖人因以名之。其子偕作诗，有可观者》。诗云“但知白酒留佳客，不问黄公觅《素书》”，盖犹憾未能获其传授。嘻嘻，先生之好奇也！

◉所谓神仙可致、道不远人，坡公诚以为真实不妄也。故《子由将赴南都，与余会宿于逍遥堂，作两绝句。读之殆不可为怀，因和其诗以自解。余观子由自少旷达，天资近道，又得至人养生长年之诀，而余亦窃闻其一二。以为今者宦游相别之日浅，而异时退休相从之日长，既以自解，且以慰子由云》，备言其贤昆仲学道之情。

此非虚语，故炼养、食疗、内外丹，彼等均一一实修亲证。当时友生后辈多受感染，《独酌试药玉滑盏，有怀诸君子。明日望夜，月庭佳景不可失，作诗招之》足以作证。诗云“熔铅煮白石，作玉真自欺。……呼儿扫月榭，扶病及良时。”纪谓此只代柬耳，不以诗论。诚然！唯生活情状，恰则见于此，且稍早另有《十月十四日以病在告，独酌》云“铜炉烧柏子，石鼎煮山药。……泠然心境空，仿佛来笙鹤”，出语未尝不清洒自在。故知东坡之炼养非徒在形寿间，亦养心方也。

《在彭城日，与定国为九日黄楼之会，今复以是日，相遇于宋。凡十五年，忧乐出处，有不可胜言者。而定国学道有得，百念灰冷，而颜益壮。顾予衰病，心形俱悴，感之作诗》颇泄其心形俱修之关窍于此。东坡每自谦以为功夫不足，实则夷旷平和，足为万世钦仰之也。斯所以彼虽传《海上道人传以神守气诀》，而吾更赏者，则为《吴子野绝粒不睡，过作诗戏之。芝上人、陆道士皆和，予亦次其韵》所云："聊为不死五通仙，终了无生一大缘。独鹤有声知半夜，老蚕不食已三眠。怜君解比人间梦，许我时逃醉后禅。会与江山成故事，不妨诗酒乐新年。"

◉虽然，"泠然心境空"者，非遗物也。所谓"百念灰冷"，在他人为万物不关心，在东坡则乘物以游心，能得物趣且全天趣也。

小小名物，辄或观赏，如《次韵柳子玉二首》，所言仅地炉、纸帐耳。至彭城则访石炭，云可铸为刀，后遂以双刀遗子由，子由有诗次其韵。纪昀以为纯属寓言，盖不知东坡于刀剑之类名物有特殊寓情，故疑其非实。其实东坡与人互赠刀剑并不罕见。《郭祥正家，醉画竹石壁上，郭作诗为谢，且遗二古铜剑》，乃郭赠东坡；《张近几仲有龙尾子石砚，以铜剑易之》，则以剑赠人。度东坡友朋间多有此等事，与其赏玩字、画、石、砚、扇、枕、古董相间杂，为生活之清趣也。

《张作诗送砚反剑，乃和其诗，卒以剑归之》可证凡有好物辄相邀赏，《观张师正所蓄辰砂》之类是也。扇则《和张耒高丽松扇》。高丽本以折扇著，兹则仍为团扇，曰："可怜堂堂十八公，老死不入明光宫。万牛不来难自献，裁作团团手中扇。屈身蒙垢君一洗，挂名君家诗集里。犹似汉宫悲婕妤，网虫不见乘鸾子。"诗甚佳，然犹扇也。别又有所谓琴枕者，果何物耶？依《欧阳晦夫惠琴枕》及《琴枕》诸诗可知即以似琴之器为枕也，当时名物遂偶尔见于诗人行事及其诗中。至于石也，砚也，久为文人雅玩者，则不殚述焉。

◉东坡盖亦视文字为文人雅玩之一端，故颇有文字游戏之作，如回文即是。在黄州时，曾依江南本织锦图上回文作诗三首曰：“春机满织回文锦，粉泪挥残露井桐。人远寄情书字小，柳丝低日晚庭空”；“红笺短写空深恨，锦句新翻欲断肠。风叶落残惊梦蝶，戍边回雁寄情郎”；“羞云敛惨伤春暮，细缕诗成织意深。头伴枕屏山掩恨，日昏尘暗玉窗琴”。此方在东坡辟地开荒时，生计困窘，聊以此嬉戏消遣耳。

文字游戏，本不易为，用心经营之，遂至梦寐中仍复为之。“十二月二十五日，大雪始晴，梦人以雪水烹小团茶，使美人歌以饮。余梦中为作回文诗，觉而记其一句云：乱点余花唾碧衫，意用飞燕唾花故事也。乃续之，为二绝句云”，即为日有所思之遗迹。当日此类遣兴游戏之作，如四时词、三朵花、五禽言等，其实作用相似，诗并不佳。夫子曰：前言戏之耳。

◉与之相似者为集句。或曰集句始于荆公固不确，然风气之起确在荆公时，东坡有《次韵孔毅父集古人句见赠五首》即其证。东坡作此，殆亦文字游戏，故纪批云：“五首皆语杂嘲弄，颇有率句，不为杰作。”晚年和陶时作《归去来》集字则差胜。所集十诗，纪云“此亦借事消闲，不得谓之诗，然亦不恶”，诚然。

以坡公之才，此类游戏笔墨尚不能趁手，则知文字一道，为之实难。坡公杰作固多，游戏为之之心辄令其有简率处，为人所指摘。操觚者几何不引以为戒耶？然而戏又不可禁止，无游戏即无创造、无逸趣，亦无法律，此所以为难也。东坡早岁，即尝为禁体诗，云“江上值雪，效欧阳体，限不以盐玉鹤鹭絮蝶飞舞之类为比，仍不使皓白洁素等字，次子由韵”。此类诗，设有禁令，限某某不可为。既为游戏，斯亦锻炼笔性之一法，足以规避庸言腐思，使出于陈腔滥调外，故东坡兄弟皆乐为之。异时撰作他事他题，自然亦将本此训练以避流俗。

游戏有放者，有禁者。此禁者也。放者，使无执拘、无固必，心身松活，能得逸趣，“梦魂惯得无拘检，又踏杨花过谢桥”也。禁者，制不使动，有规则、法度、刑罚以为裁判，如饮酒者乐其放逸矣，遂又有酒纠、酒令，使听号召，否则醉死曲乡或至于乱也。

凡百技艺，可为游戏者，皆因禁而不因放，如棋，如牌，如球，如博，如斗鸡、走狗、赛马、选美、抡材、竞技等皆然。其似放者，如暮春三月，会男女于水涘，奔者不禁，则禁于其非时矣，时而后令畅其情，即其规则也。故《周礼》设官以掌之。文字游戏，何不谓然？文体规范，即为其禁，破为新体则为放。然放之中，又有律则，有禁限，如回文，如集字，如四禽言、五禽言，即其另订之规。新轨初驰，或不熟练，久则精熟矣。文学史之进展，每在于此，纪云此类不以诗论，又未必然也。

◉纪于坡公《五禽言》之类，曾言其有意效古乐府。

此为觑破机关语，坡翁确有意于古乐府中寻解放之机。其《襄阳古乐府三首》，纪评曰：“乐府音节失传，不过摹其字句。不似，何取乎？拟相似，又何取乎？拟少陵纯制新题，自是斩断葛藤手。太白虽用古题，多是不敢明言而托之古，亦非以此体为高”，“此首（《野鹰来》）摹古有痕，故为姿致，都非天然”。确有所见。盖李杜以来诗家多持此见，故鲜取途于古乐府者，纪评可谓公论。

然而既为公论矣，东坡岂不知之？知之而仍作《襄阳古乐府三首》《竹枝歌》者，何哉？或亦有意于另觅音节字句之异理耶？余读张籍、李贺、李商隐之诗，皆见其有别得齐梁体及古乐府之奥妙者，故颇与他人不同。坡翁亦尝欲于此取途乎？

◉东坡亦有类如太白之写今事而用古题古称者，如《古缠头曲》曰：“鹍弦铁拨世无有，乐府旧工惟尚叟。一生喙硬眼无人，坐此困穷今白首。”硬语以肖铁拨，正乐府作法，而亦可见东坡注情于音乐之况。

其写乐器、乐声如此者，故亦甚多。世常以词人评坡翁为不当行、不娴音律所误，真以为东坡音盲，其实非是。盖音乐本其家学，苏洵、苏辙均能鼓琴也。如《舟中听大人弹琴》，纪据起首“弹琴江浦夜漏永，敛衽窃听独激昂”，谓“独激昂”三字不似听琴，暗讽其不知音理，且以为与下文不贯。殊不知此古今之别也。古乐云亡，宋以后之所谓古琴，皆染于方外，以高士气、枯禅心、求上古微茫寂寞之音，故琴品越高，琴音越淡，特标琴以古琴之名以旌其古。殊不知琴于古代初不如是。即在唐代，沈佺期《霹雳引》不云乎：“始戛羽以騞砉，终扣宫而砰駖。电耀耀兮龙跃，雷阗阗兮雨冥。气呜唅以会雅，态欻翕以横生。有如驱千旗，制五兵；截荒虺，斫长鲸。孰与《广陵》比意，《别鹤》俦精而已。俾我雄子魄动，毅夫发立。怀恩不浅，武义双辑。视胡若芥，剪羯如拾。岂徒慷慨中筵，备群娱之翕习哉？”依《琴操》言，乃楚商梁游九皋之泽，遇风雷霹雳，畏惧而归作此曲。足见审美范畴中属于崇高壮美一格，非清微淡远之云云。

坡公所谓激昂也，古之琴曲辄有此，苏洵所奏亦如此，故下文以古乐沦亡为说。曰“自从郑卫乱雅乐，古器残缺世已忘”，又曰“无情枯木今尚尔，何况古意堕渺茫”，上下意正相贯。纪晓岚以明清古琴风尚绳之，反嫌其不通矣。且此好古，亦与《古缠头曲》赞叹“鹍弦铁拨世无有”相似，俱可见其音乐趣味。

然东坡亦不排斥僧琴，《听僧昭素琴》及《听贤师琴》，皆称许其清淡平和，云“至和无攫醳，至平无按抑”及“大弦春温和且平，小弦廉折亮以清”。此与《听武道士弹贺若》而以陶潜诗拟之相似。宋代方外琴风，固如是也，故亦不以古声鞺鞳求之。

◉唯当时方外亦别有传承于古者，坡翁已自不晓，仅能以异事记之，如《破琴诗》之类。序甚长，曰：

> 旧说，房琯开元中尝宰卢氏，与道士邢和璞出游，过夏口村，入废佛寺，坐古松下。和璞使人凿地，得瓮中所藏娄师德与永禅师书，笑谓琯曰："颇忆此耶？"琯因怅然，悟前生之为永师也。故人柳子玉宝此画，云是唐本，宋复古所临者。元祐六年三月十九日，予自杭州还朝，宿吴淞江，梦长老仲殊挟琴过予，弹之有异声，就视，琴颇损，而有十三弦。予方叹惜不已，殊曰："虽损，尚可修。"曰："奈十三弦何？"殊不答，诵诗云："度数形名本偶然，破琴今有十三弦。此生若遇邢和璞，方信秦筝是响泉。"予梦中了然，识其所谓，既觉而忘之。明日昼寝，复梦殊来，理前语，再诵其诗。方惊觉而殊适至，意其非梦也。问之殊，盖不知。是岁六月，见子玉之子子文京师，求得其画，乃作诗并书所梦其上。……

诗则美十三弦音节如佩玉，而讥当时新琴"丝声不附木，宛然七弦筝"。足见虽是梦中闻仲殊长老弹琴，仍多感会，悠然遂思古道也。其嗤新琴为七弦筝，尤堪莞尔，盖雅俗之辨也。《见和西湖月下听琴》曰鼓琴可一洗羯鼓，亦是此旨。

东坡传诗录

◉昔游忠州白鹤观，壁上高绝处有小诗，不知何人题也。诗云："仙人未必皆仙去，还在人间人不知。手把白髦从两鹿，相逢聊问姓名谁？"(《记白鹤观诗》)

"欲挂衣冠神武门，先寻水竹渭南村。却将旧斩楼兰剑，买得黄牛教子孙。"余旧见此诗于关右壁间，爱之，不知何人诗也。(《记关右壁间诗》)

◉余官凤翔，见村邸壁上书此数句，爱而诵之云："人间有漏仙，兀兀三杯醉。世上无眼禅，昏昏一枕睡。虽然没交涉，其奈略相似。相似尚如此，何况真个是。"(《记西邸诗》)

◉"忽然湖上片云飞，不觉舟中雨湿衣。折得荷花浑忘却，空将荷叶盖头归。""江上樯竿一百尺，山中楼台十二重。山僧楼上望江上，遥指樯竿笑杀侬。""湘中老人读黄老，手援紫藟坐碧草。春至不知湘水深，日暮忘却巴陵道。""爷娘送我青枫根，不记青枫几回落。当时手刺衣上花，今日为灰不堪着。""浦口潮来初渺漫，莲舟溶漾采花难。芳心不惬空归去，会待潮平更折看。""酒尽君莫沽，壶倾我当发。城市多嚣尘，还山弄明月。""卜得上峡日，秋江风浪多。巴陵一夜雨，肠断木兰歌。""寒草白露里，乱山明月中。是夕苦吟罢，寒烛与君同。"

元祐三年二月二十一日夜，与鲁直、寿朋、天启会于伯时斋舍。此一卷皆仙鬼作，或梦中所作也。又记《太平广记》中有人为鬼物所引入墟墓，皆华屋洞户。忽为劫墓者所惊，出，遂失所见，但云“芫花半落，松风晚清”。吾每爱此两句，故附之书末。(《书鬼仙诗》)

◉回先生诗云：“西邻已富忧不足，东老虽贫乐有余。白酒酿来因好客，黄金散尽为收书。”东坡居士和云：“世俗何知贫是病，神仙可学道之余。但知白酒留佳客，不问黄公觅《素书》。”熙宁元年八月十九日，有道人过沈东老饮酒，用石榴皮写句壁上，自称回山人。东老送之出门，至石桥上。先渡桥数十步，不知其所往。或曰：“此吕先生洞宾也。”七年，仆过晋陵，见东老之子偕，道其事。时东老既没三年矣，为和此诗。(《书所和回先生诗》)

◉“淮西功业冠吾唐，吏部文章日月光。千载断碑人脍炙，不知世有段文昌。”“李白当年流夜郎，中原无复汉文章。纳官赎罪人何在？志士临风泪数行。”绍圣间，临江军驿站壁上得此诗，不知谁氏子作也。(《记临江驿诗》)

“帘卷窗穿户不扃，隙尘风叶乱纵横。幽人睡足谁呼觉，欹枕床前有月明。”绍圣间，人得此诗于沿流馆中，不知何人诗也。今录之以益箧笥之藏。(《记沿流馆诗》)

昨夜欲晓，梦客有携诗文见过者，觉而记其一诗云：“道恶贼其身，忠先爱厥亲。谁知畏九折，亦自是忠臣。”又有数句若铭赞者，云：“道之所以成，不害其耕；德之所以不修，以贼其牛。”(元丰七年三月十一日《记梦诗文》)

◉昨日梦人告我云："知真飧佛寿，识妄吃天厨。"余甚领其意。或曰："真即飧佛寿，不妄吃天厨？"余曰："真即是佛，不妄即是天，何但飧而吃之乎？"其人甚可余言。(《记梦中句》)

◉元丰八年正月旦日，子由梦李士宁相过，草草为具。梦中赠一绝句云："先生惠然肯见客，旋买鸡豚旋烹炙。人间饮酒未须嫌，归去蓬莱却无吃。"明年闰二月六日，为予道之，书以遗迟云。(《书子由梦中诗》)

◉秦太虚言：宝应民有以嫁娶会客者，酒半，客一人径起出门。主人追之，客若醉甚将赴水者。主人急持之。客曰："妇人以诗招我，其词云：'长桥直下有兰舟，破月冲烟任意游。金玉满堂何所用？争如年少去来休。'苍黄就之，不知其为水也。"然客竟亦无他。夜会说鬼，参寥举此，聊为记之。(《记鬼诗》)

◉元丰三年正月朔日，予始去京师来黄州。二月朔，至郡。至之明年，进士潘丙谓予曰："异哉，公之始受命，黄人未知也。有神降于州之侨人郭氏之第，与人言如响，且善赋诗，曰：'苏公将至，而吾不及见也。'已而，公以是日至，而神以是日去。"其明年正月，丙又曰："神复降于郭氏。"

予往观之，则衣草木为妇人，而置箸手中，二小童子扶焉。以箸画字，曰："妾，寿阳人也，姓何氏，名媚，字丽卿。自幼知读书属文，为伶人妇。唐垂拱中，寿阳刺史害妾夫，纳妾为侍书，而其妻妒悍甚，见杀于厕。妾虽死，不敢诉也，而天使见之，为直其冤，且使有所职于人间。盖世所谓子姑神者，其类甚众，然未有如妾之卓然者也。公少留而为赋诗，且舞以娱公。”诗数十篇，敏捷立成，皆有妙思，杂以嘲笑。问神仙鬼佛变化之理，其答皆出于人意外。坐客抚掌。作《道调梁州》。神起舞中节，曲终，再拜以请曰：“公文名于天下，何惜方寸之纸，不使世人知有妾乎？”予观何氏之生，见掠于酷吏，而遇害于悍妻，其怨深矣，而终不指言刺史之姓名，似有礼者。客至，逆知其平生，而终不言人之阴私与休咎，可谓智矣。又知好文字而耻无闻于世，皆可贤者。粗为录之，答其意焉。(《子姑神记》)

◉苏轼别有《仙姑问答》亦录此事者，云：

仆尝问姑是神耶？仙耶？三姑曰：“曼卿之徒也。”欲求其事为作传，三姑曰：“妾本寿阳人，姓何名媚，字丽卿。父为廛民，教妾曰：‘汝生而有异，它日必贵于人。’遂送妾于州人李志处修学，不月余，博通九经。父卒，母遂嫁妾与一伶人，亦不旬日，洞晓五音。时刺史诬执良人，置之囹圄，遂强娶妾为侍妾。不岁余，夫人侧目，遂令左右擒妾，投于厕中。幸遇天符使者过，见此事，奏之上帝。上帝敕送冥司，理直其事，遂令妾于人间主管人局。”余问云：“甚时人？”三姑云：“唐时人。”又问名甚，三姑云：“见有一所主，不敢言其名。”又问：“刺史后为甚官？”三姑云：“后入相。”又问：“甚帝代时人？”姑云：“则天时。”又问：“上天既为三姑理直其事，夫人后得甚罪？”三姑云：“罚为下等。”

三姑因以启谢云：“学士刀笔冠天下，文章烂寰宇。身之品秩，命之本常。朝野共矜而不能留连，皇王怀念而未尝引拔。暂居小郡，实屈大贤。如贱妾者，主之爱而共憎，事之临而无避。罪于非辜之地，生无有影之门。赖上天之究情，使微躯之获保。何期有辱朝从，下降寒门。罪宜千诛，事在不赦。维持阴福，以报大恩。”又问云：“某欲弃仕路，作一黄州百姓，可否？”三姑戏赠一绝云：“朝廷方欲强搜罗，肯使贤侯此地歌？只待修成云路稳，皇书一纸下天河。”又问：“余欲置一庄，不知如何？”三姑云：“学士功名立身，何患置一庄不得。”又云：“道路无两头，学士甚处下脚？”再赠一绝云：“蜀国先生道路长，不曾插手细思量。枯鱼尚有神仙去，自是凡心未灭亡。”

又《谢腊茶》诗云：“陆羽《茶经》一品香，当初亲受向明王。如今复有苏夫子，分我花盆美味尝。”又《谢张承议惠香》云：“南方宝木出名香，百和修来入供堂。贱妾固知难负荷，为君祝颂达天皇。”又《赠世人》云：“赠君一术眇生辰，不用操心向不平。隐贿隐财终是妄，谩天谩地更关情。花藏芳蕊春风密，龙卧深潭霹雳惊。莫向人前夸巧佞，苍天终是有神明。”又《赠王奉职》云：“平生有幸得良妻，此日同舟共济时。蜀国乃为君分野，思余自此有前期。”又为《琴歌》云：“七弦品弄仙人有，留待世人轻插手。一声欲断万里云，山林鬼魅东西走。况有离人不忍听，才到商音泪渐倾。雁柱何须夸郑声，古风自是天地情。伯牙死后无人知，君侯手下分巧奇。月明来伴青松阴，露齿笑弹风生衣。山神不敢隐踪迹，笑向山阴惧伤击。一曲未终风入松，玉女惊飞来住侧。劝君休尽指下功，引起相思千万滴。”

◉江淮间俗尚鬼。岁正月，必衣服箕帚为子姑神，或能数数画字，黄州郭氏神最异。予去岁作《何氏录》以记之。今年黄人汪若谷家神尤奇，以箸为口，置笔口中，与人问答如响。曰：“吾天人也。名全，字德通，姓李氏。以若谷再世为人，吾是以降焉。”箸篆字，笔势奇妙，而字不可识。曰：“此天篆也。”与予篆三十字，云是天蓬咒。使以隶字释之，不可。见黄之进士张炳，曰：“久阔无恙。”炳问安所识。答曰：“子独不记刘苞乎？吾即苞也。”因道炳昔与苞起居语言状甚详。炳大惊，告予曰：“昔尝识苞京师，青巾布裘，文身而嗜酒，自言齐州人。今不知其所在。岂真天人乎？”或曰：“天人岂肯附箕帚为子姑神从汪若谷游哉？”予亦以为不然。全为鬼为仙，固不可知，然未可以其所托之陋疑之也。彼诚有道，视王宫豕牢一也。其字虽不可识，而意趣简古，非墟落间窃食愚鬼所能为者。昔长陵女子以乳死，见神于先后宛若，民多往祠。其后汉武帝亦祠之，谓之神君，震动天下。若疑其所托，又陋于全矣。世人所见常少，所不见常多，奚必于区区耳目之所及，度量世外事乎？姑藏其书，以待知者。(《天篆记》)

跋

东坡尝杂记其所见闻他人诗，略如上所录。其中或旅驿墙壁，不知为谁某所作，而有所触动；或醉或梦中记人诗语；或扶乩降神；或疑为鬼语者不一。非坡翁之好事，孰能得此趣哉？其中，回道人吕洞宾事，别有诗歌；子姑神，则叙之者再。按：子姑或称紫姑，六朝时信仰已众，厥后遍及各地，妇女奉请者尤多，奉请方式及所卜内容各异。请于上元及七夕者，蔚为礼俗，其他则随时召降耳。东坡所载，大抵为扶乩法。据云别有降附真人法等。宋以后愈盛，今则罕见矣。至于天篆云云，或与余所书“云篆”相似耶。坡翁笃嗜道术，故述神异事偶及于此。实则天蓬咒，东坡本自晓。绍圣三年端午，且为惠州道士邹葆光书之以助避灾，则天篆、天蓬咒云者，岂此翁故作狡狯耶？余不能知也。辟人辟世，聊借翁之逸趣以发我闲情耳。

己亥秋分，写于燕京稻香湖畔，龚鹏程

《东坡传诗录》一卷，非传东坡之诗，盖因东坡杂记而得传之诗事也。诗抑事，皆可观，而记有文趣，弥可爱也。鹏程又记。

诗终不是禅

唐代文人与佛教的关系是老话题，也是日趋热门的论域。或谈某文人之佛教信仰，与佛教人士之交游，其佛学与佛教信仰对他创作的影响；或论某文人与佛教、道教、儒学之间的关联。研究著作很丰富，但在这个论域其实颇不易驰骋，因为论者至少要对文学、佛教都十分理解，有时还必须能准确掌握儒家和道教之历史与义理。兼综博涉者既罕，踵讹袭谬者遂多，其间之错误也是很惊人的。

本文想针对这个论域的研究方法与观点，指出其中一些常见的错误。关注的有三类人：一是与佛教渊源极深的文人，以王维为代表；二是涉及儒佛关系的文人，以柳宗元为代表，兼论古文运动诸相关人等；三是涉及佛道关系的文人，以白居易为代表。

一、文人与佛教的关系

王维是唐代文人中与佛教关系最密切的代表人物。他自号维摩诘居士，后世称他为“诗佛”。近来的研究者，则通常说他信仰的是禅，是南宗顿教。

其实王维与南北宗禅师均有交往。《为舜阇黎谢御题大通大照和尚塔额表》，写的是神秀与其弟子普寂；《谒璇上人并序》写的道璇，亦出于普寂门下。道璇弟子元崇，则于安史乱后，到王维辋川别业访游。《过福禅师兰若》，写的也是普寂同门的义福或惠福。

王维所写的有关南宗禅师之作，如代神会写的惠能禅师碑铭、与马祖道一的诗等，数量上绝不比写给北宗禅师的多，关系也不特别显得亲密。因此，说王维由北宗转入南宗，纯是论者主观的想象。而且，论王维的思想，也不能仅由他与谁交往，或替谁写过碑铭来判断。为舜和尚写谢表，其实只是应酬文书；《能禅师碑》也明说该文是受神会之请托。这与另一些自我表白的文章，如《大荐福寺大德道光禅师塔铭》是迥然不同的。谈古人思想，应注意资料的性质，不能只因王维替惠能写过碑、去住过马祖道一的寺院，就断言他的思想属于南宗禅。这些事，我做得比王维还多呢，我就属于禅宗？

如此断言，也显示了论者对禅宗史之陌生。遽将王维归入南宗顿教，其实是受了南宗禅在后代宣传成功之影响。据

《宋高僧传》载，开元廿二年，神会在滑台大云寺设无遮大会，主南宗顿教宗旨，攻击北宗，“南北二宗，时始判焉”。可见南北宗之分，乃神会时之事。六祖惠能的事迹，大抵也与神会之传述有关，贬低神秀，自诩传宗。后世讲禅宗史，受此影响，不自觉地以南宗为正宗，北宗则被污名化。把王维纳入南宗谱系中，即是此一思想作祟。而且，亲近某些大德、与某派人士有交往，跟他自己的思想并不必然相等。王维本人自处，或其对禅法的证会，恐怕恰好不在顿而在渐。

王维《过卢员外宅看饭僧共题》曾形容自己“趺坐檐前日，焚香竹下烟。寒空法云地，秋色净居天。身逐因缘法，心过次第禅。不须愁日暮，自有一灯燃”。次第禅，正与顿悟禅法相反，近于北宗所提倡。故《大唐大安国寺故大德净觉禅师碑铭并序》说禅师“九次第定，乘风云而不留”，《为舜阇黎谢御题大通大照和尚塔额表》说神秀“登满足地，超究竟天，入三解脱门，过九次第定”。这是王维所理解的北宗禅法，也是他形容自己境界的用语。所以说王维的思想绝非南宗顿教。何况，南宗禅号称祖师禅，王维所欣赏的却是如来禅。为净觉禅师写的碑铭说“无量义处，如来之禅，皆同目论，谁契心传”，固然是对净觉的描述，但证之以《过香积寺》所云“薄暮空潭曲，安禅制毒龙”，即可知王维所修禅法必非南宗禅。

如来禅，是小乘的数息观和大乘的三昧禅法。达摩的禅法虽有人认为已是祖师禅，但其壁观之法，“外止诸缘，内心无喘，心如墙壁，可以入道”（《禅源诸诠集都序》），固开心宗之渐，实与惠能以后的禅法差距甚大。达摩之后，道信讲“五事”，弘忍讲“念佛”，也都是渐修的。因此王维才会将之称为如来禅。

对于惠能，王维完全未谈到南宗所强调的“明心见性，顿悟成佛”“不立文字”等特色，只称赞惠能“教人以忍”，益可显示他对南宗禅并不认同或并不太理解。

有些人又说王维因为思想属于南宗禅，所以反对净土思想，“南宗禅主张心净土净，当前无异西方，所以《坛经》说：‘随其心净，则佛土净……佛是自性作，莫向身外求。’王维《西方变画赞》就宣扬这种观念”云云，就更是错的。

心净则佛土净，并非《坛经》独特的主张。《维摩诘经》以降，说唯心净土者即不乏其人；后世，讲禅净合一的更多。因此禅宗与净土并不见得就是对立的。且佛教是讲“彼岸”的宗教，净土乃其通义，禅宗又怎能不相信有净土呢？修净土之法门不同，更不能被解释成不信净土、反对迷信。

说王维以禅入诗，诗中体现了进入禅定时体验到的那种轻安寂静、闲淡自然的意味，又强调主观的心的作用，强调直觉、暗示等，更是大误。

禅定时所体验的，并非闲淡自然的意味。以达摩禅法说，禅定是舍妄归真的过程，定则是要“坚住不移”的。后来百丈怀海说“心如木石”“兀兀如愚如聋相似”，希运禅师说“心如顽石头，都无缝罅，一切法透汝心不入，兀然无著”，均是形容禅定功夫。用此功夫，体验到的意味，就绝非道家式的闲淡自然。以南宗禅来说，禅定也是要在“一切境界上念不起”，“见本性不乱”，于定中明心、见性。如此，又岂能出现一种观赏、体察自然美的态度？

王维《积雨辋川庄作》等诗也证明了它们与禅定之体验无关，甚且根本背道而驰。因为禅定本不观境，可是王维却要“山中习静观朝槿，松下清斋折露葵”，在漠漠水田、阴阴夏木之间，见“积雨空林烟火迟，蒸藜炊黍饷东菑”。此与观心无关，与见性无关，更非凝心壁观、兀兀如愚如聋。故此乃道家任运自然、物我两忘之旨，非禅宗意趣。

《归辋川作》云：“谷口疏钟动，渔樵稍欲稀。悠然远山暮，独向白云归。菱蔓弱难定，杨花轻易飞。东皋春草色，惆怅掩柴扉。”感菱蔓杨花之飘零，怅人生如春色之易逝，尤其与“舒卷自如、无所窒碍的禅趣”矛盾，更非禅家“青青翠竹，尽是法身；郁郁黄花，无非般若”云云。因为既知禅理者，不会见杨花飞絮而惆怅伤春；见黄花翠竹而悟般若实相者，更不用慨叹菱枝弱、柳絮轻，色相如幻。

以禅法入诗方面，是否主要在强调心的直觉与暗示呢？当然不是。宋人以禅喻诗时，一是说创作时要消除情痴理障，才能超越识执的经验世界，真正掌握事物的本体实相，此所谓“以智心照境”；二是说创作时不要执着文字层面的技法，而须在心上做功夫，心活则语活，此即所谓“活法”；三是说读诗者也要“如参曹洞禅，不犯正位，切忌死语”。说他们强调心的直觉、暗示、联想、感应在艺术创作上的作用，实可谓牛头不对马嘴。联想是赋比兴的“比”或一部分“兴”，感应是秦汉以来的气类感应思想，跟禅宗又有什么关系？换句话说，许多人爱谈王维与佛教的关系，可是一方面不懂佛教，尤其不懂禅宗，故于王维思想究竟属于何种系统，一说便错，谈及禅宗与他宗之关系，也是一说就错；另一方面是不懂诗与禅的关系，故论到诗禅关系、佛学思想亦几乎无有不误者。

这些毛病，是有普遍性的。在讨论其他诗人文士时，也总可以看到。

二、文人的儒佛关系

像王维这类诗人，文人性较强，缺乏思想家之气质；另一些文人，如韩愈、柳宗元便不然。韩柳所提倡之古文运动，本身也是一项思想文化运动，故其文学创作、思想内涵会关联到儒佛关系这个议题。而处理这个议题时，论者之手法也常令人不敢恭维。

以柳宗元为例，有些人就认为柳宗元贬官永州后（当时湘粤一带正是天台宗和南宗禅流行的地方），柳氏之思想也因此有着统合天台宗、南宗禅与儒家的特色。但柳宗元《柳河东集》四十五卷，释教碑占两卷，记祠庙、赠僧侣的文章各近一卷。一百四十多首诗中，与僧赠答或宣扬佛理者也有二十多首。可见柳宗元与佛教关系密切，来往的各派僧侣较为复杂，凭什么断定影响他最大的是天台宗与南宗禅呢?

也有人说柳宗元奉天台宗而兼习净土，引《永州龙兴寺修净土院记》为说，也显得外行。我讲过，净土乃佛教各宗通义，天台讲法华净土，华严讲莲花藏世界，各有各的净土，故并非兼习净土，天台宗原本也讲净土。又有人认为柳宗元接受了天台宗“无情有性”与南宗禅“顿悟成佛，人人皆有佛性”，因这些理论都主张佛性在每人自身之中。却不知其中大有问题，儒佛关系哪能这样论?

佛教初入中国时，并不强调佛性观念，论成佛问题时也以“一阐提不能成佛”为主。竺道生始云“一阐提人皆可成佛”，后得北本《大般涅槃经》以为印证，佛性问题才越来越被强调。

但所谓得《大般涅槃经》以为印证，仍是争议不断。原因一在于《大般涅槃经》虽云“一切众生皆有佛性”，却仍认为“一阐提不能成佛”:“一切众生皆有佛性，以是性故，断无量亿诸烦恼结，即得成于阿耨多罗三藐三菩提，除一阐提”;“彼一阐提虽有佛性，而为无量罪垢所缠，不能得出，如蚕处茧。以是业缘，不能生于菩提妙因，流转生死，无有穷已”。如上所述，一切众生皆有佛性，也不等于一切众生皆可成佛。故强调佛性观念，主张人皆可以成佛，一般均被认为乃是佛教传入中土之后，受中国文化影响，或为适应中国环境才有的发展。因为儒家自来讲性善，那种“一阐提不能成佛”的种姓思想，与中国社会确有扞格不入之处，若不在理论上做此转向，佛教恐不能大昌。故此为佛教中国化之一端。

有些人不主张说佛教中国化，认为在中国这些发展亦未违背佛教之义理，故若依义理合理地发展，也必将发展为此种“形态”。即或如此，我们也不能不承认：在中国后期占主流的如来藏系统思想，从某些以印度佛教为典范的人士看，并非正统教义，此即所谓“大乘非佛说”。民国初年，支那内学院便执此观点。如今，“大乘非佛说”已少人坚持；但在印度，如来藏清净心系统乃旁支小流，却是不争之事实。

也就是说，天台宗或南宗禅论佛性、论净心，本来就是佛教中国化或具中国特色的部分。现在，许多先生却拿这个部分，倒过来说中国本来是讲“性三品”的等级制人性论，后来受了佛教影响，才转变谈普遍人性，认为柳宗元也是受其影响才讲心，韩愈表面上排佛，骨子里同样是“把佛教的心性学导入儒学”，且将“人皆有佛性”和“性三品”说糅合。如此论儒佛，真可谓颠倒见矣。

中国自孔子以来，就说普遍人性。孔子以“仁”为说，孟子以“性善”为说，荀子以“心”为说。孔子所指上智下愚不移，乃智力才性问题。汉人所谓“性三品”也者，即指此言。故才性虽分三品，天生而静之性，仍是天理，仍是普遍的人性。基于这种人性论，中国人强调“人皆可以为尧舜”，“涂之人皆可为禹”。汉传佛教自竺道生以后所说“人皆可以成佛”，正是符合了这个传统。谈儒佛关系，不能扭曲这些基本认识，刻意讲儒学是受佛教影响才说“人皆可以为尧舜”的。

也因为在中国讲佛性论原本就是受到儒学的影响，或为适应中国社会而生，故佛教在中国说佛性，与在印度其实颇有不同。在印度佛教中，佛性主要是指真如、实相、法性，谓一切诸法均为佛性之显现，具有本体论的意涵；在中国，佛性则主要是指人的心性，天台、华严、禅宗俱是如此。而其所以如此，无疑与中国哲学传统有关，故不仅与小乘佛教否认众生皆有佛性不同，与大乘空宗依空无我得解脱不同，与大乘有宗五种种性说不同，也与般若学由实相说佛性不同，更与印度佛教所说之心不同。

这是在儒佛关系方面。若再就天台宗思想与柳宗元之间的关系说，则论者也不应只注意到天台宗讲佛性而已。

论者说柳宗元受后期天台宗与荆溪湛然讲无情有性说之影响，把这种观念与儒家的性善论调和起来。可是，无情有性恰好与性善论是冲突的。无情有性，是说草木瓦石等无情之物亦有佛性。性善说，则是说人之异于禽兽者，在于有仁心善性，这是不与禽兽共通之性，更不能推拓到无情草木瓦石上。柳宗元如何调和此矛盾？此为能调和之矛盾乎？柳宗元采用了荆溪湛然的无情有性说又有何证据？再者，天台宗之特点不在论人皆有佛性，而在说人性既具善，亦具恶。故元朝怀则《天台传佛心印记》说："诸宗既不知性具恶法，若论九界，唯云性起。纵有说云，圆家以性具为宗者，只知性具善也，不知性具恶故。"这才是天台与其他各宗不同之所在。可是柳宗元何尝有性具恶之思想？

谈唐代佛教与文学，乃至论唐代古文家（如梁肃、权德舆、柳宗元、韩愈、李翱等）之思想问题时，论者大体都是这样，胡掰一气，颠倒妄说。既不真懂佛教义理，也不清楚儒学肌理，即来大谈儒佛关系，说他们是阳儒阴释、调和儒释、把佛教心性论导入儒学等，令人见之哭笑不得。

三、文人的佛道关系

谈唐代佛教与文学，另一个会涉及的面向，就是文人的佛道关系。这里以白居易为例。

早先陈寅恪曾认为白居易"实与道教关系尤密"，"乐天之思想乃纯粹苦县之学，所谓禅学者，不过装饰门面之语"。(《元白诗笺证稿》）后来的研究则多反其说，努力论白居易与佛教之关系。这里举两倒来看。

（一）平野显照《唐代文学与佛教》。该书第一章即《白居易与唐代文学》。他认为：白居易对佛教确有真挚的求道热情，其认识也绝不肤浅，具有高度识见。其次，他透过对白居易所撰释教碑的注释，说："我们在释教碑上看到的有关禅的教理，与今天禅给我们的印象不同，是具有相当广义的融通性的东西。"意谓当时禅师"心行禅，身持律"，又有净土思想，非常融通，白居易也具此性格。

（二）罗联添先生《唐代文学论集》中《白居易与佛道关系重探》。此文把白居易生平分成六个阶段，考察他与佛道两教交往之经过及思想上的转变，并列出白氏作品有关佛道之编年对照表，结论是："陈寅恪之说不确，白居易思想言行实受禅学影响为多。"

平野显照完全不谈白居易与道教的关系，罗先生则强调他与佛教的关系比道教更密切，而两人又异口同声说白居易归心禅学。

两位先生都讲错了。兹先说白居易是不是信奉禅宗。

平野自己注释过的白居易释教碑中有《唐抚州景云寺故律大德上弘和尚石塔碑铭并序》，明明讲庐山东林寺僧来请序，而此亡僧乃奉律宗，阐南山宗，说四分律，入灭于东林寺。《唐江州兴果寺律大德凑公塔碣铭并序》也明言兴果为律师，"志在《首楞严经》，行在《四分毗尼藏》"。只有《如信大师功德幢记》说如信"禅与律交修，定与慧相养"。此外，《华严经社石记》载杭州沙门南操等结社，则是华严社也。《修香山寺记》，该寺则为净土。唯一论及"讨论心要，振起禅风”者仅有《沃洲山禅院记》一篇。如此怎能说白居易与佛教交往最多或与其思想最接近的是禅呢?

白居易与华严、律、净土各宗均有来往，既亲近南宗禅，也不废北宗禅，常持《楞伽经》(如《晚春登大云寺南楼赠常禅师》云“求师治此病，唯劝读《楞伽》”)，南宗禅并不特别为其思想之重心。我们很难说他就是受禅宗或南禅影响最大。

平野未必不知此理，但是为了说白居易信禅宗，竟说当时禅宗非常融通，所以禅家也可以融通律与净土等宗。这是曲说。禅宗可兼净土宗、可兼律宗，是一回事；与白居易来往的许多乃是华严宗、律宗之人而非禅宗，是另一回事；白居易是否曾想或实际上用禅去汇通律宗、华严宗、净土宗等，又是一回事。论思想史不能如此乱扯一气。

有人另出一解，谓：“白居易在教理上有一种统一论的倾向。虽然他接触最多的是南宗禅，但也不排斥北宗禅，以至华严、楞伽、净土、律宗都有参悟。”这仍然坐实白居易为南宗禅。且不说南宗禅会通（甚至统一）其他，甚为困难，南宗禅与北宗禅又如何统一?统一或融通的基础又是什么?白居易又是如何融通的?

依我看，佛教各宗之不同，是佛陀再世也融通不了的。白居易之依违来往于各宗之间，正显示了他对宗派之分不甚了了，对佛理亦无深究。

不但如此，要更进一步说明的是：白居易对佛理的掌握，也不是南宗禅。如元和六年作《自觉二首》云“我闻浮屠教，中有解脱门。置心为止水，视身如浮云”；元和九年《渭村退居寄礼部崔侍郎翰林钱舍人诗一百韵》说“息乱归禅定，存神入坐亡”；宝历二年《感悟妄缘题如上人壁》云“有营非了义，无著是真宗”；太和九年《因梦有悟》云“我粗知此理，闻于竺乾师。识行妄分别，智隐迷是非。若转识为智，菩提其庶几”……这些诗，哪一点可证明他是南宗禅？更不用说他以读经持斋为修行了。

论者于佛理禅法懵无所知，但见白居易自己说“近岁将心地，回向南宗禅”（《赠杓直》），就以此判断其宗派归属。殊不知白居易虽自认为他归向南宗禅，可是其所得，仅在“外顺世间法，内脱区中缘”而已。其禅亦仅为禅定息乱而已，此岂足以语南宗禅乎？何况诗多因机应缘而作，逢禅客即说禅，见律师则说律。此处自称“回向南宗禅”，以之作为论证其思想的证据，效力不会高于同年所作《读〈庄子〉》（“为寻庄子知归处，认得无何是本乡。”），不足以定其平生祈向。而纵使此时倾向南宗禅，长庆以后也以持斋受戒、“寻诣普济寺宗律师所”为事，怎能说他就只是信奉南宗禅？

白居易不唯无固定宗派信仰，对佛理之认识亦无统绪，颇为随意，颇为肤浅。这点，古人亦已指出，如宋阮阅《诗话总龟后集》卷四五即引《西清诗话》曰：“世称白乐天学佛，得佛光如满时趣，观其‘吾学空门不学仙，归即须归兜率天'之句，则岂解脱语耶？"

罗联添先生却没注意到这些。他不知白居易诗中虽写到不少禅学者，可并不都是禅宗，如《正月十五夜东林寺学禅，偶怀蓝田杨六主簿，因呈智禅师》："新年三五东林夕……松房是我坐禅时。"东林乃是律宗寺院，在其中坐禅的不是禅宗中人。

南宗禅亦不以坐禅为主。早期禅法均强调坐禅，如道信《入道安心要方便法门》就以坐禅为入门，弘忍《修心要论》也说："端坐正身，闭目合口，心前平视，随意近远，作一日想，守之，念念不住。"惠能则不然，他一方面把坐禅解释为"外于一切境界上，念不去为坐，见本性不乱为禅"，另一方面说"一行三昧者，于一切时中行住坐卧，常行直心"，谓禅悟不是靠坐出来的，行住坐卧也都是禅。此僧松房兀坐，即非南宗禅趣。

又如《晚春登大云寺南楼，赠常禅师》云："求师治此病，唯劝读《楞伽》。"《楞伽经》是达摩至五祖所宗法的。南北分宗后，北宗仍奉此经，南宗则以《金刚经》为主。故此处所称之禅师必非南宗禅。凡此等等，罗先生都无检别。更糟的是他花了极大气力，去说明白居易生平与佛道两教之关系，想得出"白居易思想言行实受禅学影响为多"的结论。可是，交游考这类做法，在讨论思想问题时，作用实在不大。一个人，尽可能与僧徒来往频繁，而于教理无多契会。大部分的信教者就多是如此。吃斋、念佛、奉经、拜忏、坐禅，可是脑子里的可能仍是功名利禄，可能仍是孔孟老庄。故对思想之分析，须有思想解析能力。

白居易与佛教关系当然密切，但所得其实只是庄子义。请看这几句诗：（一）“近岁将心地，回向南宗禅。外顺世间法，内脱区中缘”（《赠杓直》）；（二）“身着居士衣，手把南华篇。终来此山住，永谢区中缘”（《游悟真寺诗》）。这几句诗，理境可说完全一样。《游悟真寺诗》所领悟的，却是庄子意趣，正可以代表白居易所谓佛学思想为何。他屡作此等语，把庄子与禅并举，如“息乱归禅定，存神入坐亡”“大抵宗庄叟，私心事竺乾”等都是。可见他是以庄子义来把握佛教，或由佛教中获得一种近乎庄学的体悟，如“是非都付梦，语默不妨禅”“唯有无生三昧观，荣枯一照两成空”之类，均甚明显。

由这个角度看，陈寅恪说“乐天之思想乃纯粹苦县之学，所谓禅学者，不过装饰门面之语”，确是有道理的。论者每见白居易会昌二年《答客说》诗有“吾学空门不学仙，恐君此说是虚传。海山不是吾归处，归即应归兜率天”诸语，即以为足资证明居易晚年已由道入佛。他们未考虑到此二诗系针对海客奇遇，见海上仙山，中有一乐天院，云待居易来住，故作此㧑谦语，是不能举以论证其思想归趣的。且主观归依之意愿与思想造诣也是两回事，不可混为一谈。

罗先生对此均不注意。甚且白居易明明说“大抵宗庄叟，私心事竺乾”，他竟据以云：“知白居易实已偏向佛教。”

如此论佛道关系，焉能中窍？更不要说他对道教并无理解了。其文解释道教丹法，谓姹女为汞，黄牙为铅华，引彭晓《周易参同契通真义》“河上姹女者，真汞也”为证。不知真汞非汞，黄牙非铅也。谈佛道关系，不懂道教，又怎么能谈呢？

四、有待健全的论域

论唐代文学与佛教，素多野狐禅。大部分的论者都缺乏“多闻阙疑”的精神，对佛教教史教义欠缺基本常识，便冒冒失失高谈阔论起来，更不用说对道教不识之无了。

这个论域中错误特别多，知识贫乏为一大原因。而更糟的是常不自觉自己不懂，反而欺侮读者反正也不懂，堂而皇之地大卖野人头。

二是缺乏思想解析能力。大部分论者所运用的，仍是排比文献，考证作时作地、交游状况的办法。方法陈旧，又无概念解析及理论构造之本领，对思想问题含糊懵懂处理之，或根本未处理。

三是偏好禅宗。什么都扯到禅宗，尤其是南宗禅。而其实缺乏判别能力，对唐代佛教各宗分布状况普遍不甚留意。

四是讨论唐代文人与佛教关系时，更严重的问题是论者只从唐代诗人中挑一些人出来谈，借着这些例子，让读者得到一个“唐代文人几乎都奉佛，或都与僧人来往，或与佛教关系密切”的印象。实情当然并不如此。因为挑出来的，大多只能称为特例，很难推及其他。像与王维同时之名诗人高适，除了有三首与友人同登寺塔的风景诗之外，几乎跟佛教毫无关系。初唐四杰中，王勃家世奉道，其叔王绩亦只学仙、游仙，而完全没有与佛教有关之行迹及诗作；杨炯亦只有一首《和旻上人伤果禅师》而已；卢照邻与杨相同，而那仅有的一首《赤谷安禅师塔》说“高谈十二部，细核五千文。……且当事芝术，从吾所好云”，竟是说以求仙长生而非以无生寂灭为归向的；骆宾王同样只有一篇与僧人酬唱者，余仍与奉道者周旋为多。其他如上官仪、杜审言等，大抵均是如此。

本文不便一一数下去，但论者倘不持着放大镜去看文人与唐诗的关系，好好把《全唐诗》清理一遍，就会发现大部分文人是与佛教无大关联的。偶或寻寺访僧，迹近游赏，若论信仰或对佛教之理解，则难一例相量。如张九龄《祠紫盖山经玉泉寺》说“灵异若有对，神仙真可寻”，分明讲的就是他对道教的信念。这一类诗人或诗作，讨论时就须极为小心。而佛教之外的道教信仰问题，便也不是可以忽视的。

论者持放大镜看唐代诗人与佛教的关系，而无视其道教渊源的例子太多了。王维就是其中之一。

王维不仅奉佛，也有深厚的道教渊源。《海录碎事》便载：“唐司马承祯，与陈子昂、卢藏用、宋之问、王适、毕构、李白、孟浩然、王维、贺知章，为仙宗十友。”不论此是否为事实，王维好仙或好与仙道人士亲近，殆为当日社会上对他之一种认知。考王维《座上走笔赠薛璩慕容损》有云，“君徒视人文，吾固和天倪。缅然万物始，及与群物齐”，可见王维所关心者在于超越界的问题。同时也因这种关怀，令他亲近佛道，着意探索天道与性命，与僧道之交往均甚多。《过太乙观贾生房》说“昔余栖遁日，之子烟霞邻。共携松叶酒，俱篸竹皮巾。攀林遍云洞，采药无冬春”，讲的就是与修道者相游处，并采药炼丹的事。还有《赠东岳焦炼师》《赠焦道士》《送王尊师归蜀中拜扫》《送方尊师归嵩山》《赠李颀》《送张道士归山》等，皆属此类。诗语所述李颀、焦道士等乃其同辈修道人士，王尊师、方尊师则为道长，均是炼丹的。所以《赠李颀》说：“闻君饵丹砂，甚有好颜色。”他自己也采药炼丹、学长生法。而且长生之学与佛教无生宗旨，在王维的信仰中也不发生冲突。《春日上方即事》说他自己“好读高僧传，时看辟谷方”，即可证明这一点。历来论王维者，均不注意他与道教的关联，故亦不谈他对佛道关系的处理，实在是只知一偏。

这样的论域，想要健全，实在有赖大家努力。

没人知道该拿才华与自由怎么办，我知道

一

文人才子常活在一种小资气氛中，晚明就是个先例。

陈继儒《太平清话》卷四曾形容当时社会：“至今吴俗，权豪家好聚三代铜器、唐宋玉窑器、书画，至有发掘古墓而求者。”社会变得富足时，阔人的一般吃喝玩乐消费，大家都容易有了。这时，便只有进行符号型消费才可显身份、摆阔气。买古董，藏文物，附庸风雅，乃大行其道矣。何况此类古玩还可保值升值，自然更让人趋之若鹜，收藏就蔚为时尚了。

此时便出现了一大批与书画、金石、古玩结合的文人，如文徵明父子、祝枝山、唐寅等。他们不但长于诗文，亦妙

擅书画，精于鉴别，一方面把文人趣味推广到社会上，一方面也接受世俗供养，成为附庸风雅者之“风雅教主”。

再者，文人游艺亦使各种杂艺渐得提升其地位，跻身风雅。以金石收藏来说，宋欧阳修《集古录》开其端，至明中晚期则大盛。其中石的部分，本来只是收集古刻石碑拓，这时就自己刻了。此即文人刻印。古代印章均由工匠以铜铸成，此时始流行文人自己在石头上刻。文徵明的儿子文彭最重要。其后，文人之亭台楼阁遂无不在印章上起造，于万历间已形成三派：三桥派、雪渔派、泗水派，领袖分别是文彭、何震、苏宣。而何、苏其实都是文的弟子或在师友之间。三派之外，还有许多文人如李流芳、王穉登、王穀祥等也喜欢刻。于是，雕虫篆刻遂从“壮夫不为”的工匠技艺，一转而成文人之业，下开清朝以迄现在的波澜壮阔之局。印人多是诗人、书家，又都能篆籀，亦影响到入清以后篆隶大兴、取法碑刻之风。

篆刻如此，绘画更是。文人画，唐宋已发其端，到嘉靖、万历，乃以变格而成主流。董其昌、莫是龙等倡为“南北分宗说”，谓李思训父子、赵幹以至马远、夏珪为北宗，着色山水；王维、张璪、荆浩、关仝、董源、巨然、米芾父子等为南宗，水墨渲染。前者是画家画，后者是文人画。画家这一行的人画的画，反被人瞧不起，认为画须有文人气才好，这就是文人势力宏大之证。

诸艺皆如此这般地趋于文学性。琴、棋、书、画、文玩、金石，皆成文人游艺，下及刻竹、制扇、造壶、煎茶、熏香、作酒、唱曲、建园林、斫家具，无不沾染文人气，须有文学品味。

二

文人阶层扩大，凡物皆沾文人气。这个时代的特征，又莫过于女子之文人化。

中国文学与西方不同，西方从前没有女作家，中国则作者本不限于男女。故汉有班昭、蔡琰；南北朝期间有鲍令晖等，《玉台新咏》可能也就是女性编的；唐则薛涛、鱼玄机，宋则李清照、朱淑贞等，其作亦皆脍炙人口。但整体上女性作家数量暴增，乃是嘉靖、万历以后的事，前后差别极大。女诗人、女词人不是络绎间出，而是群星忽然灿烂于天际。明亡殉国的王季重，其女儿王端淑所编《名媛诗纬》，光是词人就收录了五十六家。

这种盛况，由嘉万延续到清中叶，其后便花事渐歇了。因此，这并不只是女性受教育的多了就自然出现的景象，乃特殊的文学史事件，为时代之征。我们也不能仅研究个案，如贺双卿、徐灿、叶小鸾、柳如是等，而当知这是个女性群体自觉模仿文人名士的时代。除了贤妻、良母等人格目标外，让自己成为文人，是这个时期女性的集体理想之一。

故此时女性往往以成为才女自期。社会上看女性，亦辄喜其为才女。才女之大量涌现，遂为亘古所无。《平山冷燕》十四回云："女子眉目秀媚，固云美矣。若无才情发其精神，便不过是花耳、柳耳、莺耳、燕耳、珠耳、玉耳，纵为人宠爱，不过一时。……必也美而又有文人之才，则虽犹花柳，而花则名花，柳则异柳，……诗书之气、风雅之姿，固自在也。"可谓一时社会心理之宣言。才子佳人小说大盛于明清之际，正由于此。

才子佳人之佳人，并不只是美人。美人以貌为主，佳人则需有文才。文人对此等女子，亦视为斯文同类，有声气之感。如徐渭《女状元》杂剧，为其《四声猿》之一，后来什么《四婵娟》《酬红记》等均衍其绪。

三

女子有才，为人所赏既如此，男子当然更是如此了。《云仙笑》第一回就说："天下最易动人钦服的是那才子二字。"人之最高者，曰才子；书之最佳者，曰才子书（后来金圣叹称《庄子》《离骚》《史记》、杜甫律诗、《水浒传》《西厢记》为"六才子书"即是如此）。

在这样一个强调"才"的时代，文学最主要的也就是"才"。李维桢云"顷日二三大家，王元美、李于田、胡元瑞、袁中郎诸君以为有一代之才即有一代之诗”（《宋元诗序》），谓每个时代的文学都是“才”的表现。茅一相《题词评〈曲藻〉后》说“一代之兴，必生妙才；一代之才，必有绝艺”，亦是此意。

这样强调，看来就渐与前后七子重视格调不同了。

过去，主张作诗应学唐的，大抵不太就诗人之才性说，而是悬高格以为鹄的。但另一种思路却不如此，认为整个文学创作都该表现才气。

公安人袁宗道伯修、袁宏道中郎、袁中道小修，并称“公安三袁”，又与其友人江盈科、陶望龄等合称为公安派。此派在近代文学史述中便是以“独抒性灵，不拘格套”、反对复古派著称的，乃万历中著名的慧业才人典型。

才人不受法缚，故袁中郎说“唐人妙处，正在无法耳”，“代有升降，而法不相沿，各极其变，各穷其趣，所以可贵……不效颦于汉魏，不学步于盛唐，任性而发”。

于是这个反复古、反格套、反法缚的公安派，便在近人所著文学史中被大书特书，视为晚明不同于明中叶的铁证；然后牵连于晚明王学、资本主义萌芽、童心说、情欲解放等，胡扯一通。

其实万历乃嘉靖之发展而非变革，公安之说在整个时代中亦只为一支流。主流仍是复古，公安不足以颠覆之。何况公安又何尝颠覆之？

袁中郎少年时期受禅家破执重悟之说影响，确曾主张过诗文应任性而发，但才性生命很快就因修持渐深而有了转变。万历廿七年左右，即觉“向者所见，偏重悟理，而尽废修持，遗弃伦物，偭背绳墨，纵放习气，亦是膏肓之病……遂一矫而主修”。主学、主修以后，他便强调应读古人书：“近日始学读书，尽心观欧九、老苏、曾子固、陈同甫、陆务观诸公文集。每读一篇，心悸口呿，自以为未尝识字。”他与后七子不同处，只在后七子主学唐，而他认为还该学宋人，并非反法唐、反复古。因此，他说宋人也是法唐的：“有宋欧苏辈出，大变晚习，于物无所不收，于法无所不有……今之人徒见宋之不法唐，而不知宋因唐而有法者也。”

历来研究晚明文学的人，只晓得公安一派反对复古，不知公安反对七子之复古，跟他自己主张复古本不矛盾。五四运动以来，讲文学史者大多不甚懂文学，亦无思想能力，故一见江盈科等人之批评七子复古，即谓他们反对复古。殊不知正因要复古，所以对七子派之复古瞧不顺眼，认为像他们那样子复古，并不真能复古。

复古论者彼此均言复古，然所欲复之古不同。事实上就是彼此脑海中对于理想诗歌之美感模型，各有不同的抉择与认定。前后七子心目中的美典，是盛唐；公安派这些人心目中的美典，其实是中晚唐（现在才子文人心目中的美典，则主要是西方的某某）。因此，他们提倡的乃是一种清浅晓畅的风格，如“立当青草人先见，行傍白莲鱼未知”“乍过烟坞犹回首，只渡寒塘亦共飞”之类，不追求盛唐浑厚气象。

正因所欣赏向往之诗境如此，所以才反对七子派主张“诗必盛唐”，谓诗应用眼前语写当前之事，批评七子之用古语，讥笑他们“千言万语，不过将旌旗、宫殿、柳拂、花迎、金阙、玉阶、晚钟、仙仗左翻右覆”。却没想到七子这种运用古代语词，以达成“陌生化”的美感效果，也同样可以有效制造出距离感，形成另一种趣味。而诗之风格，当然也未必就非要畅协于众耳众目不可。

因此，与其说他们有什么道理，毋宁说出自于一种审美偏执。

袁氏兄弟心目中的美感典范是白居易、欧阳修、苏东坡。宗道《白苏斋类集》以白苏名斋，态度甚为显然。他们兄弟对七子不满处，多在七子之贬宋也。故袁中郎说：“弟才虽绵薄，至于扫时诗之陋习，为末季之先驱，辨欧、韩之极冤，捣钝贼之巢穴，自我而前，未见有先发者，亦弟得意事也。”七子主张学唐，他们喜欢苏轼，这不同样是学古吗？

袁宗道《刻文章辨体序》即痛骂当时破弃文体规矩法度者：“古人体裁，一切弁髦，而不知破规非圆，削矩非方。即令沉思出寰宇之外，酝酿在象数之先，终属师心，愈远本色矣。”什么是本色？本色不是性灵本心，而是文体法度。创作者应该“修古人之体，而务自发其精神”，也就是：（一）学古人之体，掌握文体规矩；（二）学古人不能拘形似、泥皮相，要能得其意；（三）要学古人之体而自发其精神，显示自己的才性。也就是，个人才性是通过法度、学古才能彰显的。

文人才子大盛的时代，因此仍是法古的。对复古的熟悉与热爱，正是才子与一般人不同之处，足以显见其才。

四

由这方面看，万历中与嘉靖即无大不同，只是学魏晋名士、宋代文人以显其才情的才子才女更多些罢了。上焉者学古，下焉者以古为把玩。真正的不同，不在学不学古这儿，而在那原先分裂的道学和文人关系渐趋合会了。

像“公安三袁”，我们现在均以其为文人，但实际上中郎“死生情切”，迫切想处理的乃是生命的问题。文字只是他在修证过程中的一些记录，文章好不好本不措意。就是要令文章好，也不认为关键是在技巧上，而是在生命质量上。他非常亲近的友人黄平倩曾自述“予少时溺于文人习气，欲以风雅命世，后渐有游仙之兴。自官于京师，得闻性命之学，然终旁皇于长生无生之间而未有定也。丁酉入都，得遇君家兄弟，力为我拔去贪着浊命之根，始以清泰之乐引我，既又得闻向上大事”，足证袁氏兄弟所重在于性命之学且兼会三教（这跟我们现在也是类似的，文人都要讲情怀。诗之外，他们一定还要说远方，还常要修密、习禅、学道、学佛、讲神秘体验……）。

近百年之文学史述，一谈到晚明文人，就只知他们游山、玩水、看花、钓鱼、品茗、谈女人的小品文，潇洒显才子之气的那一面，甚且说他们反传统、反道学，能打破七子复古之局，又能独抒性灵，讲自己的话，不再模仿圣人，代圣立言。实则哪里是这样的呢？三袁自己就是学道之人，批评别人假道学，旨在强调我才是真道学，他们对八股文更是大加赞赏的。

这种讲性命之学的文人形态，过去文学史偶或触及于此，却均归入王学、王学末流、狂禅风气等等。不晓得中郎反对禅，也反对泰州王学。他论佛教，重净土，重戒律，论王学则说："阳明之学，一传而为心斋，再传而为波石，三传而为文肃，谓之淮南派。……其敝至为气魄所累。语云：'字经三写，乌焉成马。'"

三袁，只是当时文与道渐合之代表。这种合，是时代之趋向。在趋向中，当然不是所有人都有同样的造诣和表现。貌似修道人，淡泊名利、脱屣轩冕的人很多，形成了一种特殊的山人现象。可其中就有不少只是借此以为标榜的。本文开头提到的陈继儒，号眉公，即是晚明有名的山人；但就有人讥讽他"飞来飞去宰相家"，可为一例。话虽如此，山人之多，岂不表示当时文人颇以修道者自熹乎？

早先讲道学的文人，主要表现于时文八股，后来除时文外，还兴起一类新文体——清言。

清言之清，上附魏晋清谈，如王宇《清纪序》云：“近日清话，如娑罗园一帙，语多感愤，人共快谈……汉之清议，晋之清谈，徒自及也……”屠隆《娑罗馆清言》、吴从先《小窗清纪》、董斯张《朝玄阁杂语》、陈继儒《太平清话》、周婴《卮林》、洪应明《菜根谭》等都是这类书。其内容或札记心得，或甄录谈资，或纪述谈论，性质确实接近魏晋清谈，但写法并不相同，乃是语录体的格言化、谚语化、文学化。

郭绍虞就曾指出，假若道学家语录体是言之不文者，那么这种清言小品便是言之文者。我们看道学家语录可能会感到沉闷，读此小品却只觉其丝丝动人、玲珑透彻。如“风花之潇洒，雪月之空清，唯静者为之主；水木之荣枯，竹石之消长，独闲者操其权”，“狐眠败砌，兔走荒台，尽是当年歌舞之地；露冷黄花，烟迷衰草，悉属旧时争战之场。盛衰何常？强弱安在？念此令人心灰”（《菜根谭》）等，内容融合佛老，讲人生之体悟，文笔则空灵淡泊，具文学感性之美。当时人称此为“丽词醒语”，即指它合文采与道学为一。

作此人生清醒语，未必是他们本身真已有此修养，大多数只是在作文。犹如写八股时文，代圣立言，是假装自己就是圣人在说话，清言之清也是如此。隔岸观火，故对人生可观赏品玩之，可冷语冷眼言说之，显示一种“隔”的美感；以谈说谐辩显才华，故又可横说竖说，“间或悖教拂经，不可以训，然其旨归皆足为哄堂胡卢之助。……迂散闲旷、幽忧抑郁之夫，取而读焉，亦自不觉其眉之伸、颐之解”，展现才辩之趣。

相对于那时阔人之玩古董，此时文人多可谓为玩深沉。清语、醒语、丽语、见道语，层见叠出，可是思想既不深刻，文学上也浅易奇僻并见，正缘于此。

文人才子，在历史上曾是社会主体，晚明尤甚。其生活自有逻辑，行为自成一格。明其本相，不惑于其幻设，才能了解他们，并进而了解他们的社会。

试把所无凭理说

清朝博学的代表是纪昀。乾隆所开的四库全书馆即以他为总纂官，民间对纪的兴趣也远高于其他学者，以至于后来纪氏竟成了个“箭垛式”的人物，东方朔一类人，博学机智的故事全都归到了他名下，什么铁齿铜牙啦，大烟袋啦，流传至今。可是大家想想：为何总纂《四库全书》的纪晓岚，并无什么经史考证大著作，平生著述只是谈狐说鬼的《阅微草堂笔记》呢？《阅微草堂笔记》中记载戴震、钱大昕、余萧客、邵晋涵、朱彝尊等人谈狐、说鬼、玩扶乩甚或遇鬼的事甚多。可见这些经学家并不是实事求是、具有科学方法及理性精神的，反而很喜欢猎奇述异、谈狐说鬼。当时除了《阅微草堂笔记》之外，还有袁枚《新齐谐》，以及《秋坪新语》《夜谭随录》《夜灯丛录》等一大批书。袁为纪之同时前辈，二书著作之年当亦同，故彼此颇有互文之现象。

他们的写法，态度上与经史考据一样，讲究“无征不信”“多闻阙疑”“信以传信，疑以传疑”。在讲故事之际，不但要交代每则故事之来历，提供可证验的线索，更常用这些故事诂经证史。

像纪昀的学问，主要即表现于此。如《阅微草堂笔记》卷九引某君言“秦人不死，信苻生之受诬；蜀老犹存，知葛亮之多枉”，然后自注云：“四语乃刘知幾《史通》之文。苻生事见《洛阳伽蓝记》，葛亮事见《魏书·毛修之传》。浦二田注《史通》以为未详，盖偶失考。”卷十二又云：“世传推命始于李虚中，其法用年月日而不用时，盖据昌黎所作虚中墓志也。其书《宋史·艺文志》著录，今已久佚，惟《永乐大典》载虚中《命书》三卷，尚为完帙。所说实兼论八字，非不用时。……余撰《四库全书总目》，亦谓虚中推命不用时，尚沿旧说，今附著于此，以志余过。”

这类论析遍及全书，不但撰述态度与他修《四库全书总目》相同，许多地方甚至是对《总目》的修订或补充。袁枚也一样。如《新齐谐》卷一“蒲州盐枭”条，说蒲州盐池为蚩尤所据，幸赖张飞显灵，才能制住，并制其妻，妻名枭，所以结论是说：“始悟今所称盐枭，实始于此。”

如此述事，其风格乃是认真地说荒唐话。讲起来煞有介事，引经据典，还有人证物证，可是说的却是鬼狐仙怪，满纸荒唐言。

如果说他的写作态度是实证的，这些鬼狐仙怪是否也就真实可信了呢？这是一个大疑难。由写作策略上说，纪昀、袁枚无疑是希望如此的。他们绝不会像唐人传奇，把里面人物取名为元无有、成自虚，或如古人称乌有先生、无是公那般，点明了故事乃是杜撰。他们的一切叙述，都要令人看起来就是真实可信的“真事”，虽其中有些可解，有些费猜，但基本上貌似都是真的。

对于这些“真事”，我们该怎么看便成一大难题。信其为真吗？明明是满纸荒唐言。不信吗？人家有凭有据，亲身涉历，我等焉能遽云皆无其事？

幸而这并不会成为真正的困局。为什么？我们知道：袁枚和纪晓岚一样，本是文人。文人就可能不完全徵实，如考据学家一般。徵实的态度，或许恰是文人故弄狡狯的写作策略。

何以见得呢？袁书续集卷五“麒麟喊冤”条云：吴人邱生从事考证，奉郑康成为圣人，游学于蜀，被虎衔去，掷于深谷。进一石洞，逢一神人，纵谈六经与经疏事。神人先是说古只有《诗》《书》《礼》《易》等，不称为经。又说注疏穿凿附会，上干帝怒，谶纬乃妖言，郑玄注也颇荒谬：“天子冕旒用玉二百八十八片，天子之头几乎压死。夏祭地示，必服大裘，天子之身几乎暍死。只许每日一食，须劝再食，天子之腹几乎饿死。”整篇三四千字，从汉儒骂到宋儒，再骂八股，骂诗文，洋洋洒洒。

这类故事之所以只是假托寓言，证据就在袁枚自己的文集里。试检其文集，便知诸夫人对郑玄的指责、麒麟对郑玄的抱怨，其实都是袁枚自己的经学主张。在《新齐谐》中，他只不过换了个方式来说罢了。

在这些故事中，徵实乃是写作上的一种技巧、策略。换言之，故事看来是真的，事件可不见得就真。此等狡狯，不懂文学的人可能要为之怪诧，可是在文学中实在再正常不过了。李商隐诗早已说过："楚雨含情皆有托。"巫山云雨，登徒子好色，无非寓言，羌无实迹。即如李商隐自己的《锦瑟》《无题》，李氏自己也说："南国妖姬，丛台妙妓，虽有涉于篇什，实不接于风流。"

纪昀书卷九，记蒋心余讲了一个人半夜遇鬼的故事。纪昀去查证，"问其乡人，曰：'实有其人，亦实有其事；然仅旁皇竟夜，一无所见耳。其语则心余所点缀也。'心余性好诙谐，理或然欤"。这似乎也表明了那些事也可能只是文人讲来好玩的故事。

当时这些学者好异尚奇，乃至扶乩、礼斗、符咒、见怪、信鬼、讲定命的记载，恰好让我们看清了乾嘉考据学风流行的那个时代到底是个什么样。我们不能说他们治经史考证、有理性精神、敢于疑古、具实事求是之态度是假的，但起码这些均是与他们也相信鬼狐仙怪是同时并存的。一方面端严正经地讲经学，谈圣贤大道理，一方面也同时奉佛老、谈因果、讲鬼狐、说异闻。

必须是在这样的环境中，《阅微草堂笔记》《新齐谐》这样的书才能堂皇书写，完全不忤时会。稍早《聊斋志异》之流行，亦拜此风气之赐，其他时代便不易有此大规模谈狐说鬼之现象。纵或有之，例如洪迈写《夷坚志》时的南宋，讲鬼怪故事的人和讲圣贤学问的学者就是分裂的两个群体，不像乾嘉时期，完全浃合为一。

因此，一个具实证主义科学精神的乾嘉时期，乃是由现代意识制造出来的。还原到当时人真实的生活世界中去，恐非实况，或只是半面金刚。它的另一面，则是谈狐说鬼的。需要两者拼合且予以有机地、动态地看，才可以了解那个时代。

但许多时代都是理性与宗教并存，可是时代不同，其并存之意义也就不同。像苏格拉底认为“神谕要他借询问别人来考察自己”，他感受到了神的召唤，要他在人间履行神圣的职责。在他看来，通过积累知识来实现美德乃是一种发自人性内部的宗教要求。清朝纪昀、袁枚这些人自然不会如此认为。那么，他们讲鬼狐、说阴骘、谈果报、述奇迹，所为何来？

我们若考察清代《弟子规》《增广昔时贤文》等启蒙书，便可发现它们呈现出一种世俗儒家伦理。那里既有对子弟要求其克制、节约、勤勉、惜时、孝悌之类的劝诫，亦充满了劝善的言论。而教人行善的方式，就是把它跟报应联系起来。同时，命定思想也极普遍，如“命里有时终须有，命里无时莫强求”“万事不由人计较，一身都是命安排”（《增广昔时贤文》），“百年还在命，半点不由人”（《名贤集》），“寿夭莫非命，穷通各有时”（《神童诗》）。好人好报及命定，则又往往表现在功利与成就上。

世俗化的儒家，其实由来已久，汉代王充就是代表。他喜欢谈定命、论穷通，以功利成就为命运好恶之征。不过，那时还没有佛教思想。唐代各种启蒙书才开始以果报来联系穷通善恶。宋代的《三字经》《阴骘文》《太上感应篇》，更是以果报劝善，以定命劝世，以富贵寿考耸动人。整个世俗化儒家的教化系统及形态，大抵即定于此时。

明清之善书、蒙书，在细节及技术上略有变化，例如明末的《功过格》，但思想并未超越或突破此一格局。而由明清间广泛流行的这些著作，却恰好可以让我们体会到《新齐谐》《阅微草堂笔记》一类书的写作语境。比如当时惠栋以经学大师的身份去注解《太上感应篇》，他的自我意识就并不是精英式的知识分子意识，而是秉持与一般老百姓共同的伦理态度。袁枚、纪晓岚在书中大谈鬼神狐怪、因果报应，道理也是如此。

不过，袁氏、纪氏较有趣之处在于：把过去那些劝诫性的伦理说词全部改造为故事，用故事呈现因果报应、富贵命定等思想，只在文章某些部分才会跳出来发议论，正面说理。

这当然不是创举，自刘义庆《幽明录》以来就有无数例证。但他们书中所记载的，既有市井人士，也多缙绅士大夫与官僚。于是，其所显示的意义就是，当时精英士大夫阶层非但与市民共同拥有一个伦理世界，甚且他们是这套伦理观的主要推动者，自觉担负着推广它的责任。因而士大夫既信之，又传述之，形态上很像是传教士。所写的那些书遂都像是善书，被认为可发挥“教化”之功。

这套伦理观，既在哲学上十分混乱，儒道佛混杂一通，也不深刻，如定命观之类，多经不起哲学理论之推敲。而且，劝善惩恶，托迹于鬼神，竟是神道设教而先把自己给哄住了，使得一时之间士大夫扶乩说鬼、好奇尚异大成风气。

然而亦正因为如此，它才是真正世俗的。士大夫与世俗社会人没什么“大传统”“小传统”之分，同享一个传统，亦即以儒家为基底的三教混合形态。因果报应显现于富贵穷通上，以功利成就为命运好恶之征。大家都“泯然众人矣”！

所谓经学考据，只是这些士大夫作为知识人的一种专业知识，与诗人谈诗之格律，词人考词之调谱相似。凡是专业知识，都只是一偏的技艺，且辄与身心价值取向无甚关系。当时士大夫在整体生活及伦理价值上，既不能经世，改造政局，又不可能归向宋明理学。于是，趋于世俗儒家伦理便成了十分自然的事。这样的事，现在还存在吗？嘿，你只要把士大夫、经学家、考证学家等词语换成现今的学者群，就可明白了！

学者们的专业知识及本领，看起来颇有科学化、理性化之架式，可是这种技术只是用来混饭吃的。其心理、精神状态、伦理态度实与市井小民无异，想的也是富贵名利等世俗成就。既不能经世，改造政局，又不可能归向宋明理学，故其想要养心修身时，只能依附世俗儒家伦理。

只不过，现在用来宣扬这套伦理观的，已经不是鬼狐仙怪，甚至不是文学（因为不会写了）。有些用《弟子规》《三字经》；有些讲“女德”；有些用佛教或道教的法会、禅坐、修行、劝善书；有些编段子，讲鸡汤；有些讲量子、场、超科学、外星人、平行空间、占星术、成功学、厚黑学、灵学罢了。啊，我没有任何讥讽的意思。学者在机械的研究论文和评估体系中折磨自己太苦了，正在用一种极端的方式进行自我疗愈呢！

文人的立场，世界的膝盖

文人，代表我国传统社会特有的流品、阶层和文化。西方也多有舞文弄墨的人，但没这一阶层群体。他们以其能文，高居四民之首。其才艺可令神、鬼、狐、妓均生歆羡，固然是其荣耀之处，但若考试终究考不上，荣耀就会慢慢变成耻辱，然后再导致饥寒。这就是文人为什么把科考看得如此严重的缘故。

唐代科举初兴，取士甚少，宋代就大幅增加了。到了明清，普天之下，读过书的，都想参加科举，考得功名。这个阶层，人数自然又大大膨胀了。竞争太过激烈，拥挤的空间遂制造出畸形的精神人格。

一、文人的处境及其与商人阶层的互动互融

大家都说蒲松龄善于写狐、写鬼，其实他写得最好的是参加科举的文人。因为他自己就考了几十年，没什么收获。所以他描述文人这种精神扭曲之病，既是嘲人，也是嘲己：

> 秀才入闱，有七似焉：初入时，白足提篮，似丐。唱名时，官呵隶骂，似囚。其归号舍也，孔孔伸头，房房露脚，似秋末之冷蜂。其出场也，神情惝怳，天地异色，似出笼之病鸟。迨望报也，草木皆惊，梦想亦幻。时作一得志想，则倾刻而楼阁俱成；作一失志想，则瞬息而骸骨已朽。此际行坐难安，则似被絷之猱。忽然而飞骑传人，报条无我，此时神色猝变，嗒然若死，则似饵毒之蝇，弄之亦不觉也。初失志，心灰意败，大骂司衡无目，笔墨无灵，势必举案头物而尽炬之；炬之不已，而碎踏之；踏之不已，而投之浊流。从此披发入山，面向石壁，再有以“且夫”“尝谓”之文进我者，定当操戈逐之。无何，日渐远，气渐平，技又渐痒，遂似破卵之鸠，只得衔木营巢，从新另抱矣。如此情况，当局者痛哭欲死，而自旁观者视之，其可笑孰甚焉。（《聊斋志异·王子安》）

一旦考上，得意了，便从此拾青紫，飞黄腾达；若落榜、

失意，那就惨了。家道倘若素封，尚可继续攻读，准备再考。若无赀货，便须觅个工作糊口。而文人能做什么呢？境遇好些，可谋到个教小孩子的教席；境遇差的，就只好替人抄抄写写；再差些，则竟可能沦为饿殍。黄仲则诗所谓“全家都在风声里，九月衣裳未剪裁”，洵实录也。挨不下去，绝望了，便“业儒未成，去而为吏”，去谋个小公务员当当。

此外，更多的是去经商。《聊斋志异》的《白秋练》云：“直隶有慕生，小字蟾宫，商人慕小寰之子。聪惠喜读，年十六，翁以文业迂，使去而学贾。”《罗刹海市》云：“马骥，字龙媒，贾人子。……十四岁，入郡庠，即知名。父衰老，罢贾而居，谓生曰：‘数卷书，饥不可煮，寒不可衣，吾儿可仍继父贾。’马由是稍稍权子母。”《纫针》云：“王心斋，亦宦裔也。家中落，无衣食业，浼中保贷富室黄氏金，作贾。”

以上讲的都是弃文从商，另一种是业儒不成而改行学贾。其次为无才华，不能文，遂去业贾者。还有则是已贫穷了，更难学文。此外，另有商人家庭早已看出文事不足恃，早早就教小孩去学商的。学商之原因不一，然其弃文事而业商贾，均为不得已之举，亦皆因当时文人之处境不良所致。清乾嘉时期，写《浮生六记》的沈三白也就是在这样的处境中，文战不捷，出而游幕，为某某官员司笔札；又遭裁员，乃转而跟他姑丈去做生意，酿酒卖；不料又碰上台湾林爽文事变，海道阻隔，亏蚀了老本，弄得贫病交迫。故《聊斋志异》所描绘的，是当时文人普遍的困境，也是文人阶层与商人阶层逐渐在这个情境中发展出较紧密的关系的原因。

或曰：士农工商，业儒不成，为何不业农、业工而竟业商？农工的传统位阶虽高，实质上却较清苦。文人转业，本为脱贫，自然以趋商为主要选择，否则便入山隐遁去了，何必再去计晴雨于陇亩呢？况且，农劳辛苦，工匠需要技术，也非文人所易为。商人在这个时代，又已经是最接近文人的阶层，文人业儒不成而从商才会如此普遍。

清史研究者，很早便注意到社会阶层与社会流动的问题。如 1962 年何炳棣《明清社会史论》即指出，官民之界限并非不可逾越，四民之间，分际亦不如字面清楚，颇有交集与流动。1984 年来新夏《清代前期的商人和社会风尚》也指出，商人还可以再分成若干类型：垄断性商人、大商人、一般铺户商人、小商贩。除了小商贩外，其他商人之地位均较从前提高了，且表现出官僚、士子与商人相互结合的现象，社会上对商人的看法也反映了商人地位变化这个现象。这些研究对解释《聊斋志异》中为何有那么多商人，蒲松龄为何那么了解商贾之事，为何对业商之态度毫无批评等都非常有用。

但《聊斋志异》所描述的状况，并不只是印证了从前的研究而已。因为，像何炳棣研究士的流动，是把士分成入仕与未入仕者（进士、举人、贡士为入仕候选者，生员则为尚未入仕者），然后讨论他们向上与向下流动的现象。其中向下流动的部分，只谈到几个家族逐渐式微的过程，也并未使用到《聊斋志异》提供的资料，更未讨论文人朝商人流动的事例。文人朝商人流动，既是职业间的横向转移，也是社会地位的纵向流动。可是，何先生只谈到军籍、盐漕、商家、匠人家庭中有人晋身士林成了进士。反过来看，如《聊斋志异》所述大量文人弃儒业而从商者，他便未及论列了。

而在清朝前期商人活动的研究方面，史学界成果虽丰，但较集中于徽州、山西两大商业集团，以及江南市镇经济之研究，对于山东区域商人之研究则甚少。《聊斋志异》所述商务，虽不限于山东，但山东占主要部分，而且具有山东区域经济之特色。例如其谈海上贸易的地方就特别多，谈妇女持家也具有经营管理意识。论者未于此取资，实不免遗憾。

余英时《中国近世宗教伦理与商人精神》一文，曾举了许多事例来说明 16 世纪至乾嘉之间有弃儒就贾之现象，且认为可由此了解士商关系之变化。《聊斋志异》的情况，恰好符合他的分析。例如他引沈垚《费席山先生七十双寿序》中“非父兄先营事业于前，子弟即无由读书以致身通显。是故古者四民分，后世四民不分。古者士之子恒为士，后世商之子方能为士”等语，说当时儒者有“治生”的观念。《聊斋志异·刘夫人》载刘夫人告廉生曰“读书之计，先于谋生”，即与之若会符节。刘夫人交兑八百余两银子给廉生，让他去荆襄做生意，再往淮上晋身为盐商。廉生“嗜读，操筹不忘书卷，所与游皆文士”。这不就是先商而后为士吗？余先生另引一些文献，证明明清之际颇有“其俗不儒则贾”

之风，尤足以说明《聊斋志异》所记确为一时通例。

但余先生谈这些问题，是从儒商关系上立论的，强调儒家伦理与商人伦理在这个时期有相融合的现象。可是，实际上当时所谓之“士”，除了儒士之外，还有众多与儒未必相关的文章之士。这类文章之士，固然认同商人伦理，但文人所遵循的伦理，有时并不同于儒士之伦理，也未必适用于商人。例如儒者要修辞立其诚；做生意，诚信也很重要；可是写文章，却以把文章写好作为最重要的品格。文章写得狗屁不通，《聊斋志异》会诋为“金盆玉碗贮矢（屎）”。反之，义理纵或有纰漏，若文章好，仍堪称许：“题目虽差，文字却佳，怎肯放在他人下。”此等伦理状况以及文人与商人的关系，均非余先生所能知，故依然有很大的讨论空间。

二、世俗生活世界里的夫妻“治生共同体”

大家又都知道《聊斋志异》写男女慕恋十分精彩。可是，在现实生活里，女人并不是脱俗离尘、不染俗务的。

一本小说，如果只寄理想于理想世界，则其所写的女人就会像大观园中的女子，水灵水秀，令须眉浊物爱煞，且自惭形秽。可是大观园里的女孩不能老，尤其是不能嫁，因为一旦嫁人，便“入世”了。嫁人后的女子，不再只是男人的审美对象、爱欲对象。她与男人要一块儿经营世俗现实生活，故她再也不能生存在一个离俗绝尘的世俗世界之外的空间里。她的空间，换成了家。在这个空间里，她仍是神。因为她主宰之、支配之，所谓“主中馈”“秉家政”，担任这个空间的王者，男人事实上乃是她的臣子。因为她管理这个家、这个男人，以及家中的儿女仆隶等，以致男人仰此天威，当然要惊惧莫名。这就是世俗生活中妇女由超尘绝俗逐渐变成悍妇的逻辑。

蒲松龄与其他文人不尽相同之处，正在于他对市井生活是有体会，有参与的。对女人在家中主政的状况，他的《聊斋志异》也不惮其烦，屡有描绘：

> ……女觍然出，竟登北堂。王使婢为设座南向，王先拜，女亦答拜；下而长幼卑贱，以次伏叩，女庄容坐受；惟妾至，则挽之。自夫人卧病，婢惰奴偷，家久替。众参已，肃肃列侍，女曰：“我感夫人诚意，羁留人间，又以大事相委，汝辈宜各洗心，为主效力，从前愆尤，悉不计较，不然，莫谓室无人也！”共视座上，真如悬观音图像，时被微风吹动。闻言悚惕，哄然并诺。女乃排拨丧务，一切井井，由是大小无敢懈者。女终日经纪内外，王将有作，亦禀白而行。……以此百废俱举。数年中，田地连阡，食廪万石矣。（《小梅》）
>
> 女为人灵巧，善居积，经纪过于男子。尝开琉璃厂，每进工人而指点之。……以故值昂得速售。居数年，

财益称雄。而女督课婢仆严，食指数百无冗口。暇辄与丁烹茗着棋，或观书史为乐。钱谷出入，以及婢仆业，凡五日一课，女自持筹，丁为之点籍唱名数焉。勤者赏赉有差，惰者鞭挞罚膝立。是日给假不夜作，夫妻设肴酒，呼婢辈度俚曲为笑。女明察若神，人无敢欺。而赏辄浮于其劳，故事易办。村中二百余家，凡贫者俱量给资本，乡以此无游惰。(《小二》)

女持家逾于男子，择醇笃者授以赀本，而均其息。每诸商会计于檐下，女垂帘听之，盘中误下一珠，辄指其讹，内外无敢欺。数年，夥商盈百，家数十巨万矣。(《柳生》)

第一则讲“女主”升座，全家长幼卑贱依序叩伏，由其全权管理的情况。家中男主人也在叩伏之列，也受其管理，故他若准备干什么事也得“禀白而行”。第二则一样讲女主人主持家政。“女自持筹，丁为之点籍”，说明了男主人只是女主的助手。第三则亦女主“垂帘亲政”，“课主计仆”之实录。这些记载，表明家中的政治地位与权力关系，乃是女主男从的。

这种生活实况形成的夫妻关系，绝不再是书生美丽浪漫之想象，或儒家道德理想主义式的伦理模式。

本来儒家对政治的想法，即源于对家政之理解，故云君子齐家，“是亦为政，奚其为为政”。但春秋战国时期的儒者怎么会料到后世真正主持家政者其实乃是女人呢?

老婆对待先生的前途，也常用做生意的态度来经营，从下面两个故事，便可以看出现实世界中女人持家、经纪家政时，是如何把老公也纳入其经营项目中去的：

> 章丘李孝廉善迁，……夫人闭置一室，投书满案。以长绳絷榻足，引其端自棂内出，贯以巨铃，系诸厨下。凡有所需，则蹑绳，绳动铃响，则应之。夫人躬设典肆，垂帘纳物而估其值，左持筹，右握管，老仆供奔走而已。由此居积致富。每耻不及诸姒贵。锢闭三年，而孝廉捷。喜曰："三卵两成，吾以汝为毈[1]矣，今亦尔耶？"
>
> 又耿进士崧生，亦章丘人。夫人每以绩火佐读，绩者不辍，读者不敢息也。或朋旧相诣，辄窃听之，论文则瀹茗作黍，若恣谐谑，则恶声逐客矣。每试得平等，不敢入室门，超等，始笑迎之。设帐得金，悉内献，丝毫不敢隐匿。故东主馈遗，恒面较锱铢。人或非笑之，而不知其销算良难也。(《云萝公主》)

第一位夫人不但居积致富，显然也经营其夫以致贵。第二位情况也一样。此即市井生活之实相，一般文人诗文笔记中这

① 毈，鸟卵孵不出。——编者

类实况并不多见，故《聊斋志异》所记，弥足珍贵。其价值岂仅在谈狐说鬼耶？

三、三重宰制下的世俗生活

除了蒲松龄《聊斋志异》之外，还有一本《醒世姻缘传》，同样强调：古人虽说“君子固穷”，但穷是难挨的，因此，“倒还是后来的人说得平易，道是‘学必先于治生’”。

学必先于治生，是明末新思潮。以前的文人虽然也穷，但没好意思把谋生赚钱的事提出来讲，这时可就藏不住了，开始研究在治国之前怎么治生。

到了《醒世姻缘传》，则不只是从理论上谈这个问题，它接下来还要问：“但这穷秀才有甚么治生的方法？”它提了几种营生之法，一是开书铺，二是拾大粪，三是做棺材，四是结交官府（“起头且先与他作贺序、做祭文、做四文启，渐渐的与他贺节令、庆生辰。成了熟识，或遇观风，或遇岁考，或遇类试，都可以仗他的力量，考在前边，瞒了乡人的耳目浪得虚名。或遇考童生，或遇有公事，乘机属托，可以徼幸厚利，且可以夸耀闾里，震压乡民。”）。

但这些办法都有其困难。像要结交官府，就得先同府吏衙役混得相熟，“打迭一派市井的言谈，熬炼一副涎皮顽钝的嘴脸”。凡此等等，都显得“这等经营又不是秀才的长策”。无可奈何，“千回万转，总然只是一个教书，这便是秀才治生之本”。

教书当然也不是好营生，也有种种难处，故而“小人穷斯滥矣”竟成为书生秀才们普遍的情况。也就是说，秀才读书在此已完全没有道德理想、价值追求、文采才华等任何神圣性意涵，只是世俗之业、治生之事。其生活亦与世俗市井无丝毫之不同。一般讨论《醒世姻缘传》者，大多会强调它与《金瓶梅》的相似性及血缘关系。两书在描述世俗社会生活方面确实非常近似，但《金瓶梅》讲的主要是商人奢淫之故事，《醒世姻缘传》谈的却是文士。然而，文士之生活居然同于商人，适可以见其世俗化严重的程度。

书中晁家的治生之业是结交官府。晁思孝以岁贡身份受到人情照顾，考选了江南大县的肥缺。期满后又通过戏子行贿太监，买得知州之官，并收得私赃十数万。狄家情况也差不多。这些家庭的男人只有两种类型：一是有本事治生，经营各类社会关系，捞到钱或做上官的；二是浮浪子，仗着家中的钱与势而胡天胡地的。他们并无道义可以世守，亦无诗礼足以传家。而这些家庭中的女人，由于男人或出外营生交结，或出外浮浪去了，家中大小用度、人事派任遂当然落在她的身上，故家中主母的权威大于一切。看官要知：主母的权威如此，谁都要曲意奉承，赔小心，伺颜色，丈夫又何敢不然？盖其势足以劫之，其威足以惧之，其号令足以使唤之，可以让底下人争着去献殷勤、套近乎。情况跟专制王权底下的政治生态是一模一样的。

《醒世姻缘传》开语即以专制王权下臣子的处境来形容男子与主母的关系，谓："你做那勤勤恳恳的逢干，他做那暴虐狠愎的桀纣；你做那顺条顺绺的良民，他做那至贪至酷的歪吏。"对家庭中夫妻关系之实况，做了清楚的喻示。

因此，总体地看，《醒世姻缘传》在描写市井生活、主张"学必先于治生"、讲说世俗生活中的文人生涯、刻绘悍妇嘴脸等方面，都与《聊斋志异》非常符契。两书不论是否同为蒲松龄所作，也可视为同一组作品。它们写成于同一时期，反映了同一阶层的社会及家庭生活状况。透过《醒世姻缘传》，更能让我们理解《聊斋志异》所描述的文士处境。

在蒲松龄所处的17世纪末期，欧洲社会形成了一种迥异于中世纪的风貌。其上层社会的家庭结构，据劳伦斯·斯通（Lawrence Stone）《英国的家庭、性与婚姻（1500—1800）》的描述，核心家庭重要性增强，夫妻情感关系、父权也均呈增强之势。原因有三：一是亲族关系、部从关系在社会上不再成为组织原则，所以以夫妻关系为基础的核心家庭日趋重要；二是国家权力接收了从前一些由家庭、亲属及仆从所执行的社经功能；三是新教将基督教道德带入绅士阶级及都市中产阶级家庭中，既神圣化了婚姻，也使家庭成为教区的一部分。而第三点配合着第二点，又使核心家庭比较不受亲族（尤其是妻方的亲属）的干涉，宗教、法律、政治变迁则促进了户长权力。此种现象，一方面强调婚姻中情感的因素，一方面却又强化了父权。故斯通写道，“妻子对丈夫的顺从在上层及上层中产阶级中是确然无疑的状况，但这状况在工匠、店老板、小农及非技术劳工中没有那么明显”，“国家和法律将妻子对户长的顺从，强调为统一的政治体中法律和秩序的主要保证”，认为“家庭对其首领的臣服是与臣民对君主的臣服类似，且前者是后者的直接肇因”。

16—18 世纪，也是我国国家权力增强的时段，但国家对家庭结构的影响并不明显，因为即便在中古世族社会，亲属、仆从关系都已不遵循组织原则，也无法干预家庭核心的夫妻之关系。可是早期夫妻结合并不太强调情爱之地位，明末清初一大批才子佳人遇合小说才对此极力刻画。故可说因情爱而结合的婚姻关系，是 17 世纪末期文人阶层所提倡的新伦理观、新理想，这点与英国倒有些类似。

但强调婚姻中的感情因素，及其所形成的家庭内部关系，却与英国截然异趣。文人阶层从圣贤经传及理念层次上获得的是父权式的家庭观念。可是，若套用斯通的话来说，则是“丈夫对妻子的顺从，在上层及文人阶层中是确然无疑的状况”。也就是说，在文人的世俗生活领域，他除了受王权之宰制、经济市场之宰制外，同时也受到妻子的宰制。

蒲松龄所描述的不第秀才，奔波于科举体制中，事实上属于第一类，甘心帖耳地钻帝王之彀。而且在这个体制中，毫无挣脱的办法，悲其境遇而莫能逃亦莫能离却。他所叙述的文人业贾现象，则凸显了文人受到经济市场之宰制，不能不去治生。至于那些悍妇对丈夫惨无人道的管束虐待，或丈夫叩服于女主座前之现象，就是文人受妻子宰制的写照了。

传统文人的市井生活或世俗生活，就是深陷在这三重宰制中的。他们“早被家常磨慧骨”，凤凰成了鸡，要任人烹割了。

四、文人的世俗生活之研究

对文人生活的研究，以往甚少，而且颇为偏狭，视域大抵集中在文人的文坛交游、文艺活动、诗词歌赋、琴棋书画，以及诗酒酬唱、烟霞寄傲的部分。这是文人的文学生活，乃其本业，犹如商人从事贸易、农人操其农事一般。

另外就是文人的日常生活。明清时期，文人的日常生活早已艺术化。对于生命的每个阶段、生活的每个领域、季节时令每一段时间的安排都有所经营，兼顾养生及人文情趣，例如赏花、品茗、焚香、艺兰、集古、饮酒、弈棋等，形成一种优雅闲适的美感生活。对这种文人之美感生活状态，以及它逐渐浸润到社会各个阶层去的状况，迩来研究者也开始渐渐有所论析。

但文人的生活，除了以文学为职业及艺术化的一面之外，尚有其世俗面，也就是他们与社会上其他各流品、各人等、农工商佣一样的衣食日用生活起居。这种文人的世俗生活状态，为向来讨论文人生活者所忽略。大家忘记了文人也是人，也有其世俗生活的一面。而且正因为文人所从事的文学职业及其所追求之艺术生活品味，须在世俗生活领域中取得支持，否则根本不能进行，故文人的世俗生活其实比起其他行业人更为重要。可惜，论者对此殊乏关注。

以前文所举乾嘉文人沈三白的《浮生六记》为例。评述者清一色只注意到沈三白与芸娘的爱情、夫妇二人的美好艺术生活，间则批评中国大家庭中的婆媳关系而已。实情岂仅是如此？事实上，三白夫妇的闺房之乐，是一种文化品味所烘托、所培养出来的乐趣，其中充满了对美的追求与对韵趣的欣赏。故在其闺房之乐中，我们看到的不只是两人腻在一块儿卿卿我我、你侬我侬，还有类似《醉翁亭记》所谓“在乎山水之间”的游赏之乐，看到园林生活之乐、诗文赏析之乐、友朋宴聚之乐、饮食料理之乐等等。他们夫妻莳花养草、饮酒食蒜、刻印章、祷神祠、和诗、行令，一举一动皆充分显示了文明润泽的美感。正是这样优雅而有情趣的文化生活，陶冶滋养了夫妻的感情，使之能相悦以守、莫逆于心。我们看书的人，之所以艳羡此夫妇，也即是因为我们都对那样文明韵趣之生活倍感向往。

但是，这样的生活，本身乃是充满危机的。沈三白是清朝乾嘉时期生活在苏州的文人。苏州的文化气氛，养成了他的文化品味，也提供他遂行此种生活的条件。例如他们可以住在景观秀绝的沧浪亭，家中可以经常召伶演戏；他们精于花艺，能制作盆栽，又擅长叠石；对于居室布置，如怎样制作屏风，怎样焚香，均有若干讲究。这种生活，虽未必定须饶于资业者方能备办，未必即属于资产阶级之生活品味，但必须费力经营、用心打理。故沈三白自称："贫士起居服食以及器皿房舍，宜省俭而雅洁。"身虽贫士，在文化生活上却要求精致而优雅，此其为理想。然生活若过度贫困，衣食尚需张罗，则岂能再论其雅洁与否？生活的重担，有时会压弯了人的脊梁，使人只能蜷曲苟活于时代的角落中，对器皿、房舍、服食是无暇讲究的。

不幸，沈三白正是个拙于生计的文人，所学只是如何替人办文书，当幕僚。其游幕生涯，颇不顺利，而且浪迹四方，俯仰由人，故夫妻相处，离居时多。有时无故遭到裁员，心绪及经济也大受影响。后来一度想从商做生意，跟他姑丈去酿酒。不料又碰上林爽文事变，海道阻隔，亏蚀老本。种种不如意，弄得贫病交迫，依亲友接济，勉强支持。到芸娘死时，沈三白要"尽室中所有，变卖一空"，且得友人济助，方能将之成殓。其生活境况之惨，可以想见了。

因此，《浮生六记》卷三《坎坷记愁》，并不单说芸娘与三白在"旧式大家庭礼教下遭到摧折"或婆媳不和的问题。他们的坎坷，是因其文化生活本身即是有条件的。漂泊动荡，奔走衣食，会使这种闲情逸趣根本无法滋长。由此看来，三白夫妻的坎坷是同时来自几个方面。首先是人事上的困绌艰辛，贫弱无依。这种贫困自然影响到他们在家庭中的处境，例如财务债务的纠纷，加上芸娘代司笔札所引起的笔墨口舌纠纷，以及处事方式不得姑舅欢心，酿成了家庭中的坎坷。在个人情感方面，又受憨园背信、阿双卷逃的刺激而无法承担。

个人情感上深受打击，家庭中纠纷不断，外向世界又使他们处处碰壁，以致妻死、父丧、子夭、弟逼、女遣等人生的痛苦，集中到这一卷小书里。若说《浮生六记》的《闺房记乐》极夫妇之乐，那么，《坎坷记愁》就是尽生人之悲、穷人伦之变的痛苦悲号了。以三白与芸娘的死别为主线，勾勒出这一幅茫茫大悲的景象："当是时，孤灯一盏，举目无亲，两手空拳，寸心欲碎，绵绵此恨，曷其有极！"《浮生六记》正是在这里显示了它的经典意义：极夫妇之乐，尽生人之悲。其悲，本于文人世俗生活之困绌，而其乐，遂愈形可悲也。

《聊斋志异》叙文士之悲，同样具有经典意义。蒲松龄场屋科考不顺利，落拓江湖载酒行，以谈狐说鬼寓其悲慨。其自序云："集腋成裘，妄续幽冥之录；浮白载笔，仅成孤愤之书。寄托如此，亦足悲矣！"洵为实录。蒲松龄的父亲蒲敏吾，就是个落拓文人，"操童子业，苦不售。家贫甚，遂去而学贾"。因此他非常期待蒲松龄能考上科名。不幸蒲松龄又屡考不上，"五十余犹不忘进取"。结果是屡败屡战，终致家贫如洗。幸而有贤妻刘氏经营持家，才免于饿死。

刘氏在蒲家，本来也与家中几位女人相处不来，所以就与兄弟们分了家。分家以后，“纺绩劳勚，垂老苦臂痛，犹绩不辍。衣屡浣，或小有补缀。非燕宾则庖无肉。松龄远出，得甘旨不以自尝，缄藏待之，每至腐败。兄弟皆赤贫，假贷为常”。蒲松龄有一女四男，“大男食饩；三男、四男皆掇芹；长孙立德，亦弁童科”，但都非蒲氏的功劳，因为他外游到七十岁才停止，孩子都赖刘氏教诲养大。

这样的生平，使得蒲松龄对文士不第有深刻的体认。文士之穷以及文人转而业贾，他是有亲身体验的，且与沈三白颇有相同之处。可是他比沈三白幸运，老婆非但能如芸娘般理解他、支持他，而且比芸娘能干。芸娘对沈三白，只能提供爱以及艺术化的生活。然而，对世俗生活，芸娘是笨拙没有能力处理的。刘氏在这方面，远比芸娘强。她处在大家庭中，能以温谨获得婆婆的喜爱。虽因此导致娣姒失和，且析家产时分得极少极差，但分家之后，她一肩挑起家计重任。治生持家之能，非芸娘所能及。在未分家前，蒲家固然还有蒲老先生及夫人在，然而家中之“主母”却非蒲老夫人，而是冢妇。冢妇率娣姒若为党，不但“侦察”蒲老夫人之言行、与刘氏的关系，更“时以虚舟之触为姑罪”。这种情况，适足以说明当时家庭内部权力状况之真相。冢妇之称，犹如“冢宰”，正是真正秉持家政、国政者。

分家以后，刘氏自己担任家中之“冢宰”，“食贫衣俭，瓮中颇有余蓄”。蒲松龄之所以能不沦落如沈三白，全靠了她。我们唯有从蒲松龄、沈三白这样的生活经历中，才能了解文人的世俗生活，也才能明白《聊斋志异》中所记的一些事。

居家是人类主要的日常生活。在这种生活中，中国向来被指摘是个父权社会，父权的主要行使领域也就是家庭。可是，为什么号称是父权制的社会竟然出现这么多“悍妇”呢？为什么惧内现象如此普遍呢？过去的研究者对此均乏究心。不是反复说女人如何受虐受压迫，就是仍把妇悍归罪于男人，说因为男人花心，所以妇妒，由于长期受压抑而形成心理不健全，故妇悍。这些解释，都是因不明白中国父权制之实况使然。

目前一般人（包括女性主义人士）惯常用“父权制”来描述历史上男性对女性的压迫。但这是这个词在现代的借用，原本在政治学、社会学或法学中，“父权制”主要并不指这个意思。

“父权制”，要迟到1861年才由亨利·梅因在《古代法》中提出，后来渐渐普及。研究者用这个术语及概念去分析古代社会，大体认为希腊、罗马、以色列等均具有父权制的特征。那么，“父权制”之内涵为何呢？（一）这是指一种父系宗族的权威关系。（二）这种父系宗族系谱必须与财富及土地联结，因为父亲的权威之一就是分配财产。贫无立锥之地者，事实上即无法建立这种宗族，只能依附为贵族之“客”。（三）家族中的家父长同时又是与神联结的，因为要由他代表宗族主祭祀。他也因与神联结而具有“克里斯玛”奇魅的领袖地位及权威能力。（四）父亲对财产、土地、奴隶均有其处分权力，也可指定继承顺序，可收养子女、离弃妻子，可命令家族成员。家族成员则须顺从他。（五）在法律上，只有他能拥有市民权；家族成员若有不法行为，也只有他可以处罚，他甚至有权杀掉儿女或奴隶。

这种体制，在中国有没有呢？早期的研究认为是有的，不但有，而且跟罗马一样，非常典型。但近期的研究则觉得中国情况特殊，宜另作分析。

怎么说呢？（一）罗马法允许被认养者纳入父系团体中，给予被收养人跟血亲相同的权利，中国则否。（二）中国没有“家父长”（Patria Potestas）这个概念。勉强说，只有“孝”与它类似。但“孝”意指顺从于家族或社会中的角色；“家父长”一词，却意味着权力关系。罗马法强调父亲对儿子的所有权。（三）西方历史的发展，伴随着国家权力逐渐取代宗族、地主权力，故父权制逐渐脱离世袭制而削弱、改变。中国很难如此类比。例如希腊早期，父亲有权杀其子女，后来就不可以。古罗马时也可以，后来国家法律便不允许如此了。中国则只有明清时期才有此可能。（四）但国家力量的介入，又规范了父亲许多权力。父亲在家庭中丧失了世袭制权威，以及随意处分其财产、婚姻、继承关系的权力。中国的父亲比西方社会中的父亲更不具有父权制的支配地位。而更重要的是，“父亲”这个角色在中国常是由母亲扮演的，也就是父系而母权。母亲实际上主持家计、管教子女、分配财产、指挥佣仆、命令家族成员。因此，中国的父权制之实况并不能依它字面意思去理解。我们看《醒世姻缘传》或同样写于康熙乾隆间的《红楼梦》，就都可以发现那些家庭中发号施令的权威支配者都不是老爷，而是女人，如贾母、王熙凤、探春等。

有人把这些在家中掌权的女人称为“妇女形象的男性化”，认为这代表了传统男尊女卑社会的松动迹象。也就是说，男尊女卑、父权制并不能完全宰制女性，女性可借由男性化来颠覆传统体制。

这个讲法只说对了一半。真相是：男尊女卑的理论在实际生活中有非常多样的转变（即实践）方式，而实践的结果恰好常与理论所说不同。犹如理论上都说“民为邦本”，人民是国家的主体或根本，民为贵，君为轻；但实际政治实践却一定是君贵民贱，君凌驾于民之上。

为什么男尊女卑之实际运作能反过来呢？政治上，民贵君轻，而终至君贵民轻，原因在于君代表了人民，代表了政权。人民被他所代表了之后，人民实际上就不存在了，只剩下代表而已（亦如人民选出民意代表之后，政治上就只由代表去玩，人民没份。代表也从此不再代表人民，只遂行他自己的意志）。而且相反地，人民还必须供养这个代表，维护这位代表，因为这个代表已代表了人民及整个政权。家庭中情况类似：本来男尊女卑，父亲在家中是家长，有其权威地位，但因父亲经常出游（参加科考、游学、游幕、任官、行商），如蒲松龄那样，家长这个位置遂由母亲取代了，形成了父系而母权的局面。文人又不善治生，家计需赖妻子经营，经济权遂因此也归了主母。

阿瑟·科尔曼《父亲：神话与角色的变换》一书曾分析父亲与小孩的关系，在其第二章《贯穿生命周期的天父意象》中说早期父子关系趋于理想化，成年时期变得疏远和产生情感矛盾，最后才形成和解。[①]

这样的父子关系，事实上也不发生在中国传统家庭中，因为父亲只以理想形态存在于儿子心中。儿子成长后并不需要挣脱父亲之牢笼，并不必抛弃儿童时期的父亲意象才能成就自我。在他成长期间，父亲基本上都是不在场的。养之教之者，乃是母亲而非父亲。反之，媳妇与婆婆的关系才比较接近西方意义上的父子关系。媳妇是“父亲自己对儿子的恐惧的继承者”，故“父亲必须处理好自己压服或毁掉孩子的强烈欲望，他也必须接受孩子将要取代他的必然性”；媳妇则仿佛有弑父情结的俄狄浦斯。两者在家中形成难以避免的紧张关系。

对于父权制在社会生活中的这些实际状况，蒲松龄的及其同时代的小说，提供给了我们许多视角，足以澄清历来之误解。过去对此缺乏论究，实在是颇为可惜的事。

---

① 阿瑟·科尔曼等:《父亲：神话与角色的转变》，刘文成、王军译，东方出版社，1998。

贵重进士，其实是崇拜文学

大家都晓得，唐朝人重视科举，而科举中，进士最为尊贵。一旦考上了，那就跟登仙、跃龙门差不多，马上可以当大官了。中国人的科举热、状元梦，即起于这个认识。

学者同样有这种艳羡心理，所以一谈起唐代文学就脑充血。说唐代文学太繁荣了，为什么那么繁荣呢？帝王提倡啊！如何提倡？科举考诗文哪！诗文为何可贵？可以平步青云，马上当官呀！于是哗哗哗写了一大堆“唐代科举与文学”的书和论文。

事实当然不是如此，可惜利欲熏心的人傻傻看不清。

一、从做官的角度看，进士没啥可贵

科举只是一种选任官吏的制度。读书人可以通过这个制度，垂直流动地进入官僚体系中，去享受爵禄，拾青紫，得富贵。它如果有什么迷人的地方，不过如此而已。

但这有什么值得向往的？自古就有选官制度，形式不一。想当官，什么朝代都有路子，科举并不特别。不懂的人常说科举很特别，因为可以垂直流动，一考上就荣登天子堂。其实汉代察举、选举，也都从乡里举士；而隋唐虽改为科举，非科举得官者还是占了多数。想当官，科举并非唯一之路。就算世俗之人皆以富贵利禄为念，看见进士登第，平步青云，不禁心生羡慕，何以整个朝野都那么看重它呢？难道那些已经位极人臣的大官还看得上这块作为入仕出身的敲门砖吗？

再从制度上说，进士登科真的如登龙门吗？依唐朝的考选制度，中进士后通过铨选的人员固然可以任用，但不是进士出身经铨选也能任用。任用亦不限于从常贡的各科（如秀才、明经、明法、进士等）出身者；无出身者，也照样可以任用。所以入仕之途极宽，是否为进士本无所谓。任官以后，固然进士出身者“为国名臣，不可胜数”；但同样地，不由进士出身者，为国名臣，亦不可胜数。其宦途之顺逆，也与是否为进士出身关系不大。李德裕、元稹这些宰相，就都不是进士出身的。

不只如此。士人进士及第，只不过获得了一个任官资格。真要任官，往往还得再通过吏部铨选——既要观察其相貌、言谈，又得考试书法、判牍，称为“身、言、书、判”。往往有进士出身者试判未入等，就仅能做勘校工作；熬到试判入等后，方能调任地方官。故马端临《文献通考》曰：“唐士之及第者，未能便释褐入仕，尚有试吏部一关。韩文公（韩愈）三试于吏部无成，则十年犹布衣，且有出身二十年不获禄者。”费这么大气力，才好不容易可以做个官。但这个官儿有多大呢？据《唐会要》八十一卷“阶”条所记唐人叙阶之法：进士甲第，只能由从九品上起叙；若乙第，则降一等，由从九品下起叙。须知中进士甲科者，直如凤毛麟角，史传可查者只有几个例子，而竟只有从九品上——这是当时非常低的职级。一个普通郡、县公子，若不去参加进士考试，凭资荫也可以叙为从八品下。进士出身者叙阶之低，可想而知了。

这么卑微的小官，要靠考绩从从九品下一阶一阶地往上爬，那么，他纵使年年绩优，也得十六年才能升到五品下，二十四年才能到从三品。人寿几何？却连光禄大夫之位也望不到。

像孟郊，四十五岁才考中进士，只做过溧阳尉、河南水陆转运从事，六十三岁试大理评事而卒，官仍在六品以下。李商隐则挣扎奋斗了一辈子，也只不过干到正六品上而已，但他光考进士就考了十年。投资如此之大，若仅仅为了入仕，划算吗？

欧阳詹《上郑相公书》自称他曾“五试于礼部，方售乡贡进士，四试于吏部，始授四门助教”。但他感叹道：“噫！四门助教限以四考，格以五选，十年方易之官也。自兹循资历级，然得太学助教。其考选年数又如四门。若如之则二十年矣。自兹循资历级，然得国子助教。其考选年数又如太学。若如之则三十年矣。三十年间，未离助教之官。人寿百岁，七十者稀。某今四十年有加矣。更三十年于此，是一生不睹高衢远途矣。”正是最好的证明。

再说，唐代官吏俸禄甚薄，从九品京官一年才得禄米五十二斛，根本不足以仰事俯畜。太和七年一月，户部侍郎庾敬休奏：“应文武九品以上每月料钱，一半合给段匹丝绵等。伏以自冬涉春，久无雨雪，米价少贵，人心未安。”九品以下，其不能安家，更不待言了。因此，从俸禄上也可以看出进士出身者位卑禄寡，并不值得世人如此向往。何况，官场之实际运作状况，与台面上的景观有时未必相符。唐代进士科第，固然备受朝野尊崇，但官场升迁，靠的往往不是出身，而是关系。如《唐摭言》卷九云，郑隐“素无关外名，足不迹先达之门，既及第而益孤”，科第又真能当什么用？这一点，当时人都很清楚。卷六《公荐》即指出：“今之得举者，不以亲，则以势；不以贿，则以交。未必能鸣鼓四科，而裹粮三道。其不得举者，无媒无党，有行有才，处卑位之间，仄陋之下，吞声饮气，何足算哉！”得第原本就未必真凭本事，则进士一科之尊贵性也已有限得很了。既得第，又发现“正字、校书，不如十乡县尉；明经、进士，不如三卫出身”，进士又有什么用？

《唐摭言》卷三载：“薛监晚年厄于宦途，尝策羸赴朝，值新进士榜下，缀行而出。时进士团所由辈数十人，见逢行李萧条，前导曰：‘回避新郎君！’逢輾然，即遣一介语之曰：‘报道莫贫相！阿婆三五少年时，也曾东涂西抹来。’”对一位进士及第而深知宦途艰难的人来说，以利禄观点尊崇进士，实在是不值一哂的。

换句话说，从爵禄或作为一种考选人才之办法等方面看，进士科都与它所获得的尊重不相称。帝王与朝士在态度上企羡进士，而在实际政治运作中，却并不太把进士放在眼里。笔记杂说里虽也记载不少帝王特别喜欢擢用进士的例子，但制度却是死的，依据品位高低等差，各有一定的任用程序。六品以下之叙阶，全凭考绩，帝王要施特恩也不可能。故进士入仕之卑与荣耀之大，实在是一鲜明的对比，形成一幅奇异的景观。

研究唐史者，通常只会人云亦云地盛称唐人对进士的尊崇，却从来没有人注意到这个问题。现在，我则想由这奇怪的现象出发，去解析唐代社会的特质。

二、进士科受尊崇的真正原因

唐初所设常贡之科，有秀才、明经、明法、进士等等。进士科本来就不特别尊贵。后来秀才科逐渐废置，明经之地位降低，才形成进士独贵的局面。所以进士科之贵，乃是由众科中竞争来的，且系逐渐发展而成，越到唐代后期，越被世人看重。关于造成这一状况的原因，历来有几种看法。

第一种是从制度及其沿革上看，认为明经考帖经，纯属诵记，“大概如儿童挑诵之状，故自唐以来贱其科”。且考试本身已经是比较容易了，录取人数又比进士多得多。“每年考试所收人，明经不得过一百人”，进士则仅二三十人。依考生录取比例来说，大约明经可达百分之十一二，进士才百分之一二。凡物，以稀为贵。难考，所以才显得进士得第是件光荣的事。还有，明经“试义之时，独令口问，对答之失，覆视无凭”，亦不比进士考试严格公正。是以开元廿四年以后，“进士渐难”，而地位也越来越高。

第二种看法，不就考试制度去看，而主张进士科之贵，乃帝王提倡的结果。《新唐书·选举志》云：“时君笃意，以谓莫此之尚。”孙棨《北里志序》云：“自大中皇帝好儒术，特重科第……故进士自此尤盛，旷古无俦。”这一类说法不胜枚举，特别是唐太宗、武则天、唐文宗、唐宣宗几位，更是屡被论者提起。

但帝王为何特重进士呢？这仍然需要解释。于是，有些人从制度上说，明经仅试经义，粗通文墨。但唐代中期以后，翰林学士在政治上的重要性提高了，往往代行宰相之权。此职非粗解文义者能够胜任，必须仰赖文士出身的进士翰林，所谓“至德已后，天下用兵，军国多务。深谋密诏皆从中出，尤择名士。翰林学士得充选者，文士为荣”。因此，这是在唐代中期宰相权转移及三省制破坏后，为现实政治之需要而然。

但也有些人，不从这方面想，而着重帝王个人的心理动机。例如指明某些帝王喜好文学，喜欢亲近文士。或如《唐摭言》卷一引诗曰“太宗皇帝真长策，赚得英雄尽白头”，认为帝王是为了统治的需要，设此妙彀，牢笼天下英才。

以对武则天提倡进士科一事的观察来说，就同时存在这两种看法。有人认为武则天是女性，故喜爱文艺，不贵经术（如沈既济云：“太后君天下二十余年，当时公卿百辟，无不以文章。因循遐久，浸以成风。……五尺童子，耻不言文墨焉。”）；有人则说她是为了反抗唐初的“关中本位”政策，才擢拔寒俊，打击世族功臣势力，培养出新兴的进士阶层（陈寅恪的主张）。

以上这些解释均持之有故，然皆言之不成理。盖科目之贵贱，与考试之难易未必有直接的关系。唐初，本以秀才为最贵，因为考试太难，结果造成了秀才科的没落。“举人惮于方略之科，为秀才者殆绝，而多趋于明经、进士。”（《唐语林》卷八）永徽二年停了以后，开元廿四年复举，考试科目就比进士容易得多，“秀才本科无帖经及杂文之限，反易于进士”，但依然兴旺不起来。同理，明经是否即比进士易考，恐怕也难说得很。明经必须通经，故应考者多为功臣世族子弟，取才不及进士科广；进士考试只考时务策，能考的人多，故群集于此。至于说明经之帖经，如儿童挑诵，则“业进士者之诵《册府》及《秀句》，亦何以异于业明经者之诵帖括邪”（吕思勉《隋唐五代史》第二十一章）。

此外，明经的录取率高于进士科是事实，但假若我们用今天大学高考的情况去揣想就知道了：文科的录取率低、取分高，工科的录取率高、取分低。但社会上重工呢，还是重文？因此，从制度面论进士科之尊贵，多属无根的揣测，缺乏对考试行为的了解。

把进士科的兴盛归功于帝王，有点根据，然亦非探本之论。因为这是局限于从政治力的运作来看文化发展，且把政治力再局限于帝王这一权力之源。殊不知政治只是文化中的一小部分，政治力只是各种文化力、社会力中的一股力量而已。固然在古代王权社会中，帝王对文化发展颇有影响力，但文化的发展，有时却是“帝力何有于我哉”。唐代确实有不少帝王，基于不同的原因，对进士科的发达起了推波助澜之功。然而，我们能不能反过来看：唐代帝王打压进士浮华之风的举措，难道又少了吗？但这些打压什么时候发生了作用？既然压抑办不到，为啥提倡就大获回响呢？显而易见，整个社会与文化的发展，往往是不因官方意识而转移的。政府的措施，符合了社会的心理与需求，便广受赞美；倘若违逆了，则根本达不成什么效果。我们不能因看到了一些推扬颂美之词，就真以为事情是由主政者推动起来的。固然唐初之设科取士，确有羁縻天下英杰，并使爵禄贵贱皆由王者出的意味。但陈寅恪说武则天培养新兴进士阶层，以与世族抗衡，却毫无根据。因为帝王可以说："卿等不贵我官爵耶？"迫使大家都来参加科考，却没有理由使明经衰而使进士盛；更不会弄到后来，连皇帝自己也羡慕起进士来了。《唐语林》记载："宣宗爱羡进士，每对朝臣，问：'登第否？'有以科名对者，必有喜，便问所赋诗赋题，并主司姓名。或有人物优而不中第者，必叹息久之。尝于禁中题'乡贡进士李道龙'。"

前已说过，从世俗企羡富贵的角度，或从官僚体系内部实际的情况看，进士皆不足为贵。现在，帝王对他自己所创造的进士贵盛现象，居然着迷起来了，宁非怪事？进士之贵盛倘由于帝王之提倡，则帝王本人难道不知"赵孟能贵之，赵孟能贱之"，又何企羡之有？这整个问题只有一种解释。

帝王富有四海，贵为天子，他所未能拥有的、值得他企羡的是什么？这种东西，当然不会是世俗的功名利禄。而整个社会所仰望的，却正是这种东西，所以纵然进士出身未必便能得意于宦途，也无损于他们对进士的歆动之情。这东西是什么呢？就是文学。他们欣赏文学的价值，给予文学家荣耀。正如皇甫湜《题浯溪石诗》所说："文于一气间，为物莫与大。"在那种尚文的文化环境中，他们使得本来并不尚文的进士科变成了尚文的典型，并由此逐渐看轻了不重文采的明经科。同时，原来为政治需要而吸收干济人才的科举制度，也转换成为甄拔文人的典礼。整个社会看重文学的价值，认定了能写文章的人就是要比光会读书的人高明，所以明经必不如进士。帝王虽富有四海，掌握一切权威，但他也不能不羡慕作为一位文学家所拥有的荣耀。而且他必须配合此一社会动向，因为反抗也没什么用。

三、进士科举与文学崇拜

从这个观点看，唐代的进士科举，就不再只是一项仅对个人有意义的能力测验，也不再只是附属于政治体制之下的抡才办法，而是具有社会仪式化意义的典礼。这个典礼大致是这样的：进士发榜后，主办官员将登第者姓名写在黄花笺上，派人送去报喜，称为"榜帖"，也叫"金花帖子"；登第者获知消息后，一面将金花帖子寄回家，一面要诣主司谢恩，再进谒宰相，名为"过堂"；然后等着开曲江宴，去慈恩塔题名。

这一套程序，至为繁复。《唐摭言》卷三载："大凡谢后便往期集院，院内供帐宴馔。卑[①]于辇毂。其日，状元与同年相见后，便请一人为录事。其余主宴、主酒、主乐、探花、主茶之类，咸以其日辟之。主两人，一人主饮妓，放榜后，大科头两人，小科头一人，常诘旦至期集院。常宴则小科头主张，大宴则大科头。纵无宴席，科头亦逐日请给茶钱。第一部乐官科地每日一千，第二部五百，见烛皆倍，科头皆重分。”

这是刚发榜一段时间的宴乐排场。事实上，“进士及第过堂后，便以骡从，车服侈靡之极。稍不中式，则重加罚金”。他们的宴醵，当然也不会寒酸。大中、咸通以后，这种宴会越形侈靡，有专门办筵席的人负责。“凡今年才过关宴，士参已备来年游宴之费，繇是四海之内，水陆之珍，靡不毕备。”宴会的名目，有大相识、小相识、闻喜、樱桃、月灯、打球、牡丹、看佛牙、关馔等等。负责办这筵席的有百多人，每个人都有任务。其奢华阔绰，可想而知。乾符二年皇帝有敕，革新及第进士宴会，谓此类宴会，“一春所费，万余贯钱”，故规定：“每人不得过一百千，其勾当分手，不得过五十人。”即使如此，仍甚可观。

而这仅是暖身活动而已，真正的重头戏是曲江宴。“逼曲江大会，则先牒教坊请奏，上御紫云楼，垂帘观焉。时或拟作乐，则为之移日。……敕下后，人置被袋，例以图障、酒器、钱绢实其中，逢花即饮。故张籍诗云：‘无人不

---

① 卑，或作甲。——编者

借花园宿，到处皆携酒器行。’其被袋，状元、录事同检点，阙一则罚金。曲江之宴，行市罗列，长安几于半空。公卿家率以其日拣选东床，车马阗塞，莫可殚述。”（《唐摭言》卷三）

曲江宴又称杏园会，是进士登第后的盛会，也是长安城的盛会。新科进士在这个会上成了全城人士注目的焦点。这不仅是进士们的荣宠，更是长安城人民狂欢的佳节。整个过程充满了嘉年华会般的气氛。这样子狂欢作乐，倾城参与，为的是什么呢？难道这不像某种宗教的崇拜仪式吗？新科进士，再一次印证了存在于社会大众心目中文学的价值：他们通过公开的仪式，来创作文学作品，然后经由评判（一种文学批评活动），而被选拔出来。新科进士本身即为一“文学奖”的优胜者，他们可获得群众的仰慕、欢呼，以及官爵和美女。但这份荣耀并不专属于他们个人，而是文学的价值与尊贵通过他们这些具体的人物，来接受群众的欢呼。这再一次提醒大家：文章有价，不可轻忽。文学，就是这个社会集体认可的价值。故科第及官位虽为王者所授予，但在这个时候，帝王也与群众一样，一齐来观赏新的英雄、崇拜的主角。他不能不认可这样的价值，甚至他也想追求这样的价值，所以宣宗才会在宫中自题“乡贡进士李道龙”，过过干瘾。帝王之尊，竟对进士企羡至此，若非整个社会都弥漫在一片“文学崇拜”的气氛之中，他会如此吗？

是的，这是一种文学崇拜，具有宗教庆典般的性质，属于社会群体的崇拜。在所有进士科举的事务中，我们随处可以看到这种“群众性庆典仪式”的痕迹。例如进士们“互相推敬，谓之先辈。俱捷，谓之同年。……将试相保，谓之合保。群居而赋，谓之私试。……激扬声价，谓之还往”。他们之间，就有一种群体活动的意识，是一伙人在从事着一场共同的、众所瞩目的演出。为什么说是演出呢？进士登第后，一举一动，往往为“倾城纵观”。不只曲江宴如此，《唐摭言》载：“咸通十三年三月，新进士集于月灯阁为蹙鞠之会。击拂既罢，痛饮于佛阁之上。四面看棚栉比，悉皆褰去帷箔而纵观焉。”可见蹴鞠会也是如此。

关宴亦然。关宴之日，进士们也露棚移乐登鹈首，“群兴方酣”。新科进士们的华服、美宴、游行、歌舞等，都是为了提高观赏者之乐趣而设计的。活动既为世所观瞻，其文章亦辄为世所传诵，“顷刻之间，播于人口”。

这是登第以后的状况，然登第前之投谒与考试，也都有此特色。元和中，卢弘正参加同、华二州的乡贡考试，主考官“命供帐，酒馔侈靡于往时，华之寄客毕纵观于侧”。贞元中，牛僧孺赴京师谒韩愈、皇甫湜。二人命他在客户坊僦居，“俟其他适，二公访之，因大署其门曰：‘韩愈、皇甫湜同访几官先辈，不遇。’翌日，自遗阙以下，观者如堵”。

以进士科举为国家考试来说，这种现象是无法理解的。考试的私密性与其公平性有密切关系。国家名器，既为世所尊崇，更要保障其公平性，岂能以干谒投刺、声气标榜得之？

殊不知唐之进士科举，不是普通的考试，而是群众性的会集，必须有群众的参与及观赏。犹如戏剧，进士及举人们在卖力“演出”，观众看得大乐。他们不但参与了戏剧，也要对戏剧的发展和演员品头论足、发表意见。故进士登第，除了考官的甄拔之外，还有群众的评判。这就是舆论，或称为声气、公论。

干谒投刺、声气标榜之所以能有效，就是因为主考官不能不考虑群众的评判，总希望能选中大家属意的人。否则，各凭本事，就文论文便是，何必管什么舆论？要通关节，送钱贿赂便是，何须行卷投文？

正因为它不是一场行政体制上公平的测验，而只是一次为了让群众看得过瘾的“演出”，所以应试者才要卖力地制造他在群众间的声名。李翱《感知己赋并序》盼望能有大官替他“拂拭吹嘘”；牛僧孺得到韩愈、皇甫湜的吹嘘，立刻“辇毂名士咸往观焉”。升沉互异，其理则一。

由这个意义说，科举与其说是政府的考试，不如说是民间的评选。故举人入试，皆挟世誉，不仅由考场定甲乙，且来应考者也未必是以此求官，而系以此博人赞美。《唐摭言》卷三说卢肇“状元及第而归，刺史以下接之”。状元入仕，不过从九品；但因为他是状元，便能接受刺史的欢呼。世之爱羡进士如此，无怪落第举人张倬要“捧《登科记》顶戴之曰：此即《千佛名经》也”。

我们要特别注意，进士之贵，非以其能获得官爵，而是因为他们用自己的本事，证明了他们是文人。此一证明，须透过考试这一公开的程序。然考试有时仅是补充性的证明，民众的评判才是最主要的。考试结果若符合了民众的评判，大家就深庆得人；否则，大家更嗟伤惋惜之，甚至还要怀疑考试的公平性。也就是说，科举的公正性，不等同于一般意义的考试公正，而在于公众的认可。故干谒、请托、讲关节、结朋造势等现象普遍公行，试卷亦不必糊名。

后世以此诟病唐人科举不公，不知其所谓公平公正者，别有所在。否则进士科考，既为天下仰望，且系国家升进人才之要道，焉能纵容其不公平至此，且行之数百年不予改善？反过来说，进士得第是尊贵的，但一人若文章佳美，已获得公众之认可，纵使未考上，也不妨碍他的荣耀，甚至会“载应不捷，声价益振”，如“白公（白居易）之赋，传于天下”。唐人科举的公平性就在这里。故韦庄曾奏请追赠不及第的文人，说：“前件人俱无显遇，皆有奇才，丽句清辞，遍在时人之口；衔冤抱恨，竟为冥路之尘。但恐愤气未销，上冲穹昊，伏乞宣赐中门书下，追赠进士及第，各赠补阙、拾遗，见存明代。……俾使已升冤人，皆沾圣泽；后来学者，更厉文风。”

追赠文学家一个进士名号以符公论，意义即在于补偿或平衡考试所造成的不公平，而公平正是在群众这边的。作为一场群众性的文学典礼，当然只有群众才能裁判谁得了优胜。这样热爱文学、崇拜文学的社会，才是唐朝可爱可贵之处。后来大家只知崇拜官了，又后来只知崇拜钱了，这样的社会就消失了。谈起来，仿佛昨夜曾经美好的梦，却怎么也难说得明白。所以，把当时科举“文学奖”解释得一塌糊涂，也就是当然的啦！

文学理论

WENXUE LILUN

经学与文学，析之两伤，合则双美

《诗经》，现在大家都说它是文学，然而在汉、唐有多少人这样看呢？现在编的中国文学史，一上来就是韵文《诗经》《楚辞》、散文《孟子》《庄子》，大夸特夸其文学如何如何高妙。然而，这些文献本来是文学吗？不，它们都是后来才“变成”文学的。

一

汉魏南北朝人看《诗经》就是经，没人把它看作文学作品。刘勰《文心雕龙》反对这种态度，才强调文学家也该“宗经”。可是，即使是刘勰，也仍是把《诗经》与《易》《礼》《春秋》等其他各经并称，并不特别讲，也就是并不特别认为它的文学性最高。《文心雕龙·明诗》由葛天氏、黄帝、尧、舜讲起，只用几句话讲雅颂四始，接下去就说秦之仙诗、汉之柏梁体了。可见，虽然《诗经》被纳入大范围的诗歌传统中去看，刘勰却未针对《诗经》的文学性有何具体阐扬，反而仍在说“诗者，持也，持人情性；三百之蔽，义归无邪”这一类经学家言，其观念与汉儒并无不同。真正开始由文学角度去看《诗经》的，要迟到宋朝。朱子说要把《诗经》作诗读（见《朱子语类》卷八十），而且只当作是今人作的诗读，便开文学《诗经》学一派。林希逸序严粲《诗缉》，则另推其源于吕本中，说：“东莱吕氏始集百家所长，极意条理，颇见诗人趣味。……盖《诗》于人学，自为一宗，笔墨蹊径，或不可寻逐，非若他经。……郑康成以三礼之学笺传古诗，难与论言外之旨矣。”明白道出文学《诗经》学不同于汉代笺传诂经之法。明代以后，戴君恩等人论《诗经》便是受此影响。何大抡《诗经主意默雷》凡例说得好：“诗家所贵，最取词华，率俚无文，色泽安在？如只训句训字，则有旧时句解可参。”诗家之解《诗经》，手眼和经生自此以后才是两样的。

二

其他经典，也一样。如《左传》，历来也是讲史事、论义例的，到唐代刘知幾才标举《左传》作为史文的典范。

韩愈论文，也提到“《春秋》谨严，《左氏》浮夸”。浮夸相对于谨严来说似若贬辞，但那是由史载事实或道德判断上说的；若就文章说，则浮夸也许还可以视为一种褒扬呢！（文采之“采”，甚或文章之“文”，本意就是繁采、雕缛的，所谓“物一无文”。又或如后世俗语所说：“文似看山不喜平。”浮夸至少与谨严一样，可视为文章美的一种典型，即使它不胜于谨严）因此，我们可以说《左传》的文章美，在此时已被发现了。

不过具体抉发，仍有待于宋贤。欧阳修《左传节文》十五卷，与苏洵批《孟子》一般，均是后人伪托，以尊风气之始。厥后就是吕本中《东莱博议》、真德秀《文章正宗》一类，导引风潮，启浚后昆，影响深远。吕氏书，是选取《左传》中若干他觉得有关理乱得失的事件，疏而论之，成为一篇篇的议论文章。这种写法虽非直接阐述《左传》的文学性，可是对尔后科举取士时考经义、作文章的士子特具参考价值。

杨钟羲在《续修四库全书总目提要》中评王船山的《续春秋左氏传博议》说：“此书词胜于意，全如论体，多于《春秋》无关，与东莱之书略同。”讲的就是这类书的特性其实均不在诂经，而在作文，乃是借史事以申论。论要如何论得精彩，令文章得势，才是重点所在。故杨氏批评此法“非说经之正轨”。然而在科举考试写经义文的时代，此法不啻津梁。经义文这个词，现在人已很陌生，其实就是后来有段时间被称为八股文的那种考试文。这原是王安石为了改革科举考诗赋之流弊而创造的，后来一直沿用到清末。

我猜吕氏作书时，本来也有为科举应试者开一法门之意，犹如张云章为他另撰的一本《古文关键》所作序说："观其标抹评释，亦偶以是教学者，乃举一反三之意。且后卷论策为多，又取便于科举。"本书教人如何论经义，则尤便于科举。依宋代制度考之，《春秋》之题可于三传解经处出之，至靖康时才改用正经出题。但因《春秋》本经可供出题处较少，据估计仅七百余条，州郡科考颇易重复，故绍兴五年又听于三传解经处相兼出题，乃出现合题之法。元明因之。吕本中之《东莱博议》，专就《左传》发挥，犹存古风。然后世之拟题、破题、作论之法，仍不能不参考此书。

真德秀《文章正宗》则体例不同，是把《左传》摘选成为一篇篇的文章，于是《左传》就脱离了原有的编年史体裁框架，成为文章了。这对后世影响更大。明代如汪南溟、孙月峰等都在此肆其身手，还有一大批附从者。如惺知主人《左藻》三卷就自称仿孙氏品评，自《郑伯克段于鄢》到《楚子西不惧吴》，凡一百零一篇，附于十二公之下，以篇首一二句为标题，并对其叙事烦而不乱、净而不腴的特色多所阐扬。又依汪氏说，分为叙事、议论、辞令三体；各体之中，又分能品、妙品、真品三等。清金圣叹《唱经堂左传释》则只释了《郑伯克段于鄢》《周郑始恶》

《宋公和卒》三篇，体例等于坊选古文，评介亦重在语脉字句之间。又刘继庄《左传快评》八卷，体同《左藻》，收文一百零五篇，对句法古隽、叙事新异者，详为之评。方苞《左传义法举要》一卷，举城濮、邲、韩之战，鄢陵及宋之盟，齐无知之乱等篇，于其首尾开合、虚实详略、顺逆断续之法，详为之阐，以明义法。林纾《左传撷华》二卷，选文八十三篇，逐篇评点，并细疏文章之法。以上诸种均属于真氏之流裔。

像这样着重阐发《左传》文学性，甚或根本就以单篇文章来看待《左传》的，还有元、明以后的大量评点书。如编写过《古文析义》的林云铭，就另编过《春秋体注》三十卷。前者如真德秀一般，从《左传》中选了几十篇文章讲其义法；后者据经文而参录三传，看起来像经解，而实亦只是讲文法，与周炽《春秋体注大全合参》四卷相似。周书且就《春秋》经文中可做制义比合等题的地方，载其一二字为题目，一一为之破题；对经传，也强调其作文之法，例如说“作《春秋》文，第一要有断制，如老吏断狱，一定不移；第二要有波澜，如抽茧剥蕉，逐层深入”等。此虽为科举应试者说法，但其法正是文章之法。

此类著作，著名者尚有韩菼《批点春秋左传纲目句解》。此书凡六卷，体例虽仿朱熹《资治通鉴纲目》，但以文章之法点评《左氏》，颇采孙月峰批本，每篇末尾所附总评，则多采吕本中、孙月峰、茅坤、钟惺等人之说。

方苞也有《方氏左传评点》二卷，辞义精深处用红笔，叙事奇变处用绿笔，脉络相贯处用蓝笔，又分坐点、坐角、坐圈三种，标示字法、句法。

这些书，实与诗文评语相辅翼，均可视为文学批评的数据，只可惜过去几十年的人都不晓得这个道理罢了。读《古文观止》的人很多，也没人奇怪为什么一开头就大选特选《左传》的文章。

三

无论是文家以经典为材料，或在经典中寻章摘句以供采择，或把经典拿来作对联、作赋、作连珠，或以文学之眼去看经典，发掘经典的文学性，其实质都是文学对经学的影响，扭转了经书的属性。可是，为什么这些文人却老要说经典伟大，说它们是不朽的文学经典，而且对文学产生了重大影响？圈点批识的文家，在经典中看出了它的文学性，转而竟认为经典本身便具有高度的文学性，便是最高的典范，后世所有文学美均源于它、本于它。被诠释活动建构的文学性成了经典自身原即具有的属性，也因此它对后世文学创作便具有了极高的指导与规范作用。

这种通过诠释建构传统，以导引矫正当前之行动的办法，乃是历来复古思潮的基本逻辑。

《文心雕龙·宗经》本来就已体现着这样的态度，故谓“楚艳汉侈，流弊不还”，欲令其正末归本，乃倡宗经。北朝的苏绰等人，走的也是复古之路，摹拟《大诰》，以矫正浮靡的文风。韩、柳、李（翱）等人的古文运动更是复古的，所以把周秦文章拿来当作法效的典范，其中自然就包含了经传。宋、明讲经典之文学性，除了科举考试等社会因素影响外，文学上的复古风气也是一条理解它的线索——这其中除了秦汉派之外，也有唐宋派的茅坤等人。竟陵派，过去常被误以为是反对摹古的，实则从他们大量评点经传来看殊为不然，亦属于借着诠释古人以说明自我，并以诠释出来的传统作为未来发展之典范一路。

此种复古思潮，表面上看起来的恰好与它的实质相反。表面上，复古论者都说古人怎么怎么好，我们该怎么怎么向他们学习，因此颇贻丧失个性、依傍门庭、优孟衣冠、古人仆隶之讥。可是实际上那个古人就是“我”。古人如何如何，即是由“我”之手眼发掘了的。古人已矣，他说的话其实就都是“我”说的。“我”说古人如此如此，故吾人今后为文亦应如此如此。其真相遂如康有为所说，是“托古改制”。凡欲改制者，辄言古昔。故评价此类复古论，往往不应只看其托古的一面，还该注意欲图改制的那一面：如何托古，想改革的又是什么。在历史上，复古论经常造成改革思潮，便是这个缘故。其次，溯源经典，阐明其文学性的作为，还常表现出一种对法度的追求。许多人都认为写文章光靠才气是不够的，还要法古、学古才行。

在这种思维底下，法度当然就会大获重视。柳宗元教杜温夫作文，说："但见生用助字，不当律令。"律令，就是用语的规则法度。明人于此，大申其说，如李梦阳云："文必有法式，然后中谐音度，如方圆之于规矩。"但规矩法度又从何而来？由前辈名家来。如诗，杜甫便是法度之典范或标准："作诗必须学杜。诗至杜子美，如至圆不能加规，至方不能加矩。"如文章，五经、四书及诸子、《史记》等也就是其规范标准。

我们看那些评点《左传》、四书的著作都用心在讲明文法，便可明白法度的建立与经典文学美的发现乃是二而一、一而二的事，两者根本难以析分。必须透过对经典之文法的点明，才能替文章写作建立起一套规范法则。

四

泰奥多·德布尔《胡塞尔思想的发展》曾区分两种对象："作为自然中的物，树本身与如是被知觉的树是不同的。后者是知觉的意义，不可分割地从属于知觉。"前一个树是物理事物，后者是心理上的感知物。在胡塞尔现象学中，前者并不重要。例如物理事物，我们一般都觉得它是实际存在的，有形状、颜色、声音等，但纯就物理上说，对象并不见得具备这些性质，那可能只是光波或空气振动所带给我们的感觉罢了。就算物理事物确有某些性质，那些性质也不存在于我们的心理主体中；故确切地说，没有什么声音和颜色，只有看颜色者和听声音者。是听者、看者“知觉”了它，它对我们来说才真正存在。因此，人的认知研究，应从外在物理世界的物，转移到主体的意识结构中。所谓的对象，也要从物理的、外在的、客观的那个东西，转而指人在“意向性”中显现的物，亦即被知觉的“树”，而不是那自然世界中的树。被知觉的“树”，乃是一种意义的构造物，是在认识中形成的，形成它的同时也就构造了认识。胡塞尔称此为“现象”。现象，据他在《现象学的观念》中说，“在某种意义上为自我创造对象”。

忽然插上这一大段讲胡塞尔现象学，跟经典的文学性解读有什么关系呢？当然。过去讲经学与文学关联的人，常以为那是种实在的关联；《诗经》《左传》《孟子》本身就是高妙的文学作品，因此后人由兹取法，可以沾溉靡穷。讲经典具有文学性的人，也一再强调经典本身原即具有此一性质。但实际上，没有“经典本身就具有文学性”这回事。一棵树，在意向性所指中，可能被视为一条梁木，也可能被视为一片可以纳凉闲谈的场地，因意识者所给予的意义不同，而显示出不同的意义。因此，一部充满文学意蕴的《诗经》或什么其他经典，乃是后人意义投射之创造物。在创造文学的《诗经》的同时，人们也同时构造了他们自己的意识内容。胡塞尔谈意向性时，着重说它乃是一种“意义的给予”（Giving of Sense）。以文学美去阐扬经典的人，做的不就是意义之给予吗？

至于经典本身到底是什么，这种“存在本身”的问题，在现象学中乃是被悬搁了的。觉得有意义的不是存在本身，被知觉的存在及人存在的知觉才至关紧要。如此反本质的思路，强调现象为观者意义给予之创造物，岂不是把主观掩盖了客观存在物，变成“物皆着我色彩”了吗？

胡塞尔却也不是这个意思。他谈的是人认识活动中的原理。人的认识活动，本来就没有所谓客观这回事。事物存在的本身，其实并不能被知道。因此为它争论，或辩难它究竟是什么，非特徒耗气力，抑且不可能。因此该研究的倒是人对物的认识，把存在物本身的问题暂时悬置，存而勿论。其次，人认识物之所谓“意向性”活动，指的并不是我已有了一个主张、观点、意见，便拿来套在物上。其所云“意义的给予”，是就人与物相接时，人对此物形成的一种思维而说，亦即人与物产生关系时，我们的内在思维有一种指向意义的意向性。由此，我们才能认知到我们所认知之物。而把“物”认知成“这样的物”的这个活动本身，同时也就是意义构成的过程。

也就是说，《诗经》《左传》等经典在宋、明人看来是文学作品，或是具有高度文学性之物，乃是因论者在思维中有指向文学意义的意向性，使之认知成文学的《诗经》

《左传》。说他们只是具有“意向”，而不说他们用自己现成的文学观去套，则是因论者文学意义的构成正成就于他们认知、解读这样的《诗经》《左传》的过程中。脱离了这种解读，便无所谓意义。这一方面可以说明为何对经典文学性的阐明，一直采用批识圈点，带着读者一字一句去推敲、去阅读的方法，而少有直接讲经典到底有什么文学意义的；另一方面也可以说明这种解读为何不是单向主观的投射。因为唯有在与物相接时，意义才能在意识中构成，故它是双向的；若无经典以及对经典之不断解读，便无法产生意义。

我们文学研究界，素来有文学理论与实际批评之区分，好像实际批评只是一种理论或方法的应用，殊不知两者其实难分。像归有光、方苞的理论（例如“义法说”），讲理论时就只是一句空话，叫“言有序”与“言有物”。要知什么是义法，仍只能由他们的评点解读去看。后人学文章，也不是去读《左传》，而是读归有光、方苞一类人的《左传》解读，此方为经学之文学性解读的实况。

不过，意义的构成，也并不仅在知觉者、诠释者这一边。道理非常简单：一棵物理世界的树，同时会有千千万万不同的人去看它，因此也就有千万不同的被觉知的“树”。可是，这千万不同的被感知之“树”对人构成之感知内容，亦即其意义，却在大体上相去并不辽远，不会千差万别。原因是人对物之思维，毕竟仍受物是什么之制约。在现象学中被悬搁的“存在本身”，只是暂时悬搁，存而不论，并不能说事物本身就没有或虽有亦无作用。事实上，人的意向性不会无所缘附，所缘之物即与其意义的构成有关。若意向缘附于一性质上恰与其所欲构成之意义相戾或不甚相应，那个意义也常会建构不起来。

例如在明末经典文学化的浪潮中，以文学性看群经诸子，发掘其意义，可说是遍注群经诸子。可是最终讲文学的人仍集中于《诗经》《左传》《礼记》及四书等少数几本书上。五经中的《易》《书》只征引一部分，《周礼》《仪礼》论者很少。诸子中，《庄子》谈的人最多，其次是《荀子》与《韩非子》，《墨子》《管子》也只有少数批点。史部则几乎全集中在《史记》。为什么？也许是因诠释者对《周礼》《墨子》等书意义的开发做得还不够好，故令人无法景从。但更可能是因《庄子》《左传》等书本身确实较具有与文学意义相近、相缘、相合，甚或相符之元素，故易于构造那些文学意义吧！

据此，我们便可说，意义的构成还应考虑属于事物的那一面。属于事物那一面的，并不只有书的问题，还有与书相关的历史、社会因素以及其他人看此书时的感知、所构造之各种意义，均与我们看该物时的意向性会产生关联，影响我们的感知与认识。如许多人都注意到了，四书、《左传》之文学性解说与八股时文有扯不清的关系，科举考试显然曾是影响经学文学化的一个十分重要的制度。宋、明人会以文学之眼视经书，与这个制度颇有关涉。而无论用什么眼光去看经书，文学解经毕竟仍是对经学立一种解释。既是对经之解析诠究，自然又与历来之经学脱不了干系，仍应属于经学大传统中之一支，或由兹发展而来。因此，科举制度或经学传统如何促进或左右其意义之构成，自亦不能漠视。这是我们不能止于现象学所说，而须赓续探求，更进一解的地方。

五

先说经学传统。经学大传统或其主流当然并不从文学的角度看经书，这在上文已说过了。因此，主张文学解经者基本都有些反叛经学正宗的意味。反之，龚定庵诗云："经有家法夙所重，诗无达诂独不用。我心即是四始心，泬寥再发姬公梦。"自谓本诸心源，不依经传，文学家之态度往往如是。又，明末出版家闵齐伋说戴君恩《读风臆评》"千古陈言，一朝新彻"，也是这个意思，认为经学家老是用圣人微言大义或治道理政的想法去讲经文，把那些本来具有文学趣味或原本就是文学的东西讲得陈腐了。研究经学的人，则觉得如此治经而偏于文学只是别调，并看不起他们。但在不讲文学的经学传统中，有没有对文学研究影响深远的东西呢？却是有，而且有很多。这就不能只从它们的冲突关系去理解了。

例如汉代经学家解《诗经》，以《诗经》为谏书，其旨趣与宋、明以后由文学角度说《诗经》者距离不可谓不远，然汉儒所说“赋比兴”之分，或云《关雎》“乐而不淫，哀而不伤”等，论文学者谁不受其影响？越重视文学性的人，就越强调比兴，越喜欢说“温柔敦厚”，不讦露以为工，越爱讲“风人之旨”，越喜欢运用“男女以寓忠爱”的技巧。但这些原先均不是为解释经书有文学性而被经师们提出来的，恰好相反，乃是为了解释它们绝非歌咏私人感情，而是具有治道理政之“非文学”宏旨才被提出。换言之，文学性解经，在文学品味上，其实深受经学传统之牢笼。重视温柔敦厚、含蓄、诗言志、比兴之美，未超出经师们的《诗经》论述，以致其议论倒像换了个方式在替汉宋《诗经》训诂笺释之学做宣传。

《左传》方面，孔颖达早在为《礼记·经解》作疏时就说过：“属辞比事，《春秋》教也者。”讲文学性《左传》的人，也与发挥“温柔敦厚”诗教者一样，专从“属辞比事”去发挥。陈振孙引洪兴祖《春秋本旨》曰：“属辞比事，《春秋》教也。学者独求于义，则其失迂而凿；独求于例，则其失拘而浅。”洪兴祖是注《楚辞》的人，其释《春秋》欲申其文学性，遂批评历来解经者或独求诸义，或独求诸例，都不够好。探讨文学价值，乃因此成为发扬《春秋》“属辞比事”之教的重要方法，且认为如此方能更好地了解《春秋》。那被排斥的义例之学，也不会与文学无关。

文学创作，在超越任情而动、称心而发的阶段，开始要寻找方法与规则时，立法的思维首先即朝向经学。因为经学代表“圣言量”，为一切意义的来源。连汉人在为世俗社会立法时，都要依据经典，所谓“以《春秋》断狱”；文学立法时，自然也会去《春秋》的书法中找成例。杜甫诗《偶题》曰：“后贤兼旧制，历代各清规。”仇兆鳌注：“制，一作例……杜预《左传序》：据旧例而发义。”仇氏的意思正表明了文学家与《春秋》义例间的秘密，他们正是据旧例而发义的。

文学与经学，因此又不是两回事。析之两伤，合则双美。

文心何时雕龙？

讲中国文学理论，《文心雕龙》是天字第一号的重要典籍。这是现在大家都知道的事。但现在是以文学理论、文学批评的角度来看它，古人也这样吗？杭州灵隐寺飞来峰旁有个冷泉亭，亭上有副对联说：“泉自几时冷起？峰从何处飞来？”我们看《文心雕龙》，也要想想：泉自几时冷起？

一

古人主要是从作文的角度来看，认为《文心雕龙》讲为文之用心，谈的是怎样写文章，而不是评鉴文章。我们现在所谓的文学批评，跟看戏差不多，是看一出戏之后，讨论其优劣是非。古代文论，却常不是看戏评戏，而是说你要演戏的时候，这部书对你有何指导作用，如何帮你演好戏、写好文章。这样的角度，恐怕更为主要。例如集前人校注《文心雕龙》之大成的黄叔琳，既注也校，是《文心雕龙》研究的功臣。他的本子有篇序，即说写文章若想要上追古人，《文心雕龙》就是你的津梁。

其次，《梁书·刘勰传》说《文心雕龙》主要是论古今文体的。史家在谈到刘勰时，觉得刘勰这个人并不重要，重要的是他写了《文心雕龙》。所以，《刘勰传》对于刘勰个人的问题，如生于哪一年、死于哪一年、什么时候出家等，都语焉不详，以至我们现在还争论不休，因为《梁书》实在太简略了。这也不能怪史家，从史家角度看，刘勰这个人确实无足轻重，是大时代的小人物，能名留青史只因他写了《文心雕龙》。那么，《文心雕龙》是什么样的一本书呢？史家说：论古今文体。

换言之，古人在谈到《文心雕龙》时，主要谈的要么是文体问题，要么说它是一本教人如何写好文章的书。在《序志篇》中，刘勰说他之所以要论“为文之用心”，则是因要立言垂世，“君子处世，树德建言。岂好辩哉？不得已也”。而其所论，似乎也重在“为文之用心”和文体论的部分，跟今人所谈不大一样。

最早引用这本书的日本人空海，在其所著《文镜秘府论》第十四卷引用了《文心雕龙》中的《声律》。声律的问题，自永明到唐初颇为人所关注，是因这个时期恰是近体诗形成的阶段。可是今人对此，则无多大兴趣。

二

现在《文心雕龙》能见到最早的刻本是元朝至正本。唐朝的敦煌本是抄本，但是这个本子出现很晚。我们看版本，不能看版本原来的时代。早期版本可能出现最晚，像黄叔琳在作《文心雕龙》注时，就没有见过唐写本。那他有没有见过元至正本呢？也没有。至正本，现藏上海图书馆，清代注家却大体都没看过，用来校正的多只是明朝的本子。明本，我们现在可以见到冯允中的本子，藏在北京国家图书馆。但我们用来做研究的最早只是梅庆生本，是个比较简略的音注本。它的年代已经很晚了，再版是天启二年（1622）。

黄叔琳的注本在乾隆三年（1738）完成，隔了一个多世纪。后人把纪晓岚的评语附进黄叔琳注本，大概是道光十三年（1833），又晚了近一世纪。等到黄侃先生刊行《文心雕龙札记》，则已经是民国十六年（1927）了，又是近一世纪。敦煌出土的唐抄本只是个残卷，保存的是《文心雕龙》上半部从《原道》到《谐讔》，下半部没有。或许古人只重视上半部，下半部可能根本就没抄，也未可知。

这是《文心雕龙》流传的大致情况。所以，《文心雕龙》

之研究时段乃是从明朝晚期到民国，可以看成是清朝人恢复古代绝学的一部分。

这情况就类似《墨子》。中国古代很多学问其实都失传了。例如现在一谈到诸子百家，听起来似乎很庞大、很丰富、很了不得，可仔细想来就知道诸子百家多半已绝。先秦的农家就一本书都没有留下来。阴阳家也一样。名家，除了《公孙龙子》残篇之外，惠施的学问也只在《庄子·杂篇·天下》中附见一小段。兵家，在山东银雀山竹简出土以前，所能见到最早的《孙子兵法》只是曹操整理本，而黄石公《素书》、太公《阴符》等多半是伪造的。所以，诸子学很多都没法子谈。清朝人辑佚补缺、校定整理才恢复了许多古人的学术传统，而《文心雕龙》就属于被恢复的传统之一。

但我们也不能被这个新建的"传统"所惑。新恢复的面貌，未必跟它原来的样子一致。

三

原来的模样，亦非不可尽考。比方我们从历代的书目中，观察《文心雕龙》是怎么被记载的，就可以知道古人是怎么看《文心雕龙》。

我们现在说《文心雕龙》是一部文学理论著作，且有不少人说这是中国文学理论中最重要的一部，体大思精，空前绝后，是中国文学理论的巅峰。古人也这么看吗？不然！最早著录《文心雕龙》的是《隋书·经籍志》。《经籍志》把唐初还能见到的书几乎都记录下来了。后来，《文心雕龙》也著录在《新唐书·艺文志》中。但是，它们都把《文心雕龙》放在“总集类”。

什么是总集？总集就像《楚辞》《诗经》《文选》等，把各家的文集合起来才叫总集。可是，《文心雕龙》是一个人的专著，为什么这些官修史书要将它放入总集类呢？只能推测编目者可能没真读过此书，或认为这是各家诗文集的评选，否则真的无法解释。此时，《文心雕龙》显然不因文学理论意义而被人们欣赏，而是被视为诸家诗文的总说，是对汉魏南北朝各家诗文综合的叙述和评说。这是最早的评价，显然并不重视其独立的价值，而只看成是读各家诗文集的辅助。

从宋朝开始，情况才渐有变化。虽然《玉海》等还是将其放入总集中，但是，已经有放入别集类的了，如袁州本的晁公武《郡斋读书志》。放入别集，意思说这是一部个人著作。也有放入子部的，可能认为其言说足以成一家之言，如《宝文堂书目》《徐氏家藏书目》等，但子部的书目也是有高下之别的。有些子部书是体系完备的，也有些虽列于子部，但只属于杂著、杂记。像李商隐《义山杂纂》，便没有收在文集，而列于杂著中。《文心雕龙》在不少书目中也只放入子部的杂著类，像《菉竹堂书目》《脉望馆书目》等。

明朝的《文渊阁书目》，则把它放入文集类，当成刘勰自己的文集。这些书目都承认了这部书独立的价值，但完全不从文学批评的角度来认知其价值。

四

另有一类书，是文学批评类的前身，叫作文史类。如欧阳修编的《新唐书·艺文志》就将《文心雕龙》放入文史类。《崇文总目》《通志》《遂初堂书目》《直斋书录解题》《文献通考》《宋史·艺文志》都是如此。

早期，目录学中并没有诗文评类。文史类所收，大体上就是后来放入诗文评类的东西。所以在把该书列入文史类中时，可能已经比较能看到《文心雕龙》在综论文学史上的价值了。等到真正放到文史类，认为刘书是对文学评说的，是衢州本《郡斋读书志》，还有明代的《玄赏斋书目》《绛云楼书目》等。《绛云楼书目》就是钱牧斋的书目，后来书被火烧了，我们看不到。这些书把《文心雕龙》放到文史类，认为它是文章的评说。

真正把它放到诗文格、诗文评这一类的是《好古堂书目》和《国史经籍志》。《国史经籍志》是明代万历年间焦竑所编。明代后期如《澹生堂藏书目》，清初如《述古堂书目》《读书敏求记》都已经把它放进诗文评类了。《四库全书》也是如此。

从《文心雕龙》的著录情况看，我们就可以看出一些问题。唐宋人多将此书看成是总集、别集，并不重视其文学评论的价值。宋朝开始放入文史类，到明朝才看成是诗文评。可见《文心雕龙》被看成论文之书是非常晚的事。

五

从《文心雕龙》的评论上看，我们现在对它评价很高，古人则否。古人不大重视《文心雕龙》，所以《文心雕龙》才会若存若亡于天壤之间。从梁陈到明代中期，《文心雕龙》的读者并不多，也很少人谈到刘勰。

品评《文心雕龙》的，第一个是沈约。刘勰写了书之后，时人不贵，于是便想办法让沈约看。沈约看了之后很重视，于是这本书就不一样了。可是，梁朝再也没有第二个人讨论过《文心雕龙》。大家知道，刘勰活到梁武帝时期，那是个文学很兴盛的时代。梁朝萧氏是继曹魏之后最盛的文学家族，这个家族中很多人都有文集。而且，刘勰跟萧梁王室的关系很亲密，做过几个王的秘书。然而，在沈约之后，就是没人谈他，因此毫无影响。沈约很重视云云也仅是史书上的描述，沈约本人没有这方面的文字记录，故亦不知其具体评论如何。

齐梁时期，南方出现了四声八病说。这个理论传到北方，北方也有讨论。隋朝有一个人叫刘善经，他写《四声论》谈声律论的问题，所以引到了刘勰的书。沈约重视刘勰，可能也是由于刘勰的《文心雕龙·声律》，因为沈约谈四声八病，很多人反对。四声是个新概念，当时人不了解，中国古代人只讲五声——宫、商、角、徵、羽。很多人则将四声与五声混淆了，同时觉得讲四声可能没有必要。或许沈约读到《文心雕龙·声律》时会觉得它好，是因为跟自己的理论很接近。人都是“喜其似己”的，刘善经亦是如此，所以引了一段刘勰的话以为佐证。然而，他接着就讲刘勰的说法虽然不错，但可惜“能言之者也，未必能行者也”，其文章却写得不高明，“但恨连章结句，时多涩阻”。这是第二位评论者。

第三个评论者，是初唐四杰之一的卢照邻。卢照邻是个倒霉蛋。初唐四杰，命运都不好。卢照邻个性幽闭，住在坟里，自号幽忧子，诗文集就叫《幽忧子集》。他写过一篇《南阳公集序》，里面讲古来文人都相互看不起。曹丕在《典论·论文》中已谈到文人相轻，但其实大家的才性不同，人不可能什么都会，所以以己之长去攻人之短是不对的。卢照邻亦是这个意思，并说刘勰的《文心雕龙》便是属于此类批评别人的无聊之书，且又没批评好：“人惭西氏，空论拾翠之容；质谢南金，徒辩荆蓬之妙。拔十得五，虽曰肩随；闻一知二，犹为臆说。”评价显然也十分负面。

宋代的情况也不乐观，只有四个人评论过。一个是孙光宪，五代时期《花间集》中存词最多的词人；另一位是与欧阳修一起编《新唐书》的宋祁；还有则是黄庭坚和叶廷珪。

叶廷珪的《海录碎事》是一部类书。大家知道，类书的性质就是收集各类材料，所以才会在文学部中收到刘勰的《文心雕龙》。黄山谷的评论则被后来很多人引述。因为在明代之前，从来没有一位重要文人谈论过《文心雕龙》，所以大家都喜欢说：你看黄山谷都那么赞美刘勰呢！可是黄山谷是怎么说的？他写信给自己的晚辈王立之，说刘勰的《文心雕龙》与刘知幾的《史通》这两本书你读过吗？这两本书，“所论虽未极高”，但是“讥弹古人，大中文病，不可不知也”。也就是说《文心雕龙》虽不很高明，但是批评古人比较中肯，是写文章的入门书，所以不可不读。从以上的介绍，你就明白为什么《文心雕龙》常被放在总集类、别集类。

明朝讨论此书的人比较多了，但很多是鬼扯的，不知所云。譬如，王文禄说：汉代郑康成已开训诂文之端，其文法文句，朴实刚健；唐代韩昌黎，已开八股文之端，“其篇也，达而昌”，文章通达流畅；到了宋元之后，训诂课试之文，则“弱而琐”，文章差了。这是在讨论八股文的写作问题，故上推其文体到郑玄、韩愈。可是，他说：汉到唐，中间也有“古文之妙者”，不可不取法。取法谁呢？他列了八位，有曹植、陆机、庾信、江淹等，刘勰也是其中之一。各位听听，这不是胡说八道吗？庾信、江淹、刘勰与古文有什么关系？明人不学，却常大言欺人，这就是一例。

还有一些明人的引述或评论，比如沈津的《百家类纂》等。这是明朝人喜欢刻的一种丛书，常杂选一些僻书。另外明朝人还有些评论，是在批本中显示的。杨慎（升庵）可能是最早提倡《文心雕龙》的人，曾用五色笔评点过此书，目前可看到的批语还有三十三条。我看过祖保泉先生一篇文章，说杨慎“竟然不嫌麻烦，用五色笔。这无异告诉人们，他非常欣赏这部著作。同时也表明，他是在比较安闲的环境中从事这项工作的”。其实不是这样。用几种色笔圈识批点，乃明朝读书人之习惯，如归有光也以五色笔批过《史记》。当时，书坊还常刊行五色套印的各家诗文集批本。杨慎批过的书很多，当然也喜欢《文心雕龙》，但这只是他批过的书之中的一本罢了。

其体例是：人名用斜角，地名用长圈，偶俪之切，以青笔红笔圈之。如《文心雕龙·神思》“积学以储宝，酌理以富才”，加黄圈；“然后使玄解之宰，寻声律而定墨；烛照之匠，窥意象而运斤”，加白圈；“然则博见为馈贫之粮，贯一为拯乱之药”，加红圈；“至于思表纤旨，文外曲致”，加青圈。可见他所欣赏者，在于《文心雕龙》的文采而非理论，其文采还是以偶俪为重点的。正因如此，杨慎解释“风骨”才会说：“左氏论女色曰美而艳。美犹骨也，艳犹风也。文章风骨兼全，如女色之美艳两致矣。”这岂不是胡说八道吗？黄叔琳注本曾批评：“升庵批点，但标词藻，而略其论文大旨。”你看他这种解释就知道，其实不仅是略其论文大旨，更是误会其论文宗旨呀！

刊印过梅庆生本《文心雕龙》的曹学佺，重视文采比杨慎更甚，且常注重句法字法。如《诔碑》篇“事光于诔”，批“光字妙”；《杂文》篇“甘意摇骨体，艳辞动魂识”，批“骨体亦佳”。这完全是以欣赏作品的方式在看《文心雕龙》，且看得非常琐细。然而不幸的是，他认为妙的字，其实常是错字。如“事光于诔”的“光”，乃是“先”之误；“甘意摇骨体”的“骨体”，乃是“骨髓”之误。其毛病，跟钟惺是一样的。

杨慎、钟惺这些人，皆明代文坛上大有名望者，而其对《文心雕龙》之理解不过如此。此书之地位和影响也就可见一斑了。

六

可是无论如何，明朝后期引述《文心雕龙》的毕竟渐渐多于从前了，清朝尤其多。不过，我要提醒大家，清人之所以重视《文心雕龙》，原因之一是目前讨论《文心雕龙》的人所没有注意到的，那就是：清朝骈文的势力越来越盛。骈文势盛之后，六朝的文集与作品水涨船高，常重新被抬出来讨论。所以，清朝很多重视《文心雕龙》的人乃是骈文家，从骈文的角度来重视它。

譬如孙梅。孙梅编了本《四六丛话》，他是阮元的房师，所以《四六丛话》还有阮元的后序。阮元则写过《文言说》。各位知道，六朝即有文笔之辨。但唐代古文运动后，力反六朝，以笔为文。到了清朝，阮元才重新恢复文笔论，认为文就应该是骈文，应该有对仗，这才是文章的正宗。“骈文”这个名词比较晚出，大概是清朝中晚期才有，之前只称为“俪体”“骈俪”“四六”等，“四六”是最稳定的称呼（就是柳宗元所说的“骈四俪六，锦心绣口”）。孙梅的《四六丛话》中有很多地方引到《文心雕龙》。

另外就是沈叔埏。他写过一篇很长的《文心雕龙赋》，用赋的形式来赞美《文心雕龙》，并总体概括《文心雕龙》的理论，所以这篇赋很重要。还有凌廷堪，他是经学家也是文学家。他的文集中曾用楚辞体来纪念古代的文学家，其中一篇就是纪念刘勰。

又，刘开有《孟涂骈体文》，其中说“宏文雅裁，精理密意，美包众有，华耀九光，则刘彦和之《文心雕龙》殆观止矣”，认为刘勰的《文心雕龙》是很棒的。

对《文心雕龙》的赞美，大量出自这批骈文家或者骈文的提倡者。像阮元，除了在《四六丛话》的序中赞美外，在《昭明文选序》中也有很多称赞。还有，陈广宁的《四六丛话跋》中也有不少赞语。可是他们的赞美，常不是因为《文心雕龙》的理论，而是因其文章。而《文心雕龙》理论的重要，也是因其能为骈文张目、提高骈文声望之故。

另一方面，让我们来瞧瞧古文一派怎么看。

前已介绍过杨慎开始了对《文心雕龙》的评点。从此，《文心雕龙》渐为人所知。可是，明代归有光、黄宗羲等古文家却未对《文心雕龙》发表过什么评论；清朝桐城派的方苞、姚鼐、刘大櫆等古文家，也对《文心雕龙》未置一词。到了清朝中叶之后，《文心雕龙》的地位日渐巩固，古文家不能再对它视而不见了，所以也会对其有所评述。但这些评述，实与骈文家大相径庭。譬如方东树是姚姬传的学生，他的《昭昧詹言》是非常重要的文评著作，他说：韩愈、柳宗元、李翱、苏洵等人论文，都还是不错的，"可谓以般若说般若"。其他文人则不然，自己无真正体验，空描虚说，不过是些空话，像陆机、刘勰、钟嵘、司空图等人，就属于这一类。"不过知解宗徒，其所自造则未也。……既非身有，则其言或出于揣摩，不免空华目翳，往往未谛"，往往讲不实在。此评很有代表性，可见古文家对刘勰这本书不很重视，评价也不甚高。

这里还要特别介绍一篇清朝李执中的《文心雕龙赋》，比上述沈叔埏的更长。

汉朝人开创了一种赋，是拟对体。比如《答客难》，有客来，跟我讲了一通道理，然后我跟来人说道理不是你讲的那样，应该是这样的。如此如此，于是说服了对方。这是汉赋中常有的文体，是一场辩论。但这个辩论是假的，用假设的问题引发了正面的议论，故而是一种说服体，而这篇《文心雕龙赋》就采用这种形式。

文中说有朋友来大骂《文心雕龙》，“讥文体之俳优”，说怎么能用骈文这种不高级的文体来写呢？且这么烂的书居然能流传下来？这书“辞纤体缛，气靡骨柔”，软趴趴的，风格还是停留在齐梁之间，注重打扮。所以，五十篇，洋洋洒洒三万字，却是“实艺苑之莫贵，何撰述之能俦”，是艺苑所不重视的，也不能进入著作之林。可是，这本书的评价居然还挺高。他认为可能是时无英雄，遂使竖子成名吧。然后主人展开辩护，认为《文心雕龙》的文章和理论都还不错；最后，终于说服了客人。这篇文章，充分显示了《文心雕龙》的价值在清朝中期还是有争议的。《文心雕龙》从“晦”慢慢到“显”，开始有人为之注释，有人开始赞叹，但是古文家还是有批评的，形成一定的争论。

这种争论，很大部分不是我们现在所重视的文学理论问题，而常关涉其文章表现。因为《文心雕龙》乃骈文，其理论亦辄为骈文张目。因此，从古文家的眼光看，其理论已经过时了。但是，讲骈文的人认为文章既叫作“文”，本就应该重视文采，从《易经·文言》以来就是骈文，古文只是一个支流而已，这当然会引起蛮大的争论。总之，一件东西是什么，常取决于人怎么看。可是眼光既受限于时代，也受限于人群。我们对一件物事，兴高采烈地往一个方向去阐述、去夸誉、去分析时，总该注意还有不同时代与群体的冷眼。

视觉本觉

许多学者认为古希腊文明的特色之一，就是语言中有不少跟认知有关的词语都来自于视觉经验；也有些人说视觉至上是西方独有的特点。因为欧洲的认识论之论述，历来都结合“看”与“知”，也就是把视觉与认知、观察、经验结合起来，亦即把观看视为一种思考方式，故英语说“I see”即等于“I understand”。

是以也有人推断道：欧洲文化乃一视觉传统，东方文化，如中国文化则为非视觉的传统。例如医学，欧洲的医学比较重视解剖知识，中国人则不大重视这些。中国的医学讲脉络、讲阴阳、讲寒热、讲补泄，都非视觉经验，而是本于一些观念。

一、视知觉的开发

如此区判中西，看起来固然不无道理，但细细究之，终觉未妥，因为中国人同样重视视觉。

先说医学。中医固然不像西医那样强调解剖，但那并非中医不重视觉，而是对人生命的看法迥异于西方，重整体而不重分解。在中医的诊断方法中，所谓“望、闻、问、切”，望仍居第一位。《伤寒论》甚至说：“上工望而知之，中工问而知之，下工脉而知之。”对“望”的重视在“问”与“脉”之上。医学如此，其他领域大概也差不多。

在汉语词汇中，视觉经验的相关词数量甚多。如“见”，古文字象一人站着睁开大眼睛在看，这是看的基本状态。由此近看则是“鉴”“临”，字象人对着水盆俯看。如《诗经》说“上帝临汝”，改写成白话，就是老天爷正看着你哪！此为近看、俯看。看得远，则就是“看”，象一人拿手遮在眼睛上远望。“望”，字从亡声，指人往远处看，看得比“看”远些。古人诗云“渺然云物望苍茫”，即指此。若看得再远，那便是“观”了，字象鹳鸟飞在天上看，足以见天地之大、品汇之众。周濂溪谓莲花可远观不可亵玩，贾宝玉住的园子叫大观园，古人遣词用字，俱有分寸。“观”字正是用以指远观而非近视，指大观而非小有所见的。

一个视觉经验，有这么多层次、远近之分，适足以证明中国人对它至为重视，所以对此经验之体会，甚为细致。

然而，这还没完。以上所说，尚只是一般的视觉经验。仰观俯瞰、远眺微瞯、偷觑暗窥、斜睨直瞠，均仅为自然视觉的行为，这个“视”本身却指一种灵性的视觉经验。那是与神灵沟通或带有灵视性质的视觉，字从示，即与神有关之意。因此我们说灵视，只能用“视”，而不能说灵见、灵看、灵望。道教“内视法”，令人内观五脏肺腑，亦是这个视。

此外则是“省”。中国人好说反省、省察。“省”是非自然视觉活动的视觉，指人对自己心意、道德、内在生命的观察，纯是内指的。金文中，“德”字十五见，皆从直从心，直为“省”的本字。省视自己的心，就是“德”。这就是中国人的道德观，故《师望鼎铭》云：“克盟厥心，哲厥德。”根据视觉经验，显然道德修养和道德认知有关。视觉经验至此乃超越了眼珠子运动的这个层次，而有了精神意涵。

由是观之，中国的视觉传统也是极为丰富的。反倒是在西方，著有《视觉思维》的鲁道夫·阿恩海姆（Rudolf Arnheim，1904—2007）等人却抱怨西方的传统老是把思维跟知觉分开，认为视觉、听觉等知觉无法形成知识，知觉也不同于思维，故贬抑知觉而推崇思维理性。两相对比，中国对视知觉的重视甚至高于西方，亦未可知。

二、立象以尽意

可不是吗?《易》云，古圣人仰观俯察以造卦爻。仰观与俯察，就都是视觉活动。此类视觉活动，甲骨文所见，已有目、众、相、臣、致、民、臧、省、视、睎、面、智、见、曼、监、望、蔑、看、睁等。据《说文解字》所说，则视觉活动多达一百零五种，分别以一百零五个词来表明。一百零五个视觉词中,《说文解字》又以目、视、见、望四个词作中心词去训释其他词。如：省，视也；睎，望也；睹，见也；候，司望也。目是眼睛，目珠转盼即有视觉；见是近视；望为远视；视为灵视——刚好是四种基本视觉活动，故以四字为中心，训释诸视觉活动词，甚为合理。但是，看见本来是极自然的行为，人若有目自然就能视。故此亦如语言一般，人而能言，自然之道也。唯有对此自然之行为有了自觉，才能发现视觉活动会有那么多类别与差异，可以区分出百余种行为来。如眷顾、瞟眄、诊相、莅觏各不相同，或是以目触物，或是凝视，或是验证，或是审查，或目不正，或高看下。种种视行为关联着视知觉，均被中国人逐渐体察到了。这可称为“视知觉的开发”。

人类视能力之运用当然比语言早，但“视觉的开发”与“对语言的思维”时间上孰先孰后尚难断定。由许多民族都有手势语与语言混用的情况看，早期听觉与视觉应该也颇有“联类”或“互通”的现象。

甲骨文中，“庭”字均从口耳会意，与“听”字同义，亦为“厅”字，与“居”“圣”之声同源。庭、廷、厅，从意义上说，都是空间的概念，本来应是用视觉才能观察到的，但其词竟从声音而来，以听事之处为廷。这就可见中国古人亦有视觉、听觉联类互通的态度。

这种态度，会使得语言思维与视知觉相夹而发展，在语言系统逐渐完善之际，视知觉体系也粲然大备。

但《周易·系辞传下》又说：“古者包牺氏之王天下也，仰则观象于天，俯则观法于地，观鸟兽之文，与地之宜，近取诸身，远取诸物，于是始作八卦，以通神明之德，以类万物之情。”这个传说则显示中国人对视知觉的开发毕竟异于对语言的思维。语言并无创造之传说，视知觉的开发却被明确定在伏羲时期，谓此一时期人们才懂得透过“观象”“取法”的活动，以视觉能力创造了文明。

三、由观象到造象

观象，是指视觉对物象和天象之观察。取法，是指观察后对“象”之所以如此的理解以及效仿。法，既指象之原理，亦指人的行动。取象的对象，则天地间一切物事无所不包（请注意“对象”一词），尤其是把人自己作为视知觉观察之起点。所谓“近取诸身”，这一点最奇特。因为一般的观看活动，都以视见外物为主，中国人却以自身为主。

我们在前面曾举“自省”“反省”“省察”的“省”字为例。“省，视也”（《说文解字》），省视要由人自己出发，在甲骨文中就极为明显。甲骨文字所表事物的类别中，动物约占百分之十七，植物农食等约占百分之十五，天象约占百分之九，地理者约占百分之九，战争者约占百分之八，住者约占百分之六，行者约占百分之三点六，衣者约占百分之一点七，育者约占百分之一点四，乐者约占百分之一点七，祀者约占百分之三点六。关于人类的序列和人体本身却区分甚细，词字最多，如人伦中的祖孙父子、人类中的男女嫔妾、人体中的耳目足口、生理中的孕毓疾疥、活动中的作息盥栉，占了百分之二十以上。这还只就本义说，不包括谐音以及由人引申创造的字，例如后来用为虚词的及、亟、亦、夫、乎、若等等。此即可见所谓“近取诸身”确非虚语。后世哲学强调“以人为本之思想倾向”，一可见诸此。

中国文字本身更是观象取法的实例。

世上许多语系的文字是由拼音构成的。拼音文字乃是语音的延伸，文字系统与语言系统结合了。中国的文字系统则与语言系统不合不离。不离，是说它有结合语言的部分，如形声、转注、假借；不合，是说它另有与语言无甚关系的构字原理，如象形、会意、指事，而且其符号本身另成一体系。

与语言不离的部分，此不赘论，且单说那与汉语不合的部分。这个部分，主要就是由观象取法而来。

所谓象形，是以一种抽象化的图形，去拟象具体之物，如人、牛、羊、马。所谓指事，亦称象事，是拟象意念等不具体之物，如上、下，加一点在一之上为上，一点在一之下为下。会意则是组合两形以上以见意，如以手抓木为采，以手开户为启，以手捉贝为得，以手搭弓矢为射，均是观见某象，法之而造符号，用来表意指物。

文字之创造，时代较晚。伏羲时代，此种观象以造物之活动，谅未展开，此时所造之物应该也是较为具体的。《周易·系辞传》称此为“制器为象”，说伏羲“作结绳而为网罟，以佃以渔，盖取诸《离》”，已开始了这种创造。其后，“包牺氏没，神农氏作，斫木为耜，揉木为耒，耒耨之利，以教天下，盖取诸《益》。日中为市，致天下之民，聚天下之货，交易而退，各得其所，盖取诸《噬嗑》。神农氏没，黄帝尧舜氏作，……垂衣裳而天下治，盖取诸《乾坤》。刳木为舟，剡木为楫，舟楫之利，以济不通，致远以利天下，盖取诸《涣》。服牛乘马，引重致远，以利天下，盖取诸《随》”。耒耜、衣裳、网罟、舟楫、车乘、门柝、杵臼、弓矢、宫室、棺椁等都是具体的器，创制这些器物时均是观象取则的，故说某某物事盖取自某某卦象。但器用亦不仅指此而已，因为“日中为市，致天下之民，聚天下之货，交易而退，各得其所”，“古之葬者，厚衣之以薪，葬之中野，不封不树，丧期无数，后世圣人易之以棺椁”，均非具体之器物，而是事务、制度。制器者尚象之器，显然就包括了虚器。虚器与实器合起来，则兼涉了文明的物质器用层次、典章制度层次和“上古结绳而治，后世圣人易之以书契，百官以治，万民以察，盖取诸《夬》”的文字符号等。《易传》认为这些全都是以观象取法这个原理创造出来的。而其起源，则始于伏羲时代。此中包含几种不同的思维活动：一是观象，这是视知觉对外物的观视；二是取象，有见物象，而对此象有所认知、有所理解，心有所抉取，例如以人立为“大”，人顶为“天”，以缺月为“月”而不以圆月，以羊头为“羊”而不以尾，均是对象有所择取。经取象之后，象已非物象，已是心象。这是认知活动对事物进行抽象化的结果。至于依象制器，情况又不相同，是在依我人对物象进行抽象化之后，本此心象进行创造性活动，而制造出典章制度、物质器用和文字符号来。

在观象时，我已经说过，由甲骨文可显示中国人对人最感兴趣，也看得最仔细。伏羲时是否即已如此虽不可知，此一“知觉方向”大概由来已久，故循此方向而看到的东西里以人为多。且不只人体人事之象，人的内在心理之象也多被观察到了，例如心、必、怵、急、恒、惠、慢、庆等字均见于甲骨。易卦之中，同样有取象于人事者，如观、师、旅、睽、讼、履、家人、同人、颐、归妹等卦，以及取象于心理者，如恒卦等。故泛称为“观物”的活动中，实则包括了观心，在后世的用语中仍然保留着这个特点。

所观之物既包括了这样的内在心理感情等象，其所谓“象”便非仅为实象，亦有虚象。如龙、凤、鬼、帝之类，世上未必真有其物或未必可以观见，但人相信有，它就有了，凡信者即可以有所见。这就可以知道，观象并不是纯客观的“物来而视之”。视知觉不只是像镜子般反照出物象而已，它与取象的活动是相关联的。

虚象也者，乃是一种“意象”，是意念形成的象。平常人们说疑心生暗鬼，鬼之象即由意念所生。取象的活动，也是以意摄象，以心抉择之，故所得亦为意象。如考古所获陶器上，除鱼纹、蛙纹外，多有几何图纹、螺旋纹、太极纹或人面鱼身纹等。这些几何图纹等均非物象而是意象，显示的是图腾观念或某种秩序感。其象与具体真实物象间可能有些关联，但基本已是经由抽象活动转化过的。

抽象，是指由具象之物中抽取共同成分和共同性质出来，或把某种形态的特殊样式分离出来，或把一个造型较为复杂的物体的结构特征，以一种较简化的方式再现出来。这种抽取（withdraw）及分离（detach）的能力，本来是观物时自然而有的。例如我们看人，某个人在我们脑中浮现的往往不是整个人的形象，而是他的特征：大头、麻脸、瘸子、矮个子之类。观物所见，并非原物之复现，即缘于此。

四、意象与诗

但这是不自觉的。自觉地透过或利用这种抽象能力，并寻找、提取物象的特点或性质，让物象对人形成意义，才是取象。这样的活动本身，则是一种创造性的思维。

每个人都能仰观俯见天地间的物象，但能有此观象取则的创造性思维者却甚少。此所以《易》推崇能观象取则的是圣人。圣人是创造者，因为象与意之间的联系并不稳定，也不直接。观察物象，而寻找到该物所代表的意义，选择且建构一个与此意相符的象（源于物象但不同于物象），正是伟大的创造性活动。这类创造性活动并不只有伏羲氏一人能之，同一时代应有许多类似的活动。以《易》考之，坤卦象曰“地势坤，君子以厚德载物”，乾卦象曰“天行健，君子以自强不息”。天行有日月星辰之象，地势有东西南北、高低燥湿之象。对此等象正可以有不同的理解，如星象学家或地理堪舆术者便不曾朝厚德与健强方面去构意，故对天地时，其所掌握之意象便与《易》殊为不同。《周易·系辞传上》称此为：“仁者见之谓之仁，知者见之谓之知，……百姓日用而不知。”而此中唯有《易》之意最佳，可以弥纶大地之道，故特为后人所推尊。

观象取象，是由象见意。如何见意、见什么意，则是创造性的思维。推此创意，乃又能由意显象，将某一意表现或构创出一物象来，尚象制器，创立各种世上原先没有的东西。这就恰好形成了一个意象的循环。

日人中村元《东方民族的思维方法》论中国，第一章就说中国思维的特点即是“对具体知觉的重视”，谓中国思维的方法着重于“依赖知觉表象进行阐释”，且以视觉直观符号为主，如中国佛教的特色就是用图示来说明教理。华严的圭峰宗密以●表妄心，以○表真心，构成十相。禅宗的曹洞宗洞山良价以“五位君臣”论修禅功夫，均属此类。

翻开道藏及佛藏，就可以看到许多这样的图像。因此，中村元所举虽仅为佛教之例，但此种立象示意之法实在是儒道佛三教均大量使用的，称其为中国思维的特色及方法并不为过。

但这种方法的运用也不是泛滥的。对于一般物事、寻常道理，言语便不需要采用尽意、象示之法。故凡立象以示意者，大抵均是孔子所难以言诠的天道性命之事。关于这类事理，中国人以《太极图》《真性偈》《牧牛图颂》《宝镜三昧歌》来示意，古希腊、古印度则须出之以烦琐的议论，大谈形上学。

而象示之法结合以诗歌，尤为特色。这是因为象示之法跟诗歌的表达相似。

诗非直述语言，重在比兴。比兴之用，即与象同。故陈骙《文则》卷上云：“《易》之有象，以尽其意；《诗》之有比，以达其情。文之作也，可无喻乎？”宋大樽《茗香诗论》亦云：“《易》取象，《诗》谲谏，犹之寓言也。”章实斋

《文史通义·内篇·易教下》更说：“《易》象虽包六艺，与《诗》之比兴，尤为表里。”

后世中国人说事理，喜欢用诗。不唯小说中动辄“有诗为证”，评述古今之变、暗示人生哲理、指点迷津、蕴显天机都离不开诗。谶语、预言、签条、歌诀广泛流通于中国社会中，而这些大多是以诗为之的。当然，往往也结合以图像。自古易图以迄《推背图》《烧饼歌》等，无不如此。

自居正统的知识分子，可能会瞧不起这些歌诀、诗签、谣签，但别忘了，大儒若要总摄于学问宗旨时，也只能用诗。如朱熹、陆象山的鹅湖之会，要辩论为学宗旨时，头绪必然甚繁，千言万语未必就能讲得清楚；但双方各出一诗，其境界、气象、宗风之异，便足以令人领会了。

在现今这个语言泛滥的时代，也许我们更应重新领会这种“领会”，回到歌诗比兴、意象稠叠的境遇中去。

西方修辞学起于辩论，中国则起于外交

“山川异域，风月同天”[1]和“武汉加油”之后，大家都懂了文辞优雅的重要性，但优雅是经过研究和学习来的。研究语言美的规律，教导我们如何把话说得美，孔子称之为“修辞”，亚里士多德则写过《修辞学》。可见东西方都曾致力于此，各有传统。

早期修辞，指的是言辞，后来又运用到文字上，称为“文术”，而基本原理相通。

我这里要说明的是：中国的言辞修饰之学如何发展起来，又都从哪些角度来思考语言美的问题。这其中，孔子、

① 2020年1月，日本汉语水平考试HSK事务局向湖北捐赠抗疫物资，包装纸箱的标签上印有这八个字。——编者

墨子、管子、孟子、荀子、公孙龙子、韩非子、鬼谷子、吕不韦都贡献过他们的智慧（我会稍稍引用一点他们的原文，以免各位查找费事）。

早期多只是自然的言说，文字也还没这一套修辞手段。《诗经》《尚书》中保存的上古文学作品，虽然也各有其美感，所谓“《诗》正而葩”或“周《诰》殷《盘》，佶屈聱牙”，但都是表现为如此，而非有意识地创作使其如此。皆是天籁，乃自然之声，非人为修文之艺也。

到了春秋战国，才体认到“言之无文，行而不远”，着意于对言语的修饰、润色、讨论，以臻乎美善。通过这种讨论、修饰、润色的过程，才逐渐发展出文术的观念，懂得话要如何说、文要如何写，才能尽理，才能善巧，才能动人。

此种立言之技术，章学诚曾推测可能出于古代行人之官。《文史通义·内篇一·诗教上》说：“战国者，纵横之世也。纵横之学，本于古者行人之官。观春秋之辞命，列国大夫，聘问诸侯，出使专对，盖欲文其言以达旨而已。至战国而抵掌揣摩，腾说以取富贵，其辞敷张而扬厉，变其本而加恢奇焉，不可谓非行人辞命之极也。孔子曰：‘诵诗三百，授之以政，不达；使于四方，不能专对，虽多奚为？’是则比兴之旨。讽喻之义，固行人之所肄也。纵横者流，推而衍之，是以能委折而入情，微婉而善讽也。”章学诚是主张诸子百家皆出于王官的，所以推原学术，全都说它们出于某某之官，此处亦然。其推测未必无理，但如其说，则诗纵使皆出于行人，亦未免太隘视诗学了。且行人就是外交官，外交官的传统固然极重视应对辞令，但那只是一种职业上形成的风气、习惯、传统。虽也有一定的训练，然而其传统未必已抽绎为一可明白授受之技术或理论。故推原溯始，不妨远征于行人之官；指论文术，毕竟仍应从墨子等人开始。

名墨言辩，乃战国时期思想界一大特色，因为要四处去游说、去辩论，言语不善巧是不行的。其中《墨子·非命下》首论立仪及三表法，云："凡出言谈，则必可而不先立仪而言。若不先立仪而言，譬之犹运钧之上而立朝夕焉也。……是故言有三法。何谓三法？曰：有考之者，有原之者，有用之者。恶乎考之？考先圣大王之事。恶乎原之？察众之耳目之请。恶乎用之？发而为政乎国，察万民而观之。"

立仪，指凡立说须先有一宗旨或主题。三法，指论说应从三方面来：考之于古事、求证于现实、切用于实际。这就是非常具体地探讨言谈的原则与方法了。

但这还只是就其大体而说，如《小取》篇便更细致地谈到了修辞立说之术："辟也者，举也物而以明之也。侔也者，比辞而俱行也。援也者，曰：'子然，我奚独不可以然也？'推也者，以其所不取之同于其所取者，予之也。是犹谓也者，同也；吾岂谓也者，异也。"

辟，即譬喻，举他物以明此物。

侔，是用其他同义词来衬托、模拟。

援，是援例以论证。

推，是归纳的推断。

辟侔援推之术，既应用于墨子自己的立论里，也广泛存在于后世文术中。

墨子又有《大取》篇。小取大取，古来颇以其名义为疑。孙诒让谓“取”即取譬之意，并引《小取》篇“以类取，以类予”释之。《大取》篇中又有“语经，语经也”一语，历来也以为难解。李渔叔认为“语经”应该是特立的名词，指论理学或辩学。所以本句是说：此种学问所谈的，乃是言语之常经。

今存墨子书中的《经》上下、《经说》上下，或许就接近墨子此处所谓的“语经”。也有人把《大取》《小取》并入合计，认为合起来才称为《墨经》。但不管如何，此类篇章中详细讨论了言辩之术，且为后世论理修辞之学开了路，则是毫无疑问的。其中论修辞之要，如：

> 以故生，以理长，以类行也者。……辞以类行者也，立辞而不明于其类，则必困矣。故浸淫之辞，其类在鼓栗。(《大取》)
>
> 夫辩者……论求群言之比，以名举实，以辞抒意，以说出故，以类取，以类予。(《小取》)

此类墨家所论的“语经”，因有一大部分是在讨论名实的问题，故未必与修辞求美之术完全相关；但上述涉及基本修辞原则及修辞方法之处，对后世的影响就已经很可观了。

名家之学也以言辩为主，荀子谓其“治怪说，玩琦辞”，然我认为其核心问题应在“名实”而不在“文质”。由于所论重点在于名实，因此，名家争论的主要是何谓名，名有哪几类，名与指谓的关系，名如何方可称之为正，何谓实，实是否即是物，形、象、物、实的关系为何，实又如何与名切合，以及人对物的认识，认识的历程，等等。

讨论这些，对于修辞文术并无直接作用，后世亦无文学理论探究名实、指物、历事、坚白、同异之类问题者。但确定言辩时每个语词的名义与指谓，以及一些基本论理规范，对整体言说水准的提升，其功效仍是不可忽视的。

其次，“名实论”与“文质论”有间接的呼应关系：实类似质，名类似文。故墨子《经下》云“一，偏弃之，谓而固是也，说在因”，《经说下》云“二与一亡，不与一在，偏去未。有文实也，而后谓之。无文实也，则无谓也”。文实即名实。这就是以文为名的例子。

由于名与实的关系犹如文与质，所以凡在名实问题上主张“以实正名”者，自然也就主张以质为主，如墨子即是如此。《经下》云：“或，过名也，说在实。”名若不符实，就称为过名；说在实，则指人应以实定名。实，是指客观存在的事实或现实；名，乃是依此现实而有之称谓，并非另外再给它一个称呼。所以，《大取》云：“名，实名，实不必名。”既如此，察其实可矣，有其质可矣，何必文乎？

名家另走一路，不是以实定名，而是“寻名以检其差”，分辨形与名之间的差异而企图矫正之。如尹文子云“名以检形，形以定名，名以定事，事以检名。察其所以然，则形名之与事物，无所隐其理矣”（《尹文子·大道上》），借名与实之相互对勘，以追求名实相符的理想。这种循名以责实之路，较可能发展出文质合一的态度。尹文子之所以为“文”，非无故也！

总之，纵使名墨之学不出于古行人之官，其对言辩之术的发达也实在贡献良多。

之前，孔子曾一再对巧言者提出批评，论修辞则仅以“立其诚”为说。此时，论立言之道已不谈立诚与否的动机问题、巧言者的道德问题，而是就其所言，论其是非然否，考其论式，析其论理，究其名义，辨其指谓。言辩之巧的价值乃得以确认，故《邓析子·无厚》说：“故谈者，别殊类使不相害，序异端使不相乱，谕志通意，非务相乖也。”

言辩的价值虽已确立，但“饰词以相乱，匿词以相移”的状况也因此而愈多。对此言伪而巧者日增的现象，遂不免有人起而提倡“知言”以纠偏。

《孟子·公孙丑上》曾记公孙丑问孟子有何长处，孟子答：“我知言，我善养吾浩然之气。”在这一段后面，接着谈到：“宰我、子贡善为说辞，冉牛、闵子、颜渊善言德行。孔子兼之，曰：‘我于辞命则不能也。’”所以公孙丑质疑：孔子的辞命之学既不佳，怎么能称为圣人？惹得孟子把公孙丑骂了一顿，但并未正面谈到辞命之学的问题。谈辞命的，其实就只是前面论知言养气那一段。本段，释者多分而论之，知言是一件事，养气又是一件事。实则不然。本段乃论知言，欲知言，须养气。能养气，能持其志，不暴其气，直养而无害，则气不馁，心不动，发言便能理直气壮。反之，言语若有破绽，乃是动心暴气的结果，所以说："诐辞知其所蔽，淫辞知其所陷，邪辞知其所离，遁辞知其所穷。生于其心，害于其政；发于其政，害于其事。"知言，既指知他人之言，也指自己懂得如何言说。

类此知言之学，在荀子亦有《正论》篇，辨世俗言说之非。管子《正言》应该也是这类著作，惜其已亡。但其《心术上》说"直人之言，不义不顾"，"洁其宫，开其门，去私毋言，神明若存"，《心术下》说"无以物乱官，毋以官乱心，此之谓内德。是故意气定然后反正。气者，身之充也。行者，正之义也。充不美则心不得，行不正则民不服"，"治也者，心也。安也者，心也，治心在中，治言出于口"，与孟子之说皆可相发。

与孟子之说相近者，尚有《鬼谷子》。鬼谷先生为苏秦、张仪之师。世传《鬼谷子》一书虽未必即出于其手，但《史记》《说苑》已引其书，则其为先秦古籍固无可疑。今本或有后人增益附入之处，然不少字句亦见诸其他典籍。如卷下《本经阴符七术·实意法螣蛇》云"心欲安静，虑欲深远。心安静则神策生，虑深远则计谋成。神策生则志不可乱，计谋成则功不可间”，与《邓析子·转辞》有很多相同，足证此乃当时古语。

而此类言语适与孟子论知言养气者相符。《本经阴符七术》，一为盛神法，云“以德养五气，心能得一，乃有其术”。二为养志法，云内以养志，外以知人，若心气不固，“志意不实，则应对不猛”。三为实意法，云计谋之虑，务在实意，实意必从心术始。四为分威法，云“静固志意，神归其舍”，乃能“分人之威而动其势”。五为散势法，云“心虚志溢，意衰威失，精神不专，其言外而多变”。六为转圆法，云须有圣人之心始，能原不测之智，圆转如意。七为损兑法，云“圣人以无为待有德，言察辞合于事”，“故智者不以言失人之言，故辞不烦而心不虚，志不乱而意不邪”。可见知言之道，在于治心气。

其上卷《捭阖》篇又说“口者，心之门户也；心者，神之主也”，《反应》篇则说“欲平静以听其辞，察其事，论万物”，必须先知己定己，才能知人知言。凡此等等，均近于孟子的思路。言说纵横不只是口舌辩难间的事，更须涉及立言者的修养。此种观念，对后世文术论影响深远，认为唯有善于治心养气者方能知言。宋朝晁补之说黄山谷“于治心养气，能为人所不为，故用于读书为文字，致思高远”，即为一例。

此等知言之术，一方面指应如何才能了解别人言说的虚实真伪，一方面教人懂得如何说话，既普遍见于孟子、管子、鬼谷子、邓析子诸人著述中，足见此乃当时广泛关心的问题。

集中讨论此一问题的，还有《韩非子》与《吕氏春秋》。

《韩非子》一书，论及言辩者甚多，对于谏说之难以及听言之术，均广所喻论。《说难》更曾被司马迁全文抄入《史记》，此篇与《难言》都是陈述言论的困难与患害，分析游说成功与失败的原因，本身就条理清晰、布局精巧，是上乘的佳作，所言更具有理论意义。

至于《问辩》《八说》《说疑》，论说辩亦极精。五篇《难》，下开问难这种文体，也值得注意。另有《说林》两篇，《储说》内篇又分上下，外篇更分左右上下。可以说《韩非子》一书收集当时言说之例证、分析言说之技巧，实是洋洋大观，对人君应如何听察群臣言说之真伪是非，尤有深入剖释。

《吕氏春秋》中的《有始览》有《去尤》《听言》《谨听》，《慎大览》有《顺说》，《审应览》有《重言》《精谕》《离谓》《淫辞》《应言》等，都是讨论语言情境、分析言说技巧者。其中《精谕》言"言不足以断事，唯知言之谓者为可"，可证它亦重视知言之术。

但其术主要在于透过言辞以得其意："言者，以谕意也。言意相离，凶也。……故辨而不当理则伪，知而不当理则诈。……辞之不足以断事也明矣。夫辞者，意之表也，鉴其表而弃其意，悖。故古之人，得其意则舍其言矣。听言者以

言观意也。”(《离谓》)

这是类乎道家的立场，以得意忘言来知言，不希望人执着于言辞层面，而主张由“迹”透见其“所以迹”，故《淫辞》说：“非辞无以相期，从辞则乱。乱辞之中，又有辞焉，心之谓也。”淫辞之所以为淫，正如孟子所说，乃是淫辞知其所陷。是心陷溺了，生于其心，害于其政，才使得言辞也陷溺了。所以听言者不可以只观其言，更要察其心、知其意。

由于它采取这种特殊的得意忘言立场，所以发言时也不强调言辞之巧，而贵“因”。《顺说》:“善说者若巧士，因人之力以自为力，因其来而与来，因其往而与往，不设形象，与生与长，而言之与响。”所谓不设形象，是指善因者不必假借譬况。此乃超越修辞以达到善说效果的见解，它与孟子主张知言者应重视治心养气，其实有异曲同工之妙。也就是说，孔子之后，“言之文”的要求促使诸子百家都注意到如何使言说美善的问题。

但对于应如何才能使言说臻于美善，基本上有两条思路。一是由名辩游说之士所擅长的立仪、立法、譬、援、推、侔、比辞、取类、以名举实、以辞抒意、以说出故等，逐渐发展出愈来愈精密的推理言辩之术，形成越来越善巧的修辞技巧，收集了许多言说成败之实例以供揣摩，甚至也有师承可资学习。

这一路的发展，当然蔚为修辞论辩之术的昌盛时代，但也由于开始有人耽溺于这种巧言饰说之中，“治怪说，玩琦辞”，以至激生了另一种思路——教人要洞悉言辞的巧饰与虚伪，深入体察言辞背后或内里的意念，或者体察说这些话的人的心思。甚且认为，只有心意志念健全，才能说得出好的言语，只有洞达心志才能理解语言。如《孟子》《吕氏春秋》所说，大体即是如此。

这两条线也不是划然分疆、壁垒俨然的，它们彼此穿透互补，如我们所看到的《鬼谷子》所说的那样。但依其大体而说，仍可有此两种形态。后世辩论文术，大抵亦含此两面。如《文心雕龙》上篇论文体，下篇论文术，而《镕裁》《章句》《丽辞》《事类》《指瑕》《附会》等篇属于修辞层面，《神思》《风骨》等篇则讲创作者的心思问题。

从大趋势说，六朝至唐以论文辞修饰之术为主，故除了《文心雕龙》之外，诗格诗例之学大盛；宋朝以后，则以治心养气以求超越寻常文字层次为蕲向。而此修辞文术之流变，肇端实在先秦。

先秦这些“怎么把话说好”的思考，是我们民族的重要资源，后来又有无数人继承、推衍、发展，形成丰富的修辞学或文术论。五四运动以后，这批庞大的资产渐次被人遗忘，甚或反而遭到了批判，实乃历史的诡遇、民族之不幸。转而改学西方嘛，西方那一套我已说过，从古希腊以来，也是源远流长的，哪是现在忽然就学得上。所以，稍回顾一下修辞学的发生史，想想自己该如何“好好说话”，亡羊补牢，时或未晚。

鸡汤文的原型和写作模板

心灵鸡汤，大家经常喝，还有人特别爱喝，认为很能提供“正能量”。其原型和写作模板，是晚明小品之中的清言。现在各路鸡汤文，都是它的庸俗版。

自周作人提倡晚明小品以来，大家就都误解了晚明小品，以为它显示的是“叛逆世俗、自显性灵”。其实克制生命中的习气与欲望，向往圣贤境界，才是大多数晚明小品文家的倾向。这就是为什么晚明清言小品多半表现出一种类似人生格言、用以警世劝善的意味之缘故，常有学道语与见道语。

但要“消杀得妄心尽”，谈何容易！以袁小修用力之精勤、悔悟之痛切，尚且云：“虽大智慧人，且通学问，亦未能使之顿消融也，可畏也。所以使人能为豪杰，不能为圣贤者，有以也哉！”当时大多数学道之慧业文人均只是狂者、豪杰，而未能真正成圣成贤。其修道境界，距真觉真悟，尚有距离；其嗜欲情好，未必即能消尽。于是，一般的情况就是：向往悟后风光，以修悟为谈资，而其所理解及实践所得，却往往与真悟真觉者颇有扞格。想要在身心上做功夫，却又毕竟不是道学家，难得下苦功。于是，描述道境多属描头画角，并不真切；甚且常以俗境为圣境，以乡愿之处世法则为修道真诀。谈修行功夫，则隔靴搔痒，终如雾里看花。此实际上的“隔”，正由其未切实在身心上做功夫使然，亦即由其面对如何克消人的欲望之人生大问题，采取了“隔”的态度使然，并未真正去处理它。换言之，一位慧业文人，虽感圣贤境界之美，心向往之，但终只能谈说观赏玩味之，只能以一种文学艺术的态度去品鉴，以一种指导别人该如何生活的姿态去传教，做心灵导师。在如此谈说观玩之中，他们仿佛即已获得心灵的洗涤，明白了人生情识所执着者毕竟为虚空不实之存有，然而所挹取者，实乃非圣非凡、在圣凡之间之美感趣味而已。以下我举《菜根谭》一书为例分析之。

坊间讲述“生活的艺术”书籍甚多，名称各不相同，或名“人生金言”，或名“我的座右铭”，或名“励志小品”，或者干脆径称“生活的艺术”。林语堂、周作人都曾写过这类的书。但林语堂与周作人提倡幽默，标举晚明小品，而溯源忘祖，竟忽略了晚明小品的清言一系，尤其是忘记宣扬《菜根谭》，未免是桩憾事。事实上，不仅《人间世》《论语》所标榜的人生态度及其艺术，与《菜根谭》之类明末清言有深厚的血缘关系，而且现今市面上流行的人生励志小品也仍以《菜根谭》《幽梦影》《醉古堂剑扫》（清人冠以陈眉公《小窗幽记》之名）等为大宗，注释、句解、训释、讲话者不计其数。我手边一本释圣印的《菜根谭讲话》（1975年版），至今又不知销行若干了。况且这类书不只在市面销售而已，有许多宗教团体印为善书赠阅有缘，其发行量和影响力是难以估计的。

这种善书，源自南宋初年李昌龄作注的《太上感应篇》，融通三教圣贤的劝诫，化为凡夫俗子均可实行的道德规范和善行，以鼓励民众向善之心、生活之趣。其中谈性命、道性情，不乏嘉言格论、丽词醒语，故亦广为知识阶层所喜爱。尤其是《菜根谭》，不只是它所宣示的人生哲理，被认为确能警世感人；它的文字，简练明隽，更是教人含咀无穷。它亦骈亦散，熔经铸史，兼采雅俗。似语录，而有语录所没有的趣味；似随笔，而有随笔所不易及的整饬；似训诫，而有训诫所缺乏的亲切醒豁；且有雨余山色，夜静钟声，点染其间，遂觉其所言清霏有味，风月无边。因此，社会上几百年来，一直奉此书为“圣典”，认为它有三教真理的结晶和万古不易的教人化世之道，为“旷古稀世的奇珍宝训”，对于人的正心修身、养性育德，有不可思议的潜移默化之力。

目前坊间流行的《菜根谭》，一标洪自诚著，分前后二集；一标洪应明著，有乾隆三十三年三山病夫的序，分成修省、应酬、评议、闲适、概论五项。根据《四库全书总目·仙佛奇踪》一条记载："明洪应明撰。应明字自诚，号还初道人，其里贯未详。"可知洪应明就是洪自诚，但这两个本子内容差别很大。到了清朝，先后又有石惺斋的《续菜根谭》二卷、刘子载的《吾家菜根谭》二卷等续书，也有重新整编的五项分类本。

据分类本前三山病夫的序说，这本书是佛教徒来琳刻印的。来琳久参讲席，听教于不翁老人，老人取《菜根谭》授之，并告诉他说："其间有持身语，有涉世语，有隐逸语，有显达语，有迁善语，有介节语，有仁语，有义语，有禅语，有趣语，有学道语，有见道语。词约意明，文简理诣。设能熟习沉玩而励行之，其于语默动静之间，穷通得失之际，可以补过，可以进德，且近于律，亦近于道矣。"可见这本书的主要传播者，是佛教人士。在清朝如此，至今也是如此。

他们认为作者是一位"涉猎过道教、儒教，尤其是对佛教特别通达的人"。不幸此一看法，大体上是一厢情愿的。此书名为《菜根谭》，就是因为宋明儒常说："得常咬菜根即百事成。"所以它基本上是儒家观点的处世典则，而非空门修行的艺术。故于孔兼的题词一再说"屏居蓬舍，乐与方以内人游，不乐与方以外人游"，"有习濂洛之说者牧之，习竺乾之业者辟之，为谭天雕龙之辩者远之"。

书里也自称“吾儒”，企图站在儒家立场，兼采或消纳佛道，对人生做些指点。这种指点，就思想内容来说，实在是颇为凌杂的。他主要采取了程朱一系理学家黜人欲以存天理的这条路子，说“天理路上甚宽，人欲路上甚窄”，“耳目口鼻皆桎梏，情欲嗜好悉机械”，教人要放弃功名利禄等各种欲念，冷却人世奔竞追逐的想法，以保住天性，使“性定而动无不正”，长存其鸢飞鱼跃，活活泼泼的天机。但这种性天、天理的说法，洪自诚立刻又把它跟陆王一系对心体的解说混糅了，说“须定云止水中，有鸢飞鱼跃气象，才是有道的心体”，“静中静非真静，动处静得来，才是性天之真境。乐处乐非真乐，苦中乐得来，才是心体之真机”。“心体”这个词在书中不断出现着，可是作者对于什么是心体恐怕也是很懵懂的，所以他一下说“心体便是天体”，一下又说要“使此心不见可欲而不乱，以澄吾静体”，一下更宣称：“无情欲嗜好，不成心体。”甚至他还批判佛家，说：“心无其心，何有于观？释氏曰观心者，重增其障。”这些“心”，其实各有不同的含义，而他一概不管，且以情识心、分别心为心体，实在令人不甚满意。

同样地，他采用道家的理念，只是老庄“居无不居有，处缺不处完”“宁拙勿巧”“损之又损”“知身不是我，烦恼更何侵”的不争、退避的一面，认为“藏巧于拙，用晦而明；寓清于浊，以屈为伸。真涉世之一壶，藏身之三窟”，而对老庄提升个人生命境界的意义殊少理会。

对佛家，情形也好不到哪去。他因为顺着存天理去人欲的路子讲，所以论佛家也偏于息妄修心，而不是直显本心。例如他说“情俗意识，尽属妄心，消杀得妄心尽，而后真心现”，“能休尘境为真境，未了僧家是俗家”，“学者须扫除外物，直觅本来”，“不息心而求见性，如拨波觅月；意净则心清，不了意而求明心，如索镜增尘”……这些话虽偶尔也有些禅宗话头，但他走的实是神秀的路，还未曾入六祖之门哩！

不但如此，糅合三教，谈何容易？《菜根谭》对此，当然会显出内部义理的矛盾。像他既说心体，又说无心；既说“宁为小人所忌毁，毋为小人所媚悦”，又说“休与小人仇雠，小人自有对头”；既说“心地上无风涛，……触处见鱼跃鸢飞”，却又要人“心似既灰之木”；既强调“施恩务施于不报之人”，又指责不报恩的人“刻之极、薄之尤，宜切戒之”。这些都是明显的例子。

不过，这倒也不是什么大毛病，这本书真正有问题的是它的处世哲学，根本即是乡愿。《菜根谭》之所以教人冷却入世奔竞之心，采取“退”的方式，来冷眼旁观，主要是为了明哲保身，所谓“处世让一步为高，退步即进步的张本；待人宽一分是福，利人实利己的根基”。它处处避免激怒别人，以图自利。这是深谙世味的人才能有的做法，什么“处世不必邀功，无过便是功”，“处世不退一步处，如飞蛾投烛”，“一事起，则一害生，故天下常以无事为福”，“君子当存含垢纳污之量，不可持好洁独行之操”，“阴谋怪习、异行奇能，俱是涉世的祸胎”，“持身不可太皎洁，……与人不可太分明”，“饱谙世味，一任覆雨翻云，总慵开眼；会尽人情，随教呼牛唤马，只是点头”，无一语不违背儒者开务济物的义理，无一语不乖戾成己成德的大道：把儒家中庸之学，化作人世应酬时的功利善巧；借退让不争，以保持全身远祸的利益，成全置身事外的潇洒。这种疏离人世又熟练人情的态度，亦可以称为一种老人哲学或懒人哲学。

《菜根谭》不但在“为天地立心，为生民立命，为往圣继绝学，为万世开太平”的宋儒格言中，删去“为万世开太平”，而代之以“为子孙造福”，更一再指出，“少壮之时，须念衰老的辛酸”，“末路晚年，君子更宜精神百倍”，“早秀不如晚成”，“自老视少，可以消奔驰角逐之心”。老人生命之火早已熄去，故不妨以淡泊冷眼，静觑乾坤变化；但他又因人情练达，见惯了各种人世机关，所以他又可以指点你趋吉避凶的涉世处世技巧。以出世法为入世法，在《菜根谭》里确实有极明确的自白。

推究这些言论，我们固然可以说这是明朝末年知识阶层处在政治危局中不得不如此的措施，可能也曾受到明末“山人”风气的影响；但从思想上看，这却是传统儒道哲学堕落成群体功利机制以后的必然结果。换句话说，我们假如真把《菜根谭》看成人生励志金言，奉为旷古稀世的修身宝典，那就完蛋了。三四百年来，民间诵读此书，不仅毫无受用，抑且养成惰气者，比比皆是，这都是不善读书之过。

《菜根谭》，是应该拿来作文学作品读的。牟宗三先生曾说，宋明理学家大抵顺着颜孟之路而发展，而又与佛老宗趣相颉颃，故益显其天地精神之境界，而客观精神则总是隐伏不显；客观精神不彰显，仁教便扩不出，他们所欣趣的天地精神遂只成一副清凉散而已，故理学家大都带山林气。这一论断很有意思。

洪自诚是个颇有理学家气味的文人，其用心多集中在如何收摄心气，涵养天和，并浇熄妄念。思想虽驳杂浅陋，但显天地精神这一面确是他用力的所在。而他既着眼天地精神，回看人世，遂不免觉得人间的一切真实都是非真实的存在，只有吾心上通的天机，才是唯一可以信据的。这就牵引出他对人生空虚性的感悟来了。这种空虚感，大抵皆是因客观精神不显之后，就生命的限制、现实的困境中体会来的。

元人散曲中悟世、叹世、道情一类作品，多的是这种慨叹，借历史兴亡盛衰，抒人事变灭之哀悟。生命无常，一切事业都不实在，所以对于客观世界不必执着，名利之想亦须化销。就其不执着于世界而言，是出世的；但就其化销名利欲念来说，又仿佛是积极的。明末陆绍珩《醉古堂剑扫》自序说："今秋落魄京邸，……乃出所手录，快读一过，恍觉百年幻泡，世事棋枰，向来傀儡，一时俱化。虽断蛟剸笔之利，亦不过是。友人鼓掌叫绝，曰：此真热闹场一剂清凉散矣。夫镆邪钝兮铅刀割，君有笔兮杀无血，可题《剑扫》，付之剞劂。”不就是这种立场吗？这与魏晋人“人生似幻化，终当归空无”的苍茫悲感迥然异趣，可以代表明末小品文家的基本态度。

在《菜根谭》里，整个人世所能提供的，只有凄凉与寂寞；纵使“莺花茂而山浓谷艳，总是乾坤之幻境”，故“血肉之躯，且归泡影”。每个人都应咀嚼这种梦觉式的似实即虚的悲怅，并从此凄凉寂寞中酝酿出对人生空虚性的了悟。这种悟，当然不是真悟，但生命经此观照，却饱含一种空灵的美感。这种美，是属于文学的，“权贵龙骧，英雄虎战，以冷眼视之，如蚁聚膻，如蝇竞血”，难道不是“是非成败转头空”的渔樵闲话吗？此一闲，即由冷眼之冷而来。唯有冷眼闲情，才能看透历史兴衰之无常，也才能领略天地间风花雪月的清趣。凡事退后一步，拉开一个美感的距离，故能形成一种审美的姿态，所以“风花之潇洒，雪月之空清，唯静者为之主；水木之荣枯，竹石之消长，独闲者操其权”，“草际烟光，水心云影，闲中观去，见乾坤最上文章”，“宠辱不惊，闲看庭中花开花落”。松涧云生，高窗月冷，兰香桂馥，上下空明，空灵的美感，即生于人生与历史的无常悲感之中。下集第六十九条说：“狐眠败砌，兔走荒台，尽是当年歌舞之地；露冷黄花，烟迷衰草，悉属旧时争战之场。盛衰何常？强弱安在？念此令人心灰。”这样的历史怅触，正是《菜根谭》淡泊恬适气氛中的一段悲情。

从这种历史的悲情中，我们乃可以有李商隐“留得枯荷听雨声”的惘惘不甘，有鲁迅笔下吐半口血，由两个丫鬟扶着到篱前看秋海棠的凄美，有苏东坡“人生如梦，一樽还酹江月”的洒脱，当然也可以有曹操“对酒当歌，人生几何”的豪情，或《菜根谭》式的空灵淡泊，将人生实际的遭处，化为可以欣赏咀嚼的对象，以消弭无常的悲情。这是在欣赏人生、品味人生，而不是要处理人生之问题。它仅是一种美感的撷取，所以它只采撷电光石火一瞬间的体会和感受，而不太计较理论的系统性建构及前后思想是否矛盾。甚至于这一霎那间的美感，也可能是偏宕不近情理的（如蕺山、鲁迅那种讲法，何尝不是偏激矫情），但无碍它具有一种文学感性的美。只不过，这种美感假若没有那一段悲情托住，则“君子宜净拭冷眼，慎勿轻动刚肠”的态度，就不免陷于凉薄；“喜事不如省事之为适，多能不若无能之全真”的处世方式，亦仅得成为一风痹不知痛痒之人而已。

所以说，《菜根谭》并不是人生的指导或生活的规箴。它的语言，其实是描述的，而不是规范的。它仅代表一种人生的姿态，而非行动。故人生是可观、可赏，却不宜介入并随之滚动的存在（所谓“君子身虽在事中，心要超事外”）。在这种情况下，它的山林闲趣、泉石优游，便不再是借山水景物的无机语言，以暂时平息现实中之孤独感的中国隐逸传统了。现实不必远离，自然也不须回归，只要把我们处理人生问题的心态，转换成观赏玩味即可。但这种观赏亦非丝毫不关痛痒，如缸外观鱼、槛外观兽，它自有来自历史与人生兴灭之感所带来的悲悯之情。喜欢读《菜根谭》的人很多，但是谁真正具有旷观历史、透见人世的悲情？谁真正具有由悲起悟、转美感之欣悦为心性之超脱的力量？

文学史

WENXUE SHI

重写中国文学史

一

《中国文学史》这样的书，起于清末。因废科举，立学堂，改从西式教育，需要一批适应新式课堂讲授的教材，故出现了各色文学史，后来再分化出各时段、各文类的文学史，以迄于今。最早的一本，或云为黄人于1904年在东吴大学讲课时所编，或云为林传甲在京师大学堂时所制。此后一百年间，教书的人又不断编这样的讲义，以至同类之书越来越多。2004年北京大学与苏州大学合办的“中国文学史百年研究国际研讨会”，统计说大陆出版的中国文学史已多达一千六百部，台湾、香港的还未计入，可见其盛。据说每年还有十几部正在编写梓行中，伐木造纸，殆已毁了数十座森林云。

然而一两千部书到底质量如何？与会诸公异口同声曰："佳作寥寥！"看来成果是不太令人满意的。当然，我相信没有谁真正读过这几千部书。如此品评，不免一篙子打翻了一船人。那里面，披沙拣金，必然也会有值得赞许之作。不过，依我有限的阅读印象来看，这样的评语竟似亦颇中肯，果然是佳作寥寥呀！

中国文学史的作者都是硕学之士，文采可观者亦复不鲜，可为什么就写不好呢？本来教科书就难写：嚼饭喂人，既已淡乎寡味；粗陈梗概，遂愈觉水清而无鱼。且安章宅篇，务求分量匀齐，面面俱到，更不能见个人心得，尤其无以见性情。故历来佳作，很少是由教科书来的。何况，"中国文学史"这门课的设置目的，其实兼有古典文学选读或概论的性质。学员都是对文学史上诸事件与作品十分陌生的青年，因而要有一门课来大略介绍作家及文学现象，并以此为线索去稍微浏览各体文学作品。所谓"史"，不过是为了这样的目标而搭的一个框架，史法、史例、史体当然也就谈不上了。而一边介绍作家生平，穿插轶事，一边赏析作品，一边讲述历史发展之规律，上起课来，花团锦簇，固然颇能受学生之欢迎，或可引领他们入文学的园圃，但写成著作就显得头绪棼如、东拉西扯。学生由入门以后，再回视此敲门砖，亦会觉得它浅陋可哂，不再具有继续深入钻研的价值。在此情况下，作者若欲借文学而明史观，以具体文学事例去诠说那客观历史社会之发展规律，结果往往更糟。因文学史毕竟不是社会史或政治史，社会发展规律未必等于文学规律。文人又常熟于文事，未必兼擅史学，不足以讨论史观之然否。削足适履，勉为其难，终究是比附造作，无当于理的。

所以我写《中国文学史》时就不依课堂讲义方式写，而是写一本独立的文学之史，说明文学这门艺术在历史上如何出现、如何完善、如何发展，其内部形成了哪些典范，又都存在哪些问题与争论，包括历代人的文学史观念和谱系如何建构等等。文学的观念史、创作史、批评史，兼摄于其中。不依序介绍这个作家那个作家之生平及八卦，如录鬼簿；也不抄撮这篇佳作那篇佳作，如马二先生湖上选文。因此从性质上说，我的书与历来之中国文学史著作迥然不同。

性质与结构既然不同，对于文学史事之理解、作者作品之掌握，当然也就都会有所差异。在这方面，我夹叙夹议，对于现今通行的文学史论述，颇有弹正。虽然如此夹叙夹议会令文体不省净、眉目不清饬，但考虑到著述仍应有匡谬正俗或为读者打开一点思考空间的功能，就也顾不得了。

我主要批评弹正的是什么呢?

二

晚清以来文学史写作不佳的原因，除了它隶属于现代教育体制中作为课程教科书的问题以外，我们还应注意到这个现代教育体制中的教材与课程本身也有其变迁。晚清，跟五四以后不同；五四至 1940 年代，跟 1949 年以后又不相同。

五四新文学运动以后的文学史之写作，不但将小说、戏曲、俗文学大举纳入，甚且还要强调文学出于民间。相较于以前，整个文学史论述更要显示它是现代民族国家文学，认为我们对文学可以获得确定的、本质性的整体掌握；而文学整体的动向，则是单向度、决定论式的进化历程。

如何进化呢？先进与落后、正确与错误、革命与反动、新生与腐朽等一连串的二元对立等级观念即构作了历史的进化。如同魏晋的自觉革新了汉儒的腐朽，明七子的复古又被公安派独抒性灵所改革那样，革命者代表了启蒙的价值——理性、自觉、浪漫、自我主体等等。于是，一部中国文学史的论述就变成了新时代国民意识教育之一环。可是这时的现代民族国家文学建构还未完备，更进一步国家文学化是 1949 年以后的表现。文学史本身所具有的多向度解释空间渐遭挤压，正面典型愈加歌颂，反面人物、作品、流派、活动愈遭贬抑。国家新权力之建立与维护、政治领域之实际斗争、国家意识形态之争论，无不反映在文学史写作或对文学史的解释上。《水浒传》《红楼梦》的争论，李白、杜甫谁才站在人民这一边，韩愈、柳宗元谁是儒家谁是法家的辩难，均属此类。以刘大杰《中国文学发展史》来看，第一版是五四新文化运动后启蒙型的产物，后来两次改写就显示了国家文学建构的过程。

正因为如此，故中国文学史须不断改写，是毋庸置疑的。可惜近三四十年来，新的中国文学史著虽出版不少，但均只是局部、枝节之变动或添补，对它作为民族国家文学之性质缺乏反省，不知新时代之文学史论述是应该全面扬弃此一框架的。

由这个角度说，现在的中国文学史其实不是太多，而是太少，因为基本上仍是胡适、刘大杰那一套。重开天宇者，渺焉无人。

三

现在，如果我们要新立一个框架，做法又应当是什么呢?

很简单，首先须确定文学史不是音乐史、表演艺术史、思想史、社会史等，而是说明文字书写品如何美化成了艺术，成了文学文本；然后看历代的人如何看待文学这件事，如何让文学更符合他们心目中对文学美的要求；再则解释文学与其他艺术分合互动的关系，以见古今之变。这才是对文学本质的研究，也才是文学之史。不像过去的文学史，老是要用文学材料来宣传社会发展史、意识斗争史、音乐戏剧说唱表演史、民族进化史等，对文学的观念与问题又都讲不清楚。

读者久已习见了学府及坊肆各种通行的文学史著，乍看我这样说，恐怕会因不习惯而生疑情，故我对此还得略作些说明。

现在的文学史书基本上是历代名家名篇介绍，此乃应教学之需而设，本非史体。早期的文学史，如刘师培《中国中古文学史》、鲁迅《中国小说史略》等都不甄录作品。更早，如《史记》论作家，虽曾抄录不少代表作，但《史通》已批评其不妥。所以这部分应该略去。

这样做还有一个理由，就是文学的主角，其实并不如一般人所以为的是作家和作品，而是观念。每个时代的文学观不同，故其所谓之文学即不同，其所认定之作家、作品，乃至大作家、好作品也不一样。某些文字书写品，在这个时代根本没人把它当成是文学，到了另一个时代却可能截然不同。例如六朝有“文笔之辨”，就是为了区分什么是文学，而当时不被视为文学者，到唐宋却成了文学的主要内容。小说，古常视为史书之一类，后来才把它看成是文学。骈文，在六朝时是文学，唐宋以后作家作品也仍然很多，但受古文史观影响的论者却恍如未见，完全不会去谈它。八股制义，当时同样名家辈出、佳作如林，可是五四运动以后谁把它们视为文学，写入文学史书呢？凡此等等，均可见写文学史若要通古今之变，首先就得究明这个文学观的变化，说明不同时代人对什么是文学、文学性为何、审美标准何在、谁才是大作家、什么才算是好作品等都有些什么不同的见解。

作家与作品是第二序的。它出现于文学观之下，亦由文学观所塑造。因此，我们不要天真地以为作家与作品都是现成在那儿客观存在着的。例如屈原、杜甫的作品集，分别是汉、宋人编成的；其生平，是汉、宋人描述出来的。换言之，是汉、宋人的诠释，才形成了文学史上这样的屈原、杜甫及其作品。

文学史上的人、事、物与原先那个人、事、物并不相等，不是同一个人、同一个事、同一个物。就像《左传》《孟子》《庄子》虽皆为先秦古籍，但其文学史生命绝不起于先秦。它什么时候变成为文学文本，文学史就该什么时候才开始介绍它。因为，原先不是文学的东西忽然成了文学文本，本身正是一桩文学事件。

四

文学史的开端始自汉代，也是这个道理。在此之前，诗乃是“歌咏言”的，文字杂在歌与言之间，亦即音乐与辞令之间，直到汉代才独立为文字书写品，再独立为文学文本。文与乐分，亦与言分。分了以后，渐渐又有合的趋向，例如唐代燕乐歌曲既盛，所填之词便有合乐之要求。可是合而又分，终究词同于诗，后世论词之所谓声腔实皆文字格律而已。

文学史必须说明这类文字艺术与其他艺术分合互动的关系。但在词还是曲辞的时候，文学史却并不需对它太多着墨，那应放在音乐史里去谈。

语言艺术、表演艺术，情况相同。说成相、说参请、说诨经、说一枝花话、弹词、戏弄、合生、银字儿、唱赚、演剧都须变成了文学文本，出现了文学事件，才能成为文学史叙述的对象，否则都该纳入语言艺术史、表演艺术史中去处理。

这是做减法。时代由汉代讲起，对象专注于文字艺术，谈这门艺术如何兴起、如何精进、如何变迁，又由哪些人、哪些事促成了它的变化。

在谈最后这一部分时，当然会涉及文人团体、社会条件、文化因素，但书非社会史，亦非文化史，所述仅及于文学观念、文学现象而止。要谈的只是文学本身的发展，而且只说大势，并不处理个别人与事等小细节。

这个文学本身的发展大势，自有其内在结构。

线索之一，是文学艺术的技艺之巧。精益求精，确是不断进步着，但雕饰太甚，物极则反，文胜之后往往代之以朴，若质朴太过，自然又趋于文。故文质代变，便是另一可注意之线索。

再则就是上文所说，原先非文学的其他艺术逐渐变成为文学，文学与乐、舞、戏、语、书、画诸艺术的分合关系亦甚值得关注。

此外，“文”有广狭数义，既指文字，又指文采，也指文化。历史上，有些时候谈文学时重在文字（如严羽形容他同时代人“以文字为诗”那样），有时重在文采，有时又强调文学应具文化义，以达到“人文化成”的作用。这种“文”义广狭间的动态关系，无疑也是该注意的线索。再者，文士是由“士”分化出来的，它与经术士、德行士、政事士之间也有分合互动关系，直接关联着各朝代不同的文学观念与创作表现，亦不可不知。

以上这些线索并不是抽象的概念，它们具体地表现在我书中每一章节的叙次中。每一篇也都不是孤立的，前后有“呼应”或“别裁”“互著”之关系。例如说李商隐那一章，只讲他与当时假拟、代言、戏谑风气的关系，是因其体杂于齐梁，又得法于杜甫，后启西昆，皆见于其他章节之故，敬祈留意。

当然，文学史的写法千变万化，我独行一路，岂能尽得其妙？又岂能禁止别人从别的路向来寻幽访胜？如此写来，也不过是新尝试之一端而已，抛砖引玉，拥彗前驱，呼吁大家再来“重写文学史”罢了。

文学史大趋势

古所称“文学”，本不以文采，指博学而已。直到汉初“淮南衡山修文学”，所招的仍是“四方游士，山东儒墨”（《盐铁论·晁错》）。可是梁孝王好文学，而邹阳、枚乘、司马相如皆在其处。这时的“文学”一词，就有文采巧妙之意了。此后乃正式有文人、文士之称。

这些从事文学艺术的文人能娴熟掌握文字，写着不必合乐的诗文与赋，所投身的乃是一个文字的世界。从此，文辞篇章不再附属于音乐之中，也不跟音乐配合，仅以其文辞表达情志意境。

到了齐梁之际，更发现了语言文字本身的韵律，以文字的平仄关系构造了一种人为的节奏，表现于骈文及诗中。这是从文字本身创造了音乐性，而非令文辞与音乐结合以付诸管弦，或按谱依声作为歌辞。所以这纯是文字的声律节奏，并不循着音乐的规则。郑樵云："古之诗曰歌行，后之诗曰古、近二体。歌行主声；二体主文。诗为声也，不为文也。"即指此。这种文主乐从、文本乐末的观念，到唐宋词曲兴起后，依然没有改变。

沈义父《乐府指迷》说：

> 前辈好词甚多，往往不协律腔，所以无人唱。如秦楼楚馆所歌之词，多是教坊乐工及闹市做赚人所作，只缘音律不差，故多唱之。求其下语用字，全不可读。

文人词，到南宋时已成为案头文字艺术，但矜文辞之美，勿问声律之协。唯民间歌词仍保留了它作为歌曲的性质，文辞可以在其意义未被理解的情况下直接进入音乐结构。这就形成了诗乐分途，一主文、一主乐的分化现象。因为主文，所以词逐渐离开了音乐，文字化、诗化了。其他音乐的部分，命运其实也一样，逐渐亦同化于诗文。

以音乐为主的艺术形态，从古就综摄着舞蹈及故事演出，如汉代即有合歌舞以演故事的"东海王公"。隋代舞曲大盛，《隋书·音乐志》记当时有天竺伎、疏勒伎、康国伎、安国伎、高丽伎等九部。其概可分为歌曲、舞曲及解曲三种，大致每部中一种一曲。而康国伎却有歌曲一、舞曲四。因康国以善胡旋舞著名，其后此类舞曲渐发展成歌舞戏，至宋遂有杂剧、唱赚等。再经金院本，而有元杂剧，乃正式有了戏剧这一种艺术。

然而，因为中国戏剧艺术毕竟是在综合歌、舞的形态中形成的，其中就不免含有几个问题值得探究。

一、戏剧吞并了舞蹈

从石刻、绘画及傅毅《舞赋》之类记载中，我们可以晓得舞蹈在汉代已极发达。至唐朝更是蓬勃，形式多样，气势宏阔，如上元乐，舞者竟可多达数百人。且此时舞蹈并不杂融大量杂艺、武技等，而已成为一门独立的舞蹈艺术。这都是它跟早期舞蹈相当不同的地方。

唐代舞蹈在整体上是表现性的。大多数唐舞都不再现具体的故事情节，不模拟具体的生活动作姿态，只运用人体的行为动作来抒发情感与思想，而不是用来叙事。

唐人已超越了古代以舞蹈的实际功用（如祭祀、仪典）、道具来命名舞蹈的形态，直接就舞者姿态之柔、健、垂手、旋转来品味。这些特征都显示唐代舞蹈已发展成熟，成为一门独立的艺术。

可是这门艺术到宋代却开始有了改变。宋人强化了唐代舞蹈中的戏剧成分，开始在舞蹈中广泛运用道具——桌子、酒果、纸笔，已类似后来戏剧中的布景；又增加唱与念。唱与念强化了舞蹈的叙事、再现能力；道具与布景，又增强了环境的真实感。跟它们相呼应的，则是宋舞有了情节化的倾向。如洪适《盘洲文集》记载，《南吕薄媚舞》《降黄龙舞》即取材于唐人传奇及蜀中名妓灼灼的故事，可见宋舞在这时已类似演戏了。

这种情况越演越烈，到元代时除宫廷还保留队舞之外，社会上的舞蹈大抵已融入了戏剧之中。在元杂剧里，舞蹈通常以两种形式出现：一是与剧情密切相关的，作为戏曲叙事之一环的舞蹈；一是剧情之外，常于幕前演出的插入性舞蹈。所以舞蹈动作是在戏曲结构中，为表现人物动作、塑造气氛、推动剧情而服务的，内在于戏的整体结构中，不再能依据人体艺术独特的规律，去展示独立于戏曲结构之外的东西。舞蹈，显然已被戏剧并吞了。

二、音乐又并吞了戏剧

中国戏剧不像一般人所说，是“音乐在戏中占了非常重要的地位”，而是所谓的戏根本只是一种音乐创作。在中国，一般称戏剧为戏曲或曲；古人论戏，大抵亦只重曲辞而忽略宾白。元刊杂剧三十种，甚至全部省去了宾白，只印曲文。当时演戏者，称为唱曲人。谈演出，则有元代燕南芝庵的《唱论》、周德清的《中原音韵》。明代朱权《太和正音谱》、魏良辅《曲律》、何良俊《四友斋曲说》、沈璟《词隐先生论曲》、王骥德《曲律》、沈宠绥的《弦索辨讹》《度曲须知》等，注意的也都是唱而不是演。这就是为什么元明常称创作戏剧为作曲、填词的缘故。

传统社会，观众只说去听戏，没人说是去看戏；即使是宾白，也具有以语音作音乐表现的性质。故音乐在中国戏曲中实居于主控的地位，而非伴奏。它不是在戏剧里插进音乐的成分，因为戏剧整个被并吞在音乐的结构之中了。在中国，所有戏种的分类大概都是基于唱腔的不同，而很少考虑到表演方式的差异。

换言之，中国戏剧“无声不歌、无动不舞”，整体来说，表现的乃是一种音乐艺术的美。

三、文字再并吞了音乐

但正如词的诗化一样，那强而有力的文字艺术系统，似乎又逐渐扭转了发展的趋势。从明朝开始，戏曲中文辞的地位与价值就不断被强调，崇尚藻饰文雅，力改元朝那种只重音律，不管关目，且词文粗俗的作风。

凌濛初《谭曲杂札》尝云：“自梁伯龙出，而始为工丽之滥觞，一时词名赫然。盖其生嘉隆间，正七子雄长之会，崇尚华靡。弇州公（指王世贞）以维桑之谊，盛为吹嘘，……而不知其非当行也。”王世贞的书，就叫《曲藻》。

当时如《琵琶记》，何良俊谓其卖弄学问；《香囊记》，徐复祚说是以诗作曲。可见，“近代文士，务为雕琢，殊失本色”（《北宫词纪·凡例》），“文士争奇炫博，益非当行”（《南宫词纪·凡例》），确为新形势、新景光。

这时，复古者如臧懋循便重揭行家本色之义，在《元曲选后集序》中强调：“曲有名家，有行家。名家者，出入乐府，文彩烂然，在淹通闳博之士，皆优为之。行家者，随所妆演，无不摹拟曲尽，……是惟优孟衣冠，然后可与于此，故称曲上乘首曰当行。”对时人论曲之重视辞藻及不能肯定北曲成就，备至不满。但臧氏的行家、名家之分，乃是古义，如宋张端义《贵耳集》即以行家为供职者，不当行则称为“戾”。可是此义在元已有赵子昂提出异议，以为“杂剧出于鸿儒硕士、骚人墨客所作，皆良人也。若非我辈所作，娼优岂能扮乎”，“娼优所扮者，谓之戾家把戏”，文人创作及演出才是行家。明代如顾曲散人的《太霞新奏》用的就是这个区分：“当行也，语或近于学究；本色也，腔或近乎打油。”以文辞家为当行。臧氏之说反而不再通行了。故后来清末民初吴梅论北曲作法时才会说“行家生活，即明人谓案头之曲，非场中之曲”。

案头曲的出现，形成了我国戏剧批评中“剧本论”的传统——只论曲文之结构及文采。音乐不是置之不论，如明朝汤显祖所说宁可“拗折天下人嗓子”，就是如李渔之尊体，谓“填词非末技，乃与史、传、诗、文同源而异派者也”。

所以，结构、词采居先，音律第三。

总之，无论是《香囊记》的以诗为曲，或“宛陵（梅鼎祚）以词为曲，才情绮合，故是文人丽裁；四明（屠隆）新采丰缛，下笔不休”（《曲律》），或徐渭所谓“以时文为南曲”，还是李渔的尊体，戏曲艺术都朝着文字艺术发展。逐渐地，戏曲成了一种诗，所体现的不再是戏剧性的情节与冲突，而是诗的美感。

显然，文字书写的观念，弥漫于诸艺术种类中。以文学为最高及最普遍艺术的看法，至少已成为后期中国美学意识之普遍信念。

我们当然不能忘记还有许多人在努力地区分诗与音乐、词与诗、戏剧与诗、诗书与画。但从大趋势上说，文学确实消融了其他艺术，各门艺术都在朝着文学化的路子走。所以到了清末，刘熙载的《艺概》综论诸艺，乃是一册中国艺术概论，但却能很安心地略去视觉艺术、造型艺术、表演艺术等项，只论文、诗、赋、词、曲、书、经义。这些全是文字艺术，所谓“文章名类，各举一端，莫不为艺”（《艺概自叙》）。所论只此，可概众艺，则中国艺术中以文学最具综摄能力和代表性，实已不言而喻了。但舞蹈、戏剧、音乐在我国其实又常混合着言说艺术，所以在这方面还要花点气力来介绍。

今人论小说，推原于晋唐。这在传奇或文言笔记方面，固然不难论说；在宋元话本、明人拟话本，乃至章回体白话小说那方面，却不甚好讲。因为大家都知道，那些东西与六朝志人志怪颇不相同，与唐传奇也很不一样，故有不少人从六朝与唐代文人传统以外去找渊源。敦煌变文，就是一个大家认为颇与后世说话有关的物事。论者疑心宋人之话本小说即由变文讲经演变而来。

为什么研究小说的人会想去敦煌变文中找渊源？那是因为宋代以后，被称为小说的那种东西常是韵散间杂的，跟西方散文式小说颇不相同。其散体的部分，用说的方式来表现；韵体的部分，则是用来唱的。自《大唐三藏取经诗话》起，体例即兼有诗词与说话。一般章回小说，以散体叙事，引诗赋为证为赞，也是定式。而这种体制，郑振铎等人认为是来自变文的。迩来也有不少学者觉得此体亦未必源于变文，或纵使变文有此体式，亦未必就是源头，其源头更不一定来自印度或佛经，而是来自中国古代已有的艺术形式。例如诗赋之赋就是不歌而诵的，辞赋则是在结尾系上乱辞的，史赞也是以散文叙述而以韵文作赞。这些都可能是唐代变文与宋元以后小说韵散间杂形式的远源。

但无论其来历如何，韵散间杂的小说形式表明了中国小说的渊源乃是说唱文学，整个小说均应放在这个说唱传统中去理解。正如讨论变文的中国血缘的那些文章所示，说唱传统源远流长，唐代以前便有不少例证。唐代俗讲变文多属说唱。据宋代吴自牧《梦粱录》卷二十所载，“说话者，谓之舌辩，虽有四家数，各有门庭”，其中就包括“谈经”。依唐代俗讲佛经之例观之，其为说唱是无可疑的。《都城纪胜》说“小说，谓之银字儿”，亦当是持乐器唱说烟粉灵怪。

在这些说唱里面，有偏于乐曲的，有偏于诗赞的，之后渐渐发展，或于唱的多些，或于说的多些。但总体说来，说与唱并不截然分开。如杂剧，一般都称为“曲”，可是唱曲就与说白合在一块儿。

这是中国戏曲的特点。欧洲戏剧便与此迥异，唱就只是唱，说白就只是说白。18 世纪法国的马若瑟翻译元杂剧《赵氏孤儿》时，就只以宾白为主，不译曲子，只注明谁在唱歌。在 1739 年出版的《中国人信札》中，法人阿尔央斯首先提出对该剧的批评，也说：“欧洲人有许多戏是唱的，可是那些戏里就完全没有说白，反之，说白戏里就完全没有歌唱。……我觉得歌唱和说白不应这样奇奇怪怪地纠缠在一起。”

可见当时异文化交流，欧洲人立刻感觉到这是中国戏曲的特点。20 世纪德国布莱希特取法中国戏，所编《高加索灰阑记》之类，其特点也表现在让演员又说又唱等方面。

在中国戏曲中，基本情况正是又说又唱。乐曲系的，以曲牌为主，如元杂剧、明传奇、昆曲，以唱为主，以说为辅。诗赞系的，以板腔为主，如梆子、单弦、鼓书等，以说为主。就是以口白为主的相声，也还是“说、学、逗、唱”结合的。

小说呢，情况一样。名为诗话、词话，内中东一段“有诗赞曰"，西一段"后人有赋形容"，同样是说中带唱的。

这种情形，唐代已然。赵璘《因话录·角部》载："有文淑僧者，公为聚众谭说，假托经论，所言无非淫秽鄙亵之事。……教坊效其声调，以为歌曲。"此即说话中之谈经或说浑经。名为"谭说"，而显然有唱，故教坊才能效之以为歌曲。明刊《明成化说唱词话丛刊》中《新刊全相说唱张文贵传》看来是传记，却也是唱曲。上卷结尾处云"前本词文唱了毕，听唱后本事缘因"，便说明了它的性质。

其他各本小说，情况也都是如此，详细说起来很费事，就不再深谈了。总之，我们要注意到中国小说和戏剧均与西方不同。中国戏剧，现在把它推原于汉代百戏、北朝《踏摇娘》、唐代参军戏等，或牵连于歌舞巫傩之脉络，均是仅得一偏。因为中国的戏，不只是刘师培《原戏》所说"歌舞并言"，更是王国维所说"合言语、动作、歌唱，以演一故事"(《宋元戏曲考》)。

可是像百戏、《踏摇娘》、参军戏之类表演艺术，叙事能力都很差，要不没有叙事情节，要不情节结构极为简单，和古希腊、古印度的戏不可同日而语。由唐宋这样的戏到元杂剧，情况非常不同。至少元剧在四折一本的长度方面，就足与西方戏剧相提并论；现存南戏剧本《张协状元》也长达五十三出。它们的叙事能力明显超过唐代参军戏及歌舞巫傩甚多。

这种叙事能力，未必即由小说写作方面借来，但应注意到唐宋元之间小说与戏剧在叙事能力的发展上长期处于相浃相糅、相承相因的关系。

早期民间歌舞与小戏，主要是表演艺术，叙事能力有限。南宋以后那种敷演长故事的能力，并不来自歌舞巫仪和乐曲偈颂之类传统。何况，《元典章》卷五七《刑部十九》“禁学散乐词传”条有云：“顺天路束鹿县镇头店，见人家内聚约百人，自搬词传，动乐饮酒。……本司看详：除系籍正色乐人外，其余农民、市户良家子弟，若有不务本业，习学散乐，般说词话人等，并行禁约。”在这里，动乐的乐人“般说词话”或“搬词传”云云，都显示了演戏的“说”与“传”性质。这都不属音乐范围，而是重视其叙事语言性质的。

这种说故事或传述故事的性质，一直表现在“传奇”这个名目上。小说则相对地称为“演”，如演义、演为故事等语皆告诉我们：小说叙故事，须如演剧，令人如亲见目睹，栩栩如生；戏剧演唱，则须传说故事。

同理，在西方，像《董永变文》这类纯韵文的体裁，可称为 ballad；纯散文的《舜子变文》这[illegible]事，可称为 story。一般称为小说的 novel，指的[illegible]散文体。可是，中[illegible]相间体，还有一大批说国不但有《伍子胥变文》这样夹词附赞的小说，乃至还有唱词话、弹词、宝卷[illegible]说作者，因体制相涉，叙事又同，以骈体文写的[illegible]朝冯梦龙既编“三言”，又刻《墨憨斋亦常兼[illegible]

传奇定本十种》。凌濛初《二刻拍案惊奇》小引云："偶戏取古今所闻一二奇局可纪者，演而成说，……得四十种。"但内中实是三十九卷小说故事，一卷《宋公明闹元宵杂剧》。足见凌氏刻"演而成说"的故事时，亦并不将戏剧与小说严格划开。

因此我们可以说宋元以后这些小说戏曲，皆是在整个说唱传统中发展起来的。然而，说说唱唱的小说一样渐渐文字化、文学化了。

当时说书人可能有所谓的"底本"，把口传的转为文字的。鲁迅说"说话之事，虽在说话人各运匠心，随时生发，而仍有底本以作凭依，是为话本"，即指此。话本已非说话，而是文书，因此亦可由文辞予以讨论其优劣。鲁迅即曾以《京本通俗小说》跟明人的话本小说作比较。

但所谓宋代话本或市人小说世无存本，现在所能看到的其实只是明人的东西。鲁迅所据以比较，说它如何如何好的宋人作品者，刚好就可能是个假古董。而且，许多人根本就怀疑宋元有话本这回事。或云话本之名义，犹如话柄，即故事之意，并[illegible]是什么说话人的本子。敦煌的《韩擒虎话本》便是韩擒虎故事。[illegible]有人说，过去人常没把故事内容和小说文本分开来，所以看[illegible]记载宋人有明人小说中的故事，就以为宋代即已有了那个[illegible]其实今所指为宋代话本者，均是明人作品。

但宋代或许没有已写成篇的话[illegible]即已有写成书的

诗话，如《大唐三藏取经诗话》。这类书，鲁迅已说过。《宣和遗事》之作，“乃由作者掇拾故书，益以小说，补缀联属，勉成一书”，《大唐三藏取经诗话》也一样。它们本身虽文字粗略不足观，但已是由语而文了，因此他说：“说话消亡，而话本终蜕为著作，则又赖此等为其枢纽而已。”（《中国小说史略》第十三篇）

说话消亡，话本蜕为著作，也就是言说的艺术终于转成了文字的篇章。虽然模仿了部分口说与唱段，但越来越文却是它的命运；后世读其书者，也将越来越从文采上去论评其优劣。

中国文学神经官能症

《中国文学史》这类书，出现于1904年，至今已出版了千百种。每个大学中文系都必修这门课，讲读不已。

中国文学，便卒于《中国文学史》开始写作之时。

一

中国古代并无文学史，所以文学史这门课、这种书打一开始就是依据外国人研究中国文学之法而仿作。1904年清政府《奏定大学堂章程》即明确要求教师："日本有《中国文学史》，可仿其意自行编纂讲授。"

但中国既然本无此类著作，乍欲模仿，岂能遂肖？例证便是编于1904年的林传甲《中国文学史》。

林书乃京师大学堂之教材。全书十六篇，包括文字形体、古今音韵、名义训诂、群经、诸子、二十四史，乃至《灵枢》《素问》《九章算术》，以及作文修辞法、虚字用法、外国文法等。

其自谓颇采通鉴纲目体、纪事本末体等传统史体，且批评“日本笹川氏撰《中国文学史》，以中国曾经禁毁之淫书，悉数录之。不知杂剧、院本、传奇之作，不足比于古之‘虞初’。若载于风俗史犹可，笹川载于《中国文学史》，彼亦自乱其例耳”，“胪列小说戏曲，滥及明之汤若士，近世之金圣叹，可见其识见污下”。对政府提倡的日本之中国文学史写作模式，公然表示无法遵循。

相较之下，同年任教于美国教会所办的东吴大学之黄人，较能适应这项新工作。他大骂古人无文学史著作，又无“世界之观念，大同之思想”，故“画地为牢，操戈入室，执近果而昧远因，拘一隅而失全局，皆因乎无正当之文学史以破其锢见也”。然后，自诩他的著作能够取法外邦，是有世界观的；他也首先采用了西洋史的“上古”“中世”“近世”分期法。

尔后文学史写作之传统可说于焉确立。五四运动以后，踵事增华，在这条路上乃越走越远。

整体文学史框架，大体是胡适的进化论、白话文学史观、文学出于民间，王国维的一代有一代文学之说等。分论则有王国维的词论、戏曲研究，鲁迅的小说史，胡适的章回小说考证，郑振铎的俗文学史，冯沅君、陆侃如的诗史……一点一滴构建了近八九十年的文学史论述架构，而以刘大杰《中国文学发展史》为集大成，大体沿用至今。

但这个典范，其实是努力把中国文学描述为一种西方文学的山寨版。

二

其学自西方的，首先是分期法。中国史书本无所谓分期，通史以编年为主，朝代史以纪传为主，辅以纪事本末体而已。西方基督教史学基于世界史（谓所有人类皆上帝之子民）之概念，讲跨国别、跨种族的普遍历史，才有了分期之法。以耶稣生命为线索，把历史分为耶稣出生前和出生后，分别称为纪元前、纪元后。纪元前是上古；纪元后，以上帝旨意或教会文化发展之线索看，又可分为中古和近代。

施本格勒《西方的没落》曾强烈批评此法，谓其不顾世界各文化之殊相，强用一个框架去套，是狭隘偏私的。何况，其说本于犹太宗教天启感念（Apocalyptic Sense）之传统，代表着基督教思想对历史的支配，在时间的暗示中其实预含了许多宗教态度，并不是历史本身就有的规律，故不值得采用。

可惜晚清民初我国学人没人如他这么想，反而竞相援据。黄人如此，刘师培《中国中古文学史》亦然，与哲学史书写中胡适、冯友兰等人的表现一样，共同体现了那个时代的潮流。

这种分期法，后来也有吸收了施本格勒之说的。但非颠覆上述框架，而是因施本格勒把历史看成有机的循环，每一循环都如生物一般，有生老病死诸状态、春夏秋冬诸时段，故如刘大杰《中国文学发展史》，冯沅君、陆侃如《中国诗史》均酌用其说。

扩大分期法而不采有机循环论及基督教思想的是马克思历史唯物史观，把历史分成“原始社会—奴隶社会（上古）—封建社会（中古）—资本主义社会（近代）—共产主义社会”五阶段，并套用于中国史的解释上。到底封建社会何时结束，有没有资本主义萌芽阶段等问题，还关联着日本东洋史研究界的论争。

分期法之外，另一采挹于西方的是广义的进化论，或称历史定命论。因为，上述各种分期法都不只是分期，还要描述历史动态的方向与进程。这种进程，无论是如基督教史学所说，历史终将走向“上帝之城”，抑或如马克思所预言，走向共产主义，都蕴含了直线进步的观念。把这些观念用在中国文学史的解释上，就是文体进化、文学进化云云，把古代文人之崇古、拟古、复古狠狠讥讪批判了一通。

第三项汲取于西方的观念，是启蒙运动以降之现代意识。此种意识，强调理性精神与人的发现，以摆脱神权，

“解除世界魔咒”，用在中国文学史上就表现为鲁迅描述魏晋是人的觉醒之时代，周作人说要建立人的文学，等等。反对封建迷信，极力淡化宗教在文学中的作用，更是弥漫贯彻于各种文学史著作中，连小说、戏曲都拉出其宗教、社会环境之外，朝个别作者抒情言志方向去解释（王国维论戏曲、胡适论《西游记》都是典型的案例）。

此外，当时写中国文学史还深受浪漫主义影响，把“诗缘情而绮靡”之“缘情”，或“独抒性灵”之“性灵”都想象成浪漫主义，拿来跟“诗言志”对抗，跟古典主义打仗，反复古，反摹拟，反礼教，反法度。

在康德以降之西方美学主张无关心的美感，以文学作为审美独立对象的想法底下，他们自然也就会不断指摘古代文儒“以道德政教目的扭曲文学”。

第四是文类区分。文学史家们把传统的文体批评抛弃了，改采西方现代文学的四分法——小说、戏曲、散文、诗歌。

三

这真是件悲惨的事。为什么？因为：

1. 与中国的文体传统从此形同陌路，文家再也不懂文体规范了。当代文豪写起碑铭祭颂，总要令人笑破肚皮。

2. 他们开始拼命追问：为什么中国没有西方有的文类？

例如中国为何没有神话？中国为何没有悲剧？中国为何没有史诗？然后理所当然以此为缺陷，逼得后来许多笨蛋只好拼命去找中国的史诗、悲剧或神话，以证明人有我也有，咱们不比别人差。

3. 可是没人敢问中国有的文体，西方为何没有。反倒是西方没有而我们有的，我们就不敢重视了。例如赋与骈文，既非散文，又非小说，亦非戏剧，也不是诗，便常被假装没看见。除六朝一段不得不叙述外，其余尽扫出文学史之门。偶尔论及，评价也很低，损几句，骂几句。八股制义，情况更糟。

4. 小说、戏剧，中国当然也有，但跟西方不是同一回事。正如林传甲所说，它们在中国地位甚低，远不能跟诗赋文章相提并论，许多时候甚至不能称为“文学”，只是说唱表演艺术之流。可是既欲仿洋人论次文学之法，小说、戏剧便夷然占据四大文类之半矣。

5. 小说与戏剧，在中国又未必即是两种文类。依西方文学讲中国文学的人却根本无视于此，径予分之，且还沾沾自喜。如鲁迅《小说旧闻钞》自序明说是参考 1919 年出版的蒋瑞藻《小说考证》，但批评他混说戏曲，而自诩其分，独论小说。可是，不但蒋氏书名叫“小说考证”而合论戏曲，1916 年出版的钱静方《小说丛考》也是如此。当时，《新小说》《绣像小说》《小说林》《月月小说》《小说大观》《小说新报》《小说月报》更都是发表戏曲作品的重要刊物。为什么他们并不分之？因为古来小说、戏曲本就共生互长，难以析分，如刻意割裂，其病甚于胶柱鼓瑟。中国说唱传统源远流长，唐代以前便有不少例证，唐代俗讲变文多属说唱亦是无可疑的。

而鲁迅论小说，把所有名为"词话"的东西几乎全都撇开了，连《大唐三藏取经诗话》，他也刻意采用日本德富苏峰成篑堂藏的本子，因为只有那个本子叫作"取经记"。这与他把《伍子胥变文》《目连变》《维摩诘经菩萨品变文》等都改称为"俗文""故事"一样，乃刻意为之。

可是小说与戏曲的关系，焉能如此切割得开来？它们本是一个大传统中的同体共生关系，切开来以后的小说史，谈《三国》而不说三国戏，谈《水浒》也不说水浒戏，谈《西游记》仍不说西游戏，谈《红楼梦》还是不说它跟戏曲的关系。论渊源，说成书经过，讲故事演变，评主题，衡艺术，能说得清楚吗？

凡此等等，都说明了像鲁迅那样用一种西方式的文体观念，加上个人阅读上的局限与偏执，硬性区分小说和戏剧，对小说史的解释并非好事。

6. 文类的传统与性质，他们又皆参考西方文类而说之，与中国的情况颇不吻合。例如散文，若依西方 essay 一词来看，则诏、册、令、教、章、表、启、弹事、奏记、符命都是西方所无或不重视的，故他们也不视为文学作品，其文学史中根本不谈这类东西。但在中国，"文章者，经国之大业，不朽之盛事”，多体现于此等文体中。古文家之说理论道，上法周秦者，大抵亦本于此一传统。可是近代文学史家却反对或不知此一传统，尽以西方 essay 为标准，讲些写日常琐事、社会生活世相，或俳谐以见个人趣味之文，以致晚明小品竟比古文还要重要，章表奏议、诏策论说则毫无位置。

小说方面。中国小说源于史传传统，后来之发展也未离却这个传统，故说部以讲史演义为大宗，唐人传奇则被许为“可见史才”。西方小说不是这个样，于是鲁迅竟切断这个渊源，改觅神话为远源，以六朝志怪为近宗，而以唐传奇脱离史述、“作意好奇”为中国小说真正的成立。

四

凡此，均可见这个文学史写作新典范其实正在改写、重构着中国文学传统，革中国文学的老命。

用一套西方现代文学观去观察、理解、评价中国文学，替中国人建立其所不熟悉的文学谱系。于是，中国文学史之出现，正意味着中国文学之消亡。

1949 年以后，马克思学说大量运用于中国文学史的研究与写作中，成了新典范，但它与旧典范间并不是断裂的，只是添加了些东西。例如从前说进化，现在仍说进化，而进化的原理就加上了阶级斗争和唯物史观。过去讲分期，现在仍讲分期，而分期之原理就加上了经济基础决定上层建筑理论。到了“批林批孔”运动闹起来，又加上了儒法两条路线斗争说，重新解释李白、杜甫、韩愈、柳宗元等等。

台湾未经此一番折腾，基本上仍维持着五四以来所建立的典范。上庠间最流行的教本，仍是刘大杰之旧著。相关著作虽多，框架大同小异。而大陆自改革开放以后，拨乱反正，阶级斗争、儒法对抗均可不必再坚持，故亦渐与旧典范趋同。论述方法，大体上均是先概述，再分类分派，继做作者介绍，再对重要作品做些定性定位，有历史主义气味。

但文学史写作与教学最大的失败，或许恰好就在历史方面。怎么说呢？文学史本应是文学的历史研究，然而自设立这个学科以来，教学的目标就不是为了建立学生的史识，而只是为了培养其文学审美标准，提供其欣赏文学作家作品之地图。也就是说，是审美的，而非历史的。

五

教学目标之外，整个文学史论述也缺乏史学之基本条件或能力，不能真正建立历史知识。

例如，我们若用可能是战国时人编的《周礼》来大谈周公的创制，用可能是魏晋人编的《列子》来谈战国时列御寇的思想，大家都会觉得非常可笑。梁启超、胡适、顾颉刚以来所建立的古书辨伪学，讲的即是这个问题。然而我们在文学史上又怎么样呢?

《楚辞章句》乃是东汉安帝、顺帝时人王逸所编，收罗了贾谊、淮南小山、东方朔、王褒、刘向、班固等人以及王逸自己之作，凡十七卷，上距所谓屈原已约五百年了。可是我们却以之大谈屈原如何如何，仿佛《楚辞》就是战国时继《诗经》而有的一本集子，又仿佛即是屈原及其门人宋玉之作那样。

元曲今存剧本，多属晚明人改编甚至杜撰，情况类似明人之拟宋话本。而我们也拿来大谈元曲之剧情、关目、排场、作者等，煞有介事。这样能建立历史知识吗？不能建立历史知识之外，又缺乏历史观点。不知老子虽被推为道教宗祖太上老君，却非本来就是太上老君；其老君之地位乃在历史中渐被推尊而成的。文学史上，盛唐诗、杜甫诗之性质均似此。而我们的文学史却完全无此意识，把杜甫、唐诗、唐代本质性地视为好作者、好诗、好时代，仿佛老子生来就是太上老君，不知一件事须放到历史中去观察。

再就是对史观本身缺乏警觉与反省，亦没有批判能力。如王国维《人间词话》说："四言敝而有《楚辞》，《楚辞》敝而有五言，五言敝而有七言，古诗敝而有律绝，律绝敝而有词。盖文体通行既久，染指遂多，自成习套。豪杰之士，亦难于其中自出新意，故遁而作他体，以自解脱。"当代文学史著无不征引，作为文学进化之说明。殊不知此与顾炎武

“《三百篇》之不能不降而《楚辞》,《楚辞》之不能不降而汉魏，汉魏之不能不降而六朝，六朝之不能不降而唐也，势也”云云，都非文学进化论，而是明人“一代有一代之胜”的流类。

因此顾炎武在上面那段之后接着说：“用一代之体，则必似一代之文，而后为合格。”意思是说每个时代都有其代表性文体，作诗文的人若选用某代的代表性文体，就须遵守该体之风格，才算是合格的作家。明人之拟古、讲格调即基于此，跟进化论恰好相反。所以王国维才会根据上述云云而说“故谓文学后不如前，余未敢信；但就一体论，则此说固无以易也”，认为每一体都是后不如前的。

今人反复征引王氏这种复古论以说文体进化，不是显示了对文学史观问题理解含糊、认知不清吗？

再说，“一代有一代之胜”的观点重视的是历史中的变貌。六朝是古诗，唐代是律绝，宋代是词，元代是曲，这些都是史上之变，足以见这一代与那一代的不同。文学史依此而编，着重叙述每一代之特色与变貌，正是近世文学史家之共同态度。但很少人注意到，这样论史毋乃知变而不知常。

因为唐代仍有古诗，不能仅注目其律绝；宋代诗体仍盛，不能仅重其词；元代尤不能重曲而轻诗词文章。可惜近世文学史偏要如此。极端的，甚至如冯沅君、陆侃如《中国诗史》直说诗至宋已亡，诗史应由词瓜代；或如刘大杰《中国文学发展史》说诗的盛夏即在盛唐，中晚唐渐渐步入衰飒之秋，到宋代，便不能不让词来领风骚了。又如唐代古文运动兴起，反对六朝以来的骈俪之风，当然是一种变；但叙述了这个变局后，这些文学史著居然就再也不谈骈文了，忘了骈文辞赋之写作仍是尔后之常态。此等忽略、漠视延续性文体而仅重其变异之眼光，岂不甚偏?

若说此乃革命的时代，故特重历史之变，但对某些变，诸家却又不肯重视。如八股制义文，是明代最重要之文体，而遭近人一笔抹杀。哦，不，是一笔也不提地抹杀之。演义是明代小说中最重要的类型，清代则是侠义小说，胡适、鲁迅以降也均遭了小看。这表示革命的世代不只看重历史之变，在变动中还要确定变之方向。

近代人利用编写、论述文学史，灌输反礼教、反经学、反理学、反崇古、反传统、反士君子之意识，乃是极为明显的。故而史上某些合乎其意识者便得到宣扬，被放大了影像，某些不合其革命目标的就理所当然地被遗忘或贬抑。

革命时的说辞，犹如热恋中男女的誓言，其所以不能当真，还在于它本身往往混乱。像文学起于民间，一经文人染指，辄便僵化死亡，只好再由民间寻其生机一类说法，固然表达了一种特殊的文学史观，但一来不能证验于我国的文学史，二来持论者本身亦不能贯彻其立场，故徒见其混乱。

说文学起于民间，最常举的例证是《诗经》。可是《诗经》有雅有颂，雅颂是朝廷及宗庙之乐章，不符合他们的需要，所以就只能说国风。讲得好像《诗经》就只有国风，而国风又都是民间歌谣。然而，说国风是闾巷歌谣真是天大的笑话。它第一部分是《周南》，《周南》第一篇是《关雎》，开头讲“窈窕淑女，君子好逑”，接着说如何追求，最后是追求到了，“琴瑟友之”，“钟鼓乐之”。在周朝礼乐社会中，谁家能有钟鼓琴瑟呢？不是诸侯就是王公吧！果然，《周南》最后一篇是《麟之趾》，说“麟之趾，振振公子”，“麟之角，振振公族”；《召南》第一篇《鹊巢》，讲的也是“维鹊有巢，维鸠居之。之子于归，百两御之”。公子公族，人中麟凤，且能派出百辆车乘去迎娶，这又是什么人家？

古人于此类诗每以后妃说之，是否吻合诗旨虽不可必，身份却是对的；近人说是闾巷歌谣，则无论如何也对不上号。此即所谓不能证验于史实。对这些史观上的问题，几十年来“照着讲”，更不用谈对基督教史观缺乏警觉了。

六

最后我要谈谈近世中国文学史建构中的另一大问题。

文学史要处理的，是历史中的审美活动。而近世的“中国文学史写作与教学”虽如我上文所说乃是审美的，而非历史的，可是他们的毛病恰好也就是对历史中审美活动之无知无视，只是静态地描述一位位作家（是写实主义、浪漫主义、田园诗人、边塞诗人云云）、一篇篇作品（沉雄、俊爽、清绮、华丽、婉约、轻艳、颓靡等等)。

什么是历史中的审美活动呢?

(一)由“文”到文学。

古无文学,用“文”字涵括一切审美活动,天文、地文、人文之美均称为“文”。人文则包一切典章制度而说,《礼记·少仪》:“言语之美,穆穆皇皇;朝廷之美,济济翔翔;祭祀之美,齐齐皇皇;车马之美,匪匪翼翼;鸾和之美,肃肃雍雍。”其中“言语之美”也就是孔子所说“言之无文,行而不远”的那种文言。孔门四科中有言语一科,如子贡、宰我所擅长者即属此,其训练则由“不学诗,无以言”而来,主要表现于辞命,故迩之可以事父,远之可以事君,折冲于尊俎。

辞命,固然主要是言说,可也包括文字功夫,故《论语·宪问》云:“为命,裨谌草创之,世叔讨论之,行人子羽修饰之,东里子产润色之。”修饰润色都指纸上之文而非口头之语,但此时并不称为文学,只与言辞合称为言语,指言语之美。

那时文学一词,指的乃是知识性的文献之学。由“文”到文学,就是文字之美由言语之美中分化出来的过程。分化出来后,才有专讲文字之美的文学可说。文学之史,于焉开端。古代的歌、谣、诵、念、唱、赞、谏、传语、讲述、谈辩,则仍是言语的系列,不当混为一谈。

(二)由非文学文本到文学文本。

文学是文字书写成品而具美感的，纂组锦绣，错比文华，故并非所有文字书写品都可称为文学。所谓文人，就是专门写或能写这类主要是供审美之用的作品之人。

但是，审美标准每个时代不同。有时一个时代认为具文学美的文本，到另一时代却不受欣赏；有时某作者写的非文学文本，旨不在供人审美之用，在另一时代却可能被人由审美角度去把握，该人则被视为重要文人。这就是作者及文本的历史性。

以《昭明文选序》来看。它说经典是“孝敬之准式，人伦之师友”，属道德性文字；诸子是“以立意为宗，不以能文为本”，重在义理；纵横辩说“语流千载”，又根本是言语之美，非文藻之丽。故均不予收录，只收那些“义归乎翰藻”的，也就是具文学美之作。

可是，宋朝以后，经典与诸子之书渐渐被人由文学美的角度去诠释、解读，成了最好的文学典范，这就由非文学文本变成文学文本了。明清人读《西游记》，本多用以修道喻道，后始欣赏其文采，亦属此类。倒过来看，也有许多人读《红楼梦》并不重在玩味其文学美，而是视如史书，认为可揭示其作者家族身世史或反映国族史，此时它就不是文学文本或主要不是文学文本。

诸如此类，文学文本与非文学文本间的转换，是文学史最宜关注的。

（三）由非文字艺术变成文字艺术。

文字艺术只是诸艺术之一，其他艺术并不利用文字或主要不依赖文字。例如戏，主要表现形式是唱做表演；歌，主要是音色、声腔、节奏；话，主要是言辞舌辩及表情、说学逗唱。这些基本上均非文学，可是在中国历史中却往往逐渐变成文学艺术。柳浪馆刊本《紫钗记·总评》："临川判《紫箫》云：'此案头之书，非台上之曲。'余谓《紫钗》犹然案头之书也，可为台上之曲乎？"曲，从"曲与诗原是两肠"到诗文化，从台上演出之剧到成为案头之书，即是戏曲发展的历程。其他如乐府本只是歌，而后来"不能倚其声以造辞，而徒欲以其辞胜"；或由说话讲史到评语，再到演义，皆是如此。

以上这几方面，都是文学史该处理而过去没什么处理或竟颠倒处理了的。若要处理，也不是只指出有这些转换便罢，还须再追究下列各点：

（一）历史中的审美活动者。一般说，那就是作者与读者；而在中国，这主要是指文人阶层。其他社会流品向这个阶层类化，成为文学的创作者和享用者，是最主要的动向。明清时甚至连一般读者都消失或被替代了，因为文人不但担任作者也担任读者，用评、点、批、识来代表读者、带领阅读。过去的文学史不好好研究此一阶层之动态及行思模式，而旁取于劳动阶层或资产阶层，可谓缘木而求鱼。

（二）历史上不同的审美活动倾向。不同时代有不同倾向或重点，例如魏晋南北朝重在技艺之开发、法度之建立，意图完善作品。唐宋以后，觉得更该完善的是作者，活法重于成法。明清以后又有致力于完善读者、完善世界的。不同的倾向，形成各时代不同的文学观与文学活动，也造就了不同的作家作品。

（三）历史上不同美感形态之确立与争论。如诗中的唐与宋，文中的古文与骈文，不只是不同时代盛行的文体与写法，也是两种美感形态。故唐型诗不尽同于唐代诗，宋型诗不尽同于宋代诗。唐宋作为风格形态的术语，犹如西方艺术史上的“文艺复兴”“巴洛克”亦可作为风格描述语那样，对它们的选择与争论往往带动了历史的动态。

（四）历史上审美活动与其他活动之关系。其他活动，指知识活动、道德活动等。人是整体的，既有审美能力及需求，亦有其他能力及需求。可是不同的人、不同的时代、不同的文体，偏重便不同，与其他活动亦有分合之不同关系。

如古文家是强调文与道俱、言有序且言有物的。梁简文帝则说立身须严谨，为文可放荡，审美与道德可以分开。另一些风流才子，则认为文才即表现于风流之中，故立身亦只须尽才，不须讲道学。彼此生活态度不一，审美表现当然也就互异，因而也互诽不已，文学史的动态便生于其中。

过去的文学史著作，在这些地方多未留意，所以令人遗憾。虽然“满村听唱蔡中郎”，而讲唱的只是另一位杜撰的蔡某故事，跟蔡邕其实没啥关系。中国文学真正的价值、特质、身世皆遭扭曲，成了漫画或涂鸦。

文学史怎么办？

我国古代从来没有“文学史”这样的书和课程。现在这几千种“中国文学史”都是光绪三十年以后才从日本人那里学来的。一百多年来，我们一直在使用这个概念、名词，所有文学系也必修这样的课。可是，它还能成立吗？

一、史学研究中不予讨论的文学史

（一）新史学的例子

年鉴学派之后，出现一种新史学思潮。它批判两类历史研究。一是批判传统政治史研究有两方面的问题：

1. 只涉及非常狭隘的领域，却遗漏了许多。新史学先是从经济史方面寻求突破，后来则发现，重点不仅应放到经济方面，更应放到因词义模糊而无所不包的“社会”方面。这样才能超越各种壁垒，打破使史学和其他邻近学科（特别是社会学）相隔绝的学科划分，而且让史学真正去研究总体历史，对社会进行整体解释。

2. 过去的政治史研究，只集中在“大人物”身上，且它既只是一种叙述性的历史，又只是一种由各种事件拼凑而成的历史。这种事件性的历史，其实只是真正历史的表面现象；真正的历史活动产生于这些现象的背后一系列的深层结构。史家必须深入到幕后和深层结构中去探索、分析和解释真正的历史活动，例如地理因素、经济因素、社会因素、知识因素、宗教因素和心理因素等等。故历史研究不能表层化及简单化。

新史学所批判的第二类历史研究，是实证主义式的研究：

1. 实证主义史学主要只依据书面文献，后来虽扩充到地下考古资料，范围仍然甚狭。新史学则扩大了历史文献的范围，它使史学不再限于书面文献中，而代之以一种多元的史料基础。这些史料，包括各种书写材料、图像材料、考古发掘成果、口述资料等。一个统计数字、一条价格曲线、一张照片、一部电影，或古代的一块化石、一件工具，或一个教堂的还原物，对新史学而言，都是第一层次的史料。

2. 实证主义史学迷信所谓“史实”。新史学则认为现成的、自己送上门来给史学家的历史事实是不存在的，故史家不是“让史料自己说话”，而是由史家带着问题去探问。据此，新史学认为，为了研究历史总体，研究者不能只针对个案或短时间的事来研究，因为短时段的历史无法把握和解释历史的稳定性现象及其变化，而应研究长时段的状况。同时，因为要研究历史总体，研究者对经济、人口、地理、技术、语言、心理等各方面都须有所了解。是以新史学必须广泛参用人口学、心理学、经济学、数学、生理学等学科之材料、知识及方法。这一思潮，起于1929年创办的《经济与社会史年鉴》，二战后势力愈盛。但奇特的是，此派虽以研究总体历史为旗号，广泛结合地理、人口、经济等各人文及社会学科，却无人涉足文学史领域。吕西安·费弗尔曾写过一本《马丁·路德：一个命运》，发展出一个“心态史”的研究路数，但此亦非艺术史研究。至于文学史，就更不用说了。换言之，文学史研究并不在新史学的视域中。

（二）新历史主义的例子

时至今日，新史学早已不新。20世纪80年代中期以后，“新历史主义”有了另一番新面貌。此说又称“文化唯物主义”，乃是历史唯物史观的变型。这派学者远比新史学学者更注意文学，但他们重视的是社会过程。过去的文学研究，是研究历史中人创造的文学；他们则探讨那些促成、制约创造过程的条件。前者注重作为历史创造者的人的因素，突出人的经验；后者则强调那些既先于经验，又在某种意义上决定经验的社会及意识形态结构等文化形塑力量。也因为如此，新历史主义所关注的其实不是文学，也反对以往神圣化文学与艺术的态度，认为：我们不能把文学等艺术形式与其他种类的社会实践分离开来，使它们受制于那些十分专门和特殊的规律；艺术作为实践，可以有十分专门的特点，但它不能脱离总的社会过程。这种新的文学批评方法，事实上也解消了或放弃了文学史的研究，只研究历史中的文学或文学的历史过程，并不讲文学的历史。

（三）现实的情况

由此可知，文学的历史，在近些年的史学界是不被重视的。衡诸各大学历史系、所的开课方式及研究领域，我们也可以看到这一点。历史系、所里，经济史、政治史、社会史、思想史、性别史、服饰史、饮食史、民族史、医疗史，什么都有人讲，可就是不开文学史的课，也理所当然地不研究文学的历史。所有史学相关研究机构，也不研究文学史。这种风气，与现代早期史家如胡适写白话文学史、王国维研究宋元戏曲之史、陈寅恪以诗与史互用互证之传统，可谓迥然异趣。可见文学史业已被史学界扫地出门，划出研究疆界之外了。

二、文学研究中备受质疑的文学史

(一)“文学史的衰弱”

在文学研究界呢?情形也不甚乐观。1970年,国际比较文学协会第二次大会上,韦勒克即曾发表一文,名为《文学史的衰落》。韦勒克当然不否认文学有其历史,但文学有史是一回事,我们对其历史进行研究而予以论述,成为一本本、一套套的“文学史”又是另一回事。对于这些文学史(纂),他甚为怀疑。他怀疑文学史是否能够解释文学作品的审美特点。他认为,文学作品的价值不能通过历史的分析来把握,只能通过审美判断来把握。按照这一标准,在韦勒克看来,文学史各学派之间的分歧是无关紧要的。不管什么学派,在具体问题上是如何行事,反正它们都要将文学作品的个性特征相对化,因为它们总是要将作品置于文学内部或外部结构化了的关联之中,从而将作品降格为某个链条上的一个环节。而作品的本质,恰恰就在于它是一个引起审美判断的价值体。

韦勒克的质疑,其实是呼应了克罗齐以降的一系列观点——这些观点强调文学研究是面对作品的。我们要理解、阐释作品,对其语言进行分析,并作审美价值判断。作品与作品之历史关系,只呈现在文学内部的联系上,例如写作技巧之呼应或继承、主题之类似、风格之影响等,而不处于外在的社会关系中;也不能把作品放在“类属”中去看,那样，每件作品的个性与特性将被抹杀。历史主义和社会学式研究危及了文学的内在关联，故也危及了文学史的特殊认识对象。

早先，克罗齐在《文学艺术史的改革》一文中，即曾激烈地批评了几种文学史、艺术史、诗史的论述方法：一种是广泛表现其历史知识，历数渊源的；一种是卖弄文字或学究式的；还有一种则是社会学式的历史研究。尤其是第三种，克罗齐认为：它们老是在历史中建立一些论述的公式，将艺术系统化，分为希腊艺术时代 / 基督教艺术时代、古典 / 浪漫、文学性等体系，然后描述艺术史的“发展”即是上述体系之交织或盘旋、进步或后退；并认为其所以前进后退、交织或盘旋，乃是由于宗教、社会、哲学、精神、政治等缘故。于是，每部作品都可根据其诞生之时代和社会所各自具有的精神价值而被理解。其优点可被认识，其缺点亦因属于该时代与具有历史特性而获谅解。而且，我们据此可以清楚地说明，某一时代古典艺术占上风，某一时代浪漫艺术流行，某个时代诗占上风，某个时代是戏剧，某个时代又是造型艺术；也可以看出每一时代作家们不同的创作内容和态度。

克罗齐反对这类做法。他觉得如此一来，我们只是借由诗或艺术去了解风俗习性、哲学思想、道德风尚、宗教信仰、思维方式、感觉及行动方式。艺术成为资料，而非主体。平庸的作品，更常因它能结合社会实践和思维推理，具有此种印证时代的资料作用而获青睐。真正超越性的、具有独特精神面貌的天才杰作，反遭埋没。而且，历史仿佛有一条锁链，好像是说：某位画家提出了有关艺术创作过程或风格的一个问题，另一位画家解决了这个问题，第三位却放过了这个问题，视若无物，第四位才进一步发展了这个问题，等等。克罗齐认为这样便忽视了作家神秘的创造性特点——天才不是一些人从另一些人那里发展出来的，不继承谁，也不发展谁，天才是独立的。准此，克罗齐所提倡的文学史及艺术史，乃是针对每位文学家、艺术家的特点，研究他的个性与特征；要以解释作家和作品的论文和专题论述，代替那种大论述。此种“个性化的历史”，不考虑什么历史或思维的必然发展，只关注“种种个人”，注意其气质、感情和个人创造性。

（二）文学史的争论

从克罗齐到韦勒克，文学研究中有一条这样的脉络是以这类理由来反对文学史研究的。顺着这个脉络看，这几十年间文学史的争论有以下几种情况，可略作介绍。一是历史文化批评的反弹或反击，已越来越没有力量。新批评所提倡的细读法作品分析，成为所有文学系、所学生的基本功；传统的史实、史料、考据、训诂、版本知识早已束诸高阁，或与文学研究分道扬镳。文学系师生业已普遍不娴熟这套历史方法，对社会与历史，则除了抄抄政治史、社会史、经济史教科书之外，也很少真正钻研；虽仍喜欢讨论文学的“背景”，谈起来却总是粗略肤廓得很；故即使能逮住作品分析论者一两个历史常识上的错处，以强调解释作品仍须注意其历史情境，也仍不足以振衰起弊。因此，反击反而不是由历史及社会面发展起来的，主要仍是从文学的内部说：作品的文学性质只有参照其他的作品，参照各种文学体裁和风格，参照在整个文学过程中形成的所有文学创作的手段、形式、材料和方法，参照所有的文学经验、文学知识和能力（这是任何个人生产和接受一部作品的文学实践的先决条件），才可以把握和证实。就连我们对某一部单一作品下的价值判断也要参照。

参照上述这些文学因素，对一部作品的判断总是以有意无意地与其他作品进行的比较为基础的。如果对上述这些关联不予考虑，则其文学的概念依然很空洞，“对作品本身的钻研”很容易转变成一种自说自话。换言之，从文学研究的角度来阅读作品，若是为了掌握作品的“文学性”，则就必须以一个在个人接受作品之前就已存在的文学概念为指南。从文学研究的角度来阅读作品，必然包含着对整体文学之历史进行反思的成分。

其次，则是历史性的问题。若进行解释的人不仅对他自己的历史限定性不予考虑，而且连他解释的对象（作品）之历史限定性也置之不顾，必然导致对作品完全是随心所欲地解释以及主观地穿凿附会。可是，纵使如此强调历史性，也不意味着就需要走回文学史研究的老路。因为，文学史的方法只能把握作品历史性的一个方面，这可以称为“历时性”

的方面。这是将作品置于文学发展中的一个属于过去的位置，从发生学的角度强调作品的生成条件，强调作品属于哪个文学流派、哪个方向、哪个时代等，再从功能的角度强调它的接受史或效应史。但是，作品还有另外一个表明它的历史性的位置。这个位置既不等同于作品产生的方位，也不等同于我们用以重构接受史或效应史的那些日期；这个位置是在作品被接受的当时所赋予它的现时之中。相对于作品历时性的那个方面，我们若可以将作品历史性中这一注重作品在现时存在的方面称为“共时性”，则我们也可使作品脱离它在历时性轴线上的那个历史位置，而赋予它一个处在共时性轴线上的新的历史方位。

我们也可以把这种历史性叫作“审美的”历史性，它体现在相互接触之中。在这种当下相互接触中占主导地位的，正是文学史必然要抹杀的，这就是作品的个体性，作品唯此非彼的存在。不论是作为一个（如韦勒克所说的）“价值整体”的作品、作为单独存在的作品，还是作为在日常文学交往中阅读对象的作品，它始终体现在审美的相互接触中。故读者由大量可以成为接受对象的作品中，只选出一部作品来欣赏，来讨论，这种选择与读者经过培育而养成的“文学意识”就有直接关系。就算读者自己并不很清楚，他的阅读依然要通过一张庞大的关系网络同文学的审美共时性的历史位置联系在一起。这恰好显示了：文学史家对其研究范围的确定，并由大量流传下来的原始材料中遴选出所谓的“文学史实”，本身就已包含着许多价值判断及审美倾向；在人们赋予那些被列入“文学史实”的作品、作家、方向、潮流、流派以及阶段的意义中，这种价值判断的关联就更明显了，而这些审美判断又总是包含在意识形态的联系之中。

人们向过去时代的文学提出的问题，总是与“从现时历史的角度来看”和“评价之利益”相联系；而且它们同时还影响着文学史家对这些问题所作的回答。故文学史的论述极容易过时，过一段时期就必须重新编写，并且每次重新编写的间隔不仅是由研究工作的内在发展所决定，还由现实历史过程中的变化所决定。因此，文学史的论著总是与各自所处的文学生活现时性有深刻之关系。文学史家以为他们是在写历史，而实际上竟然只是在写现势。“文学史实”“过去的文学史迹”等观念乃彻底动摇了。同时，审美的现时性，也意味着我们在读一篇作品时，审美经验未必会与文学史符同。不论这个作家、这篇作品在文学史上地位多么崇高或低劣，文学史所提供的知识都不能代替读者在阅读时非常现实的审美经验。由于每个人、每个时代读一篇作品的审美经验均不一样，因此德国文学理论家瑙曼建议我们将作者、作品、读者看成是一种经阅读而构成的交往关系，并由这样的关系，去解决文学史研究与作品研究的冲突。但这种冲突实在难以调和，故他也没讲出个所以然来，仅谓两者不可偏废罢了。不偏废，当然好，但如何能不偏废？自新批评以至接受美学，其实又都在挑战文学史的概念及其研究径路。对历时性的探讨，也越来越不及共时性之问题更受学界青睐了。

强调共时性研究的还有一支劲旅，那就是结构主义。结构主义的分析具有非历史之特质，也完全不做、不能做文学史研究，已毋庸赘述。因此我要介绍另一个现象：结构主义在列维－斯特劳斯手上，只处理神话、民间故事；到了罗兰·巴特的符号学，就扩及杂志、广告、流行服饰等等——其比列维－斯特劳斯更具有历史性，而且可把符号跟社会力量、阶级利益联系起来。但无论结构主义或符号学，大抵都不谈平时我们在文学史中谈的那些东西。那些东西，上不在天（神话），下不在田（通俗文化），乃是主要由文人团体、知识阶层所创造的特殊符号系统（文学作品）。结构主义与符号学基本上不去碰它们，偶尔涉及则将之普遍化，从结构的普遍特征去说，或从符号的一般原则去说。神话的问题，影响较小，毕竟文学史上神话仅占极小的篇幅。通俗文化的问题则较为复杂。

斯特里纳蒂曾批评罗兰·巴特“把意识形态的概念引进符号学分析中，符号的各种内涵及所指，最终都被简化成了资产阶级的意识形态”。诚然，但这么做，罗兰·巴特只是“小巫”，马克思才是“大巫”。法兰克福学派运用马克思思想，批判文化工业、通俗音乐、商品拜物教、现代资本主义，便极著名。其后葛兰西的“文化霸权”理论，更是直斥资产阶级以主导的意识形态来进行社会控制、维持秩序。可是，他们虽都援引马克思学说，其理论却有一个转向。法兰克福学派所做的，是对通俗文化的批判，谓通俗文化为现代资本主义文化工业之产物。葛兰西的“文化霸权”理论，则是说现代大众媒介中通俗文化的生产、分配、消费与解释，均与资产社会各机构之霸权及其作用有关。但顺其说往上推，我们也同样可以说，历史上知识分子所艳称的文化与观念只是资产阶级的霸权。而从阶级斗争的角度看，所谓精致文化等遂成为具宰制力之文化霸权，应予批判。

因此，法兰克福学派乃是充满古典精英品味的群体，像阿多诺欣赏严肃音乐、古典音乐而批判通俗音乐那样，法兰克福学派向往文化精英统治，企图以此抵拒文化工业之通俗文化。葛兰西的理论则既批判了现代大众传媒之文化霸权，也批判了文化精英理论。推阐下去，甚至可以说其还足以为古代工农阶级所代表的文化平反。近几十年的发展，确实就是如此。传统的雅俗之分、精致与大众之别中，雅的一方越来越退守无方，饱受批评。“通俗文化批判”，变成了“通俗文化研究”，批判文化精英统治。“艺术”与通俗文化的界限更是越来越模糊，到了后现代思潮中，那倍受法兰克福学派抨击的通俗音乐，便已翻身高踞要津了。安德烈亚斯·惠森即曾说道：“在最宽泛的意义上说，流行艺术是后现代的概念得以最初成形的语境。……后现代主义内部最重要的一些倾向已经向现代主义对大众文化的粗暴的敌视提出了挑战。”肥皂剧、电影、广告、流行音乐、时尚、时装、俚语等从前不登大雅之堂的东西，现在成为研究焦点。文学研究逐渐让位给大众文化研究，同时也让位给了通俗大众文学研究。这整个趋势，颇不利于文学史之研究。

固然通俗文学研究也会写史（例如郑振铎就写过《中国俗文学史》），但是，文学史写作本质上就是区别雅俗的工作。从一堆文学作品中挑拣一些来论列，无论怎么说，都不会挑一些特别烂的来谈。就像写史，无论持什么观点，不可能只找一堆卑琐无足深论的人，或一堆无聊的事去写。可能你的雅俗判断与我不同，可能你所以为雅者我以为俗，但雅俗之审美判断依然是在的，去俗就雅的基本论述方向也是不变的。同时，文学史也无法讨论“大众”。它只能谈大众里的个别特殊、杰出者，那其实就是精致的，就是精英。一旦不寻找英雄，便也无价值需要标举，无典范值得效法；写史以令某种作品、某些人物不朽之企图，也就显得毫无意义。抹杀雅俗之分、大众与精致之别，本身即蕴含着反历史化之倾向。因此，在强调游戏、破裂、移位、解构、边缘的后现代之后，文学史研究遂越来越像尴尬的老腔调，渐渐少人唱，也唱不下去了。

文学作品就要“文学正确”

一、语言美的研究

20世纪50年代中国台湾开始的现代文学运动，其实是对五四运动的再革命。

如痖弦即曾指出，新文学运动时期，很多以白话写诗者，并不纯粹为了创造诗艺，而是从事文化改革的运动，以此散播新思想。30年代，抗战时期，诗更用为救亡图存之工具，不允许在战火中精琢诗艺。40年代，标榜普罗与进步，诗人成为无产阶级的旗手。50年代，台湾诗人才开始展开“文学再革命”，迎接西方各种技法，进行诗语言之试炼。

这就是当时将新诗改称为现代诗、创办现代诗社之类活动的内在原因。

当年，纪弦自称要“领导新诗再革命”。夏济安先生则显然也想进行一次文学再革命，强调文学就是文学，只有“继承数千年来中国文学伟大的传统，从而发扬光大之”，“我们的文学才会从过去大陆那时候的混乱叫嚣走上严肃重建的路”。这些话，正是欲将文学回归于文学，并进行文字再锤炼之意，反对文学成为宣传。故他评彭歌《落月》、谈《一则故事，两种写法》完全是讨论小说的写法。《两首坏诗》《对于新诗的一点意见》等文更明说“二十世纪英美批评家的一大贡献，可以说是对于诗本身的研究。……着力的就诗的文字来研究诗的艺术”，“新诗人现在主要的任务，是‘争取文字的美’。……诗的题材是次要的，诗的表现方式才是最重要的问题”。其目的在使白话文成为“文学的文字”，其批评方法则亦属于新批评的字句剖析（Explication of Texts）。

美国新批评之崛起，本来也就是由于二三十年代不少文人以人道主义、社会批评为旗号，揭露社会不义，故导致新批评起而反抗之，摒除社会—历史式批评方法，反对把文学作品和外界现实牵扯在一块，着重讨论作品本身的意象、语言、象征、对比、张力、结构等。当时文学上的发展，也可以从类似的脉络来观察。

在此同时，我们也不可忽视了台湾在现代化方面的进展。20世纪60年代的中西文化论争，显示了台湾正在迈向现代化之过程。现代化所要求的自由、民主、科学、理性，成为社会上进步知识分子所欲达致之精神，因此，逻辑学、实证主义、分析哲学一时之间亦成为被鼓吹之显学。

所以那是个现代化的时代，也是个分析的时代。在英美世界中，美国哲学家怀特在《分析的时代》里写道："20世纪表明为把分析作为当务之急，这与哲学史上某些其他时期的庞大的、综合的体系建立恰好相反。"他把"分析"看作是标志20世纪的"一个最强有力的趋向"。这一趋向是从"非黑格尔化"发端。杜威、罗素、摩尔等人摒弃了以绝对理念和辩证法为特征的黑格尔主义，谓此类哲学为神话、玄想和诡辩，认为哲学是需要分析的事业。其后英美实证主义传统则由此拓出新的路向。在台湾，自由主义及现代化论者亦由扬弃中国传统唯心论、道德哲学、宋明理学，来开展实证主义、分析哲学。

在这些自由主义者身上，并没有什么美学论点可说，因为注重分析的实证主义传统原先并不重视对美的研究。早期维特根斯坦即认为善与美只能由直觉和情感来体会，不能形成真实的命题，故无意义，不能讨论。不过，后来分析美学的发展则突破了这个局限，如桑塔耶那即提出了自然主义的新实在论，建立了一个存在、本质、心灵三位一体的体系。他写下了《理性生活》一书，将人类努力使自己的各种各样的欲求冲动趋于和谐并且得到满足的过程，视之为人类向自己的理想目标不断迈进的环节；并将艺术理解为将客体"理性化的活动"——理性既是艺术的原则，又是愉快的原则

(《艺术中的理性》)。这一条思路也很快就被引进台湾，白先勇所办晨钟出版社便出版了桑塔耶那的《美感》。

20世纪70年代由颜元叔大力提倡的新批评，其实乃是延续这个脉络的发展，因为之前欧阳子也曾以新批评手法来分析白先勇的小说。现代主义小说，整体上看，亦都有重视作品本身语言表现的性质。但70年代中，这个性质与写作态度遭到社会主义与写实主义之反击，文学被要求正视社会现实、正视乡土。文学再度成为号角，希望能带动社会之改革。

然而这个新态度本身却是分裂的。如颜元叔本人在现代文学方面，也主张民族主义文学；但他进行文学批评时，用的却是新批评。新批评一如过去，仍然具有批判性。只不过它的批判对象不再是五四运动以来的新文学，而是五四运动以后“文以载道”的主张，以及70年代尚未受现代化洗礼的中文学界。

以文载道的主张，显然常视文学为工具；中文系所依循之评文方法，也以笼统之风格描述为主，若要深入谈，便往往乞灵于社会—历史式批评。颜元叔抨击它们是“印象式批评”和“历史主义复辟”，主张回归于作品本身，视作品为一独立自存的有机体，要求批评者针对这件作品进行分析，并谓如此才是客观的科学分析，而不再是主观的印象描述。

这波攻击对中文系有极大的震撼，因此中文学界往往认为语言分析新批评是在中文系外部发展起来的，而且是

20世纪70年代中期才出现的。其实正如前述，殊不尽然。我们忘了中文系老早就有王梦鸥先生写了《文学概论》（后改名为《中国文学理论与实践》）等书。新批评健将韦勒克的《文学论》，60年代即有大林出版社的译本，80年代王梦鸥先生也译了一次。不过这种对作品本身的分析，重新唤起了中文学界内部一些重视语言分析的思路，使之重获重视与发展，例如修辞学、诗格诗例诗法、评点等等。

而冲突遂也发生于中文学界内部。王梦鸥于1979年为时报公司“历代经典宝库”写了《古典文学的奥秘：文心雕龙》，同一时期他在《中外文学》刊载《刘勰论文的观点试测》，主张刘氏“对文学的基本看法是把文学当成语言来处理”，并说刘氏“着重的是辞章，而不是义理，所以兼容纬书骚赋诸子百家的语言，仅仅讨论他们语言表现的功力如何，而不作思想上的批判”（八卷八期）。这显然也是继他在《文学概论》中强调文学乃“语言之艺术”后的发挥，但结果是引起了徐复观先生的痛批。徐先生亦曾因1979年9月白先勇在香港新亚的一场演讲而光火，写了《中国文学讨论中的迷失》，认为白先勇所说“从五四以至三十年代之文学思潮，文艺被视为社会改革工具。这种功利主义的文学观，使文学艺术性不再独立”，今后“唯有再加倍注重小说的艺术性，配以社会意识，才会有更深度之作品”，完全不正确。徐先生本于中国传统“诗言志”之说，强调作品乃主体情志之发抒或表现，故所谓艺术性，只是就表达主题之效果而说的，“艺术性是附丽于内容而存在，……无所谓独立性的问题”。这样的观点，当然要与语言美学的路数相龃龉了。

诸如此类对诤，当然屡见不鲜，但语言美学式的探讨仍不少见。如姚一苇“有意采用西洋现代语言学的方法，撰述一系列讨论我国诗的论文”，曾写过《中国诗中的人称问题刍论》；又据新批评之观点，参考艾略特以想象力的视觉性论但丁诗之例，写了《李商隐诗中的视觉意象》；其他如论痖弦《坤伶》、王祯和《嫁妆一牛车》、白先勇《游园惊梦》、水晶《悲悯的笑纹》、黄春明《儿子的大玩偶》等，也都是针对语言艺术的分析。

又则，如梅祖麟、高友工对唐诗的分析，标明了是“试从语言结构入手作文学批评”，“利用安普森学派的分析方法作为批评的取向”，“我们的分析方法，学自标榜‘细读’一派的大家，例如李查士、布鲁斯，尤其是新批评学者”（见《分析杜甫的〈秋兴〉》《论唐诗的语法、用字与意象》）。凡此等等，都对那个时代的学风起着具体的影响。

也就是说，语言美学的路向在台湾也是颇有发展的。形式批评（包括结构主义）这一脉，从20世纪50年代至80年代，其实一直亘久不衰，而且与现代主义、自由主义、理性精神、客观方法、艺术自主性等有着密切的关联。

二、对形式的关注

这种关注语言形式的学风，也逐渐影响着我的文学美学研究。

早期我与一些师友们讲诗文，虽然本领颇在于说其谋篇、炼句、锻字、酌律之巧，但整个说解的目的并不在此，而是期望通过对作品更深入地分析来了解作者，成为作者的知音。因此整个释义活动，是回归于作者那儿的，探寻作者是什么样的人、说了什么、为什么说、如何说。每位作者都是我们“尚友古人”的“友”，我们要倾听其心声，与他形成共鸣，了解他的生命形态，深入到他的内心世界去。

这种理解，当然同时也回归于自己，因为透过与古代伟大心灵的对话，在我们不断深入到诗人文豪的内心世界去时，我们自己的生命也不断深邃起来，我们的境界也不断提高了。故知音倾谈，生命形成互动，其意义并不全然是客观的考古。我称此为“生命美学”的进路或形态。这个形态，乃是我为学之基本态度，我对它当然是极为肯定的。

但是，这个形态不能概括所有，学问毕竟仍有其他面相。对于客观的、形式性的部分，亦不能说它与主体内在性的情、志、意无关，而予以忽略。从历史发展来看，生命美学诚为中国文学艺术之特色所在，却非全貌，而且其间还有个发展演进的过程。对于那些非生命美学所能范限，又于历史上跟生命美学形成动态关系的思路，我们则一向缺乏探究，或者不予重视。

以诗来说，大部分诗学理论总是由“诗言志”讲起，论诗本性情、言为心声，主张读诗者要以意逆志，得知作者之私衷隐曲，如见其为人。分析起诗来，也老是由作者的生平遭际、性格心理、特殊感性模式等方面去探索。

我们虽然在解诗时也会分析它的形式、技巧，说明其遣词命意方面的匠心，但本末轻重是很明显的。我们不但把情意视为本体，将技巧形式看成是为情志服务的工具，也以“内容”和“形式”来区别内外本末，甚且认为形式并不重要。一个内蕴丰富、学养俱优的人，自然就能写出好诗文来，所谓“腹有诗书气自华”。反之，若无此涵养，再怎么锻炼字句，也没有指望。同时，只要有好的内容，形式是可以破坏或放弃的，所谓“不妨拗折天下人嗓子”。一位好作家，绝不能为了格律或其他任何形式而桎梏了他的性情。故打破形式的束缚，乃更是一项我们所称道的好品格。

我是作诗的人，当然明白这类观点，也颇服膺其说。但正因我亦从事文学创作，并不如我的一些朋友，只是谈理论，所以我又深知这形式的问题其实并不如此简单。因为看球的人可以只欣赏球员在场子上驰骋腾挪之姿，我们打球的人却晓得那些抄截、过人、传球、上篮、远射、助攻全都是在规则下做出来的。没有篮球的规则，就没有篮球这种游戏或竞技活动。所有篮球之技艺，都是由这些规则形塑、规范，并让人在与规则配合的情况下产生的。篮球与足球、羽毛球、曲棍球、棒球、躲避球、板球、橄榄球之不同，不也是规则的不同吗？

诗文的情形，不正是如此吗？我们怎能说我是一位好柔道选手，但偏要用柔道方式去打拳击赛？一位好足球运动员，偏要以踢足球的方式去打篮球，而后说规则限制了我呀，桎梏了我呀，我宁拗折天下人的膀子呀，大家不必管形式，应当注意我的运动天才呀。我们能接受吗？在一场足球赛中，忽然冲进一人持球大做投篮动作，观众必定大哗。何以在诗文中我们却将这些形式、规则看得如此轻忽？

事实上，传统文学创作者亦不见得真的轻忽形式与规则。每种文体，即如每种球类，各有各的规则与风格，就像橄榄球与高尔夫球不同那样。从事文学创作，本来就会先考虑是在干什么：是写小说呢，还是写诗、写词呢，还是作骈文？

我国第一篇正式的文学批评文献——曹丕《典论·论文》就说“诗赋欲丽”“奏议宜雅”。诗、赋、奏、议即是不同的文体文类，丽与雅则是不同的风格。这种风格与它的形式规范是分不开的，即如橄榄球激烈剽悍，高尔夫球则显得较为雅致一般。这乃是我们从事文学创作时原本就知道的，而且是在此原则下进行创作的。

三、探索法的原理

但此不必明言者，现在却被忽略了。我早年学诗，讲诗法，也没有从理论上想到这些问题，而是倒过来的，先写《春夏秋冬：中国诗歌中的季节》谈诗人感情与四季物色之互动，再在博士论文《江西诗社宗派研究》中讨论诗人如何经由文体修养之提升，转识成智，以达成“活法”，亦即心活故诗语活的境地。

在那些年，我谈龚自珍的剑气箫心，讲六朝诗人之孤愤，说李商隐的人生抉择，大抵都只从生命情调、心境内容、价值抉择这些方面去探索，把中国诗，甚至整个中国文学的基本性质定位为“抒情传统”。1980年由蔡英俊召集，我们为联经出版公司《中国文化新论》丛书编写的两册中国文学论集，其一即名为《抒情的传统》，另一本名为《意象的流变》。可见彼时我与我那一群朋友们对中国文学的基本掌握即是如此。

但研究宋诗毕竟让我触探到一个新的面向，我注意到宋人对于唐诗宋诗风格的分辨涉及了“文体论”的问题。诗究竟该怎么做才像个诗而不是文章？记应该怎么写才不会像是论？这就是文章辨体的事了。每种文体都该有其本来该有的风格与写法，合乎它，称为有本色、得体；不合，则不得体，称为失体、戾体或谬体。宋人说：“荆公评文章，常先体制而后文之工拙。”谈的就是这种重视文体规范的观念。我乃由此而写《论本色》《论法》诸文。“文章莫盛于两汉，浑浑灏灏，文成法立，无格律之可拘。建安黄初，体裁渐备，故论文之说出焉。”（《四库全书总目·诗文评类一》）早期文学作品无论是传达理念，抑或表现感情，都只在“表现”，可以自由选择并运用文字，构成作品。但当这些作品在质与量方面都有了丰富的积累以后，文字组合便逐渐显示出一定的规律和结构，形成了“法”。这时，自然就会激生批评理论上的知性反省活动，对这些逐渐完备的体裁，已然成文、已然立法的作品，重加检视。魏晋时期，如《典论·论文》《文赋》之类，即属于这一种批评性作业。

过去，对魏晋南北朝这一段，在文学批评方面，我们只集中力气去关注当时因所谓“人的自觉”而兴起的缘情之说，却忽略了魏晋南北朝以后，曾经兴起的一股替文学立法的热潮。对于唐朝，我们虽也讨论过那时曾经流行广远的诗格著作，但基本上只认为那是考试制度下的副产品；对唐诗及唐朝在文学批评上的历史性格，也只强调其活泼创造表现，而把宋朝视为法的坚持者。但如果我们把齐梁以降诸如永明体逐渐发展成律体、诗格诗例之书日趋增多、《文心雕龙·总术》这一类言论逐渐形成等现象综合起来考察，便将发现：这是一个新的文学批评运动。一方面，它是对汉晋时期发展出来的缘情之说的反省与超越；另一方面，对于宋朝文评，可能也应重新理解：宋既是法之观念与系统建立完成后，一切均在法之规范下活动与思考的时期，也是朝向松动、辩证的法律体系这个方向努力的时期，因此才能有对于“意”的强调，并从法的观念发展出活法。

汉代论诗者，较着眼于作者本身的情志意念，将赋比兴也只视为一种表达手法，用以表达作者内在的情思，故重点依然只在作者之情志内涵，文字乃传示道之工器而已。此时并未发展出有关体制形器之知识，“形”并无独立地位，其自律性也没有受到尊重。然而，自法之观念在文学批评中出现后，此一倾向即遭到明显的挑战，法与作者这一创作主体之间乃出现了一种新的辩证关系。

这是因为立法的行动一旦展开，顺着法的原理，其辩证性必然逐渐开展。这种辩证性是多重的、并存的。例如，法是人所规定，但又反过来作为人的行动规范和依据；而法既为普遍的规律，作为行动的准则，便应具有不变的稳定性，但时移世异，法又必须不断变动，才能保持其内部的活力，扩张法的体系；同时，有定法而无定人，人不仅流动、生活于法之中，也必须倚靠人才能完成法、表现法。诸如此类多重复杂的关系，必然会随着立法活动的逐渐圆熟，慢慢地开始被人思考到。

由此亦可以衍化为“质／文”“内容／形式”“天然／人工”“悟／法”“自得／学古”等问题。后世文学发展虽然重视主体性，一切理论固然均以前者为依归，但却几乎没有任何人主张完全放弃后者，而都是把这两者放在一个辩证的架构中来处理，认为两者相反而皆不可废，且可通过法之得于自然，或出诸自然情性，故两者密合无间。

这条路子，基本上是在法的格局中讲“意”。格律既须守住，理致情意如何才能与法融合，或者说法如何才能涵摄理致情意，乃成为一重要课题。这即逼出从“法与悟”到“由法起悟”的诗学模式。而法能够起悟，其所谓法，本身便已不再是与悟对立的法了，而成为涵摄了情志的法。这种法，就是活法。

活法，是“规矩备具，而能出于规矩之外；变化不测，而亦不背于规矩也。是道也，盖有定法而无定法，无定法而有定法”。要达到这步境地，关键在于妙悟，而悟又须有种种功夫，非一蹴可就。因此活法之说，只是宋人在理论上超越、辩证地解决了法的问题；其实际创作行为，恐怕仍在法的缚缠中，并未真正达到从心所欲不逾矩的地步。这也就是元明清三朝诗家仍必须不断面对这个问题的原因。

这是我由法的角度对文学批评史之解释，并说明法与创作主体之间的关系。这种批评史的描述，和对法与创作主体关系之理论说明，都是从前没人做过的。对于法的原理，诸如如何立法以建立艺术的世界、形成文学的成规、奠定法律的权威、塑造学习的规范等，过去也未有此类讨论。

延伸此类讨论，我援用索绪尔 la langue（语言）与 la parole（言语）之分，将文体视如 la langue。因为 la langue 是从一般语言的混杂事实中抽出来的明确因素，它是语言属于公众的、合于习俗的一面；这体系是根据一个团体中各分子的社会契约而建立的，依赖这一体系才能使他们互相了解。在字典和文法书中所描述的，就是 la langue。因为 la langue 存在，字典和文法书才是可能和必需的，不受个人意志而改变；因为 la langue 对个人而言永远是外在的，他继承了它，他降生于它之间，就像他活在社会里一样。但相反地，la parole 是个人说话的方式，是个人意志与智慧的行动。la langue 是一部法典，la parole 则是这法典在实际情况中被使用的方式。文体与创作者具体地进行某一文体之创作，正如 la langue 与 la parole 之关系。

所以，没有脱离文体的言说，而我说着说着又形成了我的文体。语言美学，就存在于躯体和舞姿之间。